E lucevan le stelle…

Arie des Mario Cavaradossi
Tosca
Giacomo Puccini

“Jede

unserer Entscheidungen im Leben, auch wenn sie uns noch so unbedeutend erscheinen, hat die Macht, die Zukunft zu verändern. Wer oder was jedoch beeinflusst unsere Entscheidungen? Wie stark fremdbestimmt sind wir darin und wie anders hätte alles sein können? Es sind die vielen Weggabelungen, die auf der Reise durch das Leben auf uns warten. Oft blicken wir zurück und fragen uns, wohin uns wohl der andere Weg an jener Gabelung geführt hätte, hätten wir uns anders entschieden? Einerlei wie willkürlich und irrational solche Entscheidungen oft scheinen, egal ob und wie stark diese von äußeren Faktoren beeinflusst sind – sie bestimmen den Rest unseres Lebens. Das Schicksal folgt seinem eigenen Drehbuch. Wie können wir an all den Träumen festhalten, wie weiter an sie glauben und dabei das Lieben nicht verlernen?“

S.K. Posch

S. K. Posch

Und es leuchteten die Sterne

Der Weg des Carl Kollas

Roman

Herzlichen Dank für die Unterstützung
und die wertvollen Inputs:

Scott
Mama
Rudi
Kristiane
Helmut
Dietmar
und Skye

Umschlaggestaltung:
Flora Bacher

„Zufälle sind unvorhergesehene Ereignisse,
die einen Sinn haben“

Diogenes

www.skposch.at

Teil 1

April 1966

Nur eine Stunde nachdem zuerst Fred und dann Rosemarie mit Anna bei ihr im Krankenhaus waren, schaute, nach kurzem zaghaftem Anklopfen, ein vertrauter roter Lockenkopf bei der Tür herein. 'Hallo mein Schatz! Was machst du denn für Sachen?!', waren Tante Dottis erste besorgte Worte. 'Tante Dotti! Es ist so schön, dich zu sehen!', platzte es aus Inge heraus. Ihre Miene hellte sich umgehend auf, ihre blassen Wangen zeigten einen Anflug von rosa. 'Aber…', Inge stockte plötzlich, presste ihre Lippen zusammen und blickte beschämt zu Boden. 'Du weißt ja gar nicht... Ich habe..., ich konnte nicht... Ich hatte solche Angst…', stammelte sie, verbarg ihr Gesicht in den Händen und begann zu schluchzen.

'Aber mein Schatz. Nicht doch, es wird alles wieder gut werden, ganz sicher.' Tante Dotti hatte sich zu Inge aufs Bett gesetzt, sie in die Arme genommen und versuchte sie zu beruhigen. Tante Dotti war Anfang des neuen Jahres mit Freunden für zwei Monate zu einer ausgedehnten Schneeschuhwanderung nach Skandinavien aufgebrochen und erst vor drei Wochen wieder zurückgekehrt. Ihr aktueller Verehrer war ein bekannter Naturforscher der ständig auf der ganzen Welt unterwegs war und Dotti überredet hatte, bei diesem Winterabenteuer dabei zu sein. Inge hatte sie an Weihnachten zuletzt gesehen. Sie konnte ja nichts wissen. Aus ihrer Brusttasche zog die Tante ein rosarotes, frisches, nach Veilchen duftendes Taschentuch, hob Inges Kinn sanft an und begann ihre Tränen zu trocknen. 'Sieh mal, es ist schon besser', tröstete sie augenzwinkernd ihre Nichte. 'Aber Tante Dotti', Inge zögerte, 'aber du weißt ja gar nicht, was ich beinahe gemacht hätte... ich schäme mich ja so…', und sie begann erneut leise zu weinen. Dotti drückte Inge noch fester an sich: 'Mein Schatz, was auch immer es war, es ist vorbei, verstehst du? Du musst auch gar nichts sagen, sondern es einfach vergessen. Du musst nur nach vorne sehen. Du hast dein ganzes Leben vor dir. Glaube mir, nichts ist so schlimm wie es sich im Moment anfühlt.' Natürlich wusste Tante Dotti bereits alles über die dramatischen Ereignisse der letzten Wochen.

Januar 1966

Inge

'Ehrlich jetzt, Mama! Der muss mindestens eine handbreit kürzer sein! Mindestens! So kann ich doch nicht rumlaufen! Ich sehe aus wie eine typische Landpomeranze – das ist wirklich peinlich, so soll ich morgen ins Kino gehen!?', lamentierte Inge und fuchtelte mit dem Mini-Schottenrock aufgebracht vor der Nase ihrer Mutter herum. Dabei verzog sie ihren Mund, als hätte sie eben einen kräftigen Schluck von Onkel Viktors sauren Most genommen.
Inges Figur hätte tatsächlich auch einen deutlich kürzeren Minirock gut vertragen – à la Twiggy - und wie ihn gerade jedes Mädchen das sich für annähernd modisch hielt auch trug. Winter hin oder her. Inge schleppte kein unnötiges Gramm Fett mit sich herum, hatte einen kessen Kurzhaarschnitt, Haarfarbe irgendwo zwischen hellbraun und mittelblond, ihre Augenbrauen waren akkurat gezupft und sie war dank ihrer Schulfreundin Susanne, die sich für „die Expertin" in Make-Up-Fragen hielt, immer perfekt geschminkt. Inge legte großen Wert auf ihr Äußeres und am bevorstehenden Samstag würde sie zudem auch noch die exquisite Korallenkette tragen, die sie zu Weihnachten von Tante Dotti bekommen hatte.
Tante Dotti, eigentlich Dorothea, war Mutters um zwei Jahre jüngere Schwester und mit Abstand Inges liebste Verwandte. Stets schien sie von einem Schleier aus Geheimnissen umhüllt. Wenn die unverheiratete, rothaarige Tante auf ihrem Motorrad, einer lindgrünen NSU Max 250, zu Besuch kam, zauberte sie aus ihrem speckigen Lederrucksack immer eine Überraschung für Inge und ihre Geschwister hervor. 'Mal sehen, was es heute für euch Herzchen gibt',

spannte sie die Kinder auf die Folter während sie lächelnd, mit einem zugekniffenen Auge langsam in dem riesigen rehbraunen Rucksack herumrührte und etwas Süßes oder Spielzeug herauszauberte.
Tante Dottis Gesicht war voll mit lustigen Sommersprossen und ließ sie mädchenhaft und schelmisch wirken. Auf ihre Frisur schien sie wenig Wert zu legen - die rostrote Lockenpracht war immer ein luftiges Durcheinander. Die deutlich zu große Lederjacke mit Zipper, Taschen und Schulterspangen war arg abgewetzt und hatte irgendwann einmal eindeutig einem Mann gehört. Trotz all der maskulinen Attribute duftete Tante Dotti immer ein wenig nach Zuckerwatte und Erdbeeren.

'Rede doch keinen Unsinn Kind, der ist kurz genug', erwiderte Rosemarie ihrer zweitältesten Tochter die in der Unterhose im kalten Zimmer stand, sichtlich frierend, sich aber immer noch weigerte den eben fertiggenähten Minirock anzuprobieren. 'Ein „Danke Mama“ wäre angebrachter. Ich habe da immerhin ein paar Wochen dran gearbeitet und der Stoff war alles andere als billig', war die forsche, leicht beleidigte Antwort von Rosemarie. Das Zimmer war das schönste im ganzen Haus. Gedacht als Elternschlafzimmer war es nun das Zimmer von Inge und ihrer Schwester Anna, die sich das große Bett, den Schrank und den hübschen Schminktisch, bei dem man die Seitenteile des Spiegels bewegen konnte, um auch das eigene Profil optimal betrachten zu können, teilten. Die ganze Einrichtung war aus Ahornholz mit glänzender Oberfläche und schmalen Messinggriffen an den Türen und Laden. Die Nachtkästchen hatten leicht nach außen angestellten dünnen Beinchen. Die Tapete mit ihrem beige-goldenen floralen Strukturen, Rosemarie hatte sie nicht nur ausgesucht, sondern auch selbst tapeziert, ließ den Raum beinahe elegant wirken. Der rotbraune Teppichboden vermittelte nur optisch etwas Wärme. Das Zimmer war für gute fünf Monate im Jahr unausstehlich kalt und die Mädchen waren immer froh, wenn sie sich unter ihren dicken Winterdaunendecken verkriechen konnten.

Tante Dotti hätte Inge den Minirock sicher exakt so geschneidert, wie sie sich ihn gewünscht hatte. Da war Inge ganz sicher. Tante Dotti war eine moderne Frau und schien Neuem gegenüber stets aufgeschlossen zu sein. Gegen Ende des Krieges war sie gerade 14 Jahre alt gewesen und hatte die älteren Freunde, die aktiv im Widerstand gegen das Nazi-Regime gewesen waren, bewundert. Inge wusste nichts davon, dass Tante Dotti während der Besatzungszeit ab 1945 den britischen Militärs gegenüber höchst auskunftsfreudig war und alle 'ehemaligen' Möchtegern-Führer der Provinz, die nun ein bequemes Leben in der neugewonnenen Freiheit vor sich sahen, mit Namen und Adressen nennen konnte. Und sie tat es auch. Darunter ihren eigenen Onkel Franz, der eine mehrjährige Haftstrafe ausfasste. Die gute Tante Dotti mit ihren funkelnden graugrünen Augen war nicht zu unterschätzen. Einen Mann an ihrer Seite schien sie nicht zu brauchen, um glücklich zu sein. Soweit Inge zurückdenken konnte, hatte ihre Patentante alleine gelebt.
Inge liebte ihre Tante Dotti für ihr herzliches Lachen, ihre Klugheit – sie wusste immer eine Antwort auf die vielen Fragen - und ihre Furchtlosigkeit, wenn sie mit ihrer Maschine die Landstraße entlang gebraust kam. Rosemarie allerdings sah es gar nicht gerne, wenn ihre Schwester eines der Mädchen am Motorrad mitfahren ließ.

Inge betrachtete verträumt diese wunderbare Kette, die nun die ihre war und sie immer an ihre Patentante erinnern würde. Sie ließ sie liebevoll durch ihre Finger wandern. Das Stück war aus leuchtend roten Korallen, jedes Teilchen war einzigartig von der Natur in Form gebracht und schimmerte seidig im Licht. Inge roch an ihr das Meer an dem sie noch niemals war. Die Kette war modern aber zeitlos, der Verschluss aus Gold und man konnte sehen, wie hochwertig dieses fragile Schmuckstück verarbeitet war. Tante Dotti hatte sie vielleicht von einem stillen Verehrer geschenkt bekommen, sie selbst jedoch niemals getragen und nun an Inge weitergeschenkt. Sie würde dieses elegante, exotische Stück am Samstagabend erstmalig ausführen und es passte farblich ganz perfekt zu ihrem neuen beinahe-Mini-Schottenrock und zur cremefarbenen Bluse. Alles für Fred.

'Der Rock hat genau die richtige Länge – und Punkt', beharrte Rosemarie erneut, blickte Inge mit in Falten gezogener Stirn an und rückte ihre Lesebrille zurecht. Inge wusste in der Sekunde: Diskussion zwecklos. Da gab es keine Alternative. Da kannte sie ihre Mutter nur zu gut. 'Mist!', dachte sie. 'Ich bin immerhin achtzehn Jahre alt! Ich habe ihr doch das Modemagazin gezeigt, ihr das Schnittmuster hingelegt und trotzdem macht sie, wie immer, was sie will. Ich habe es satt', steigerte sich Inge in ihre trotzige Haltung hinein und setzte dabei einen Schmollmund auf als wäre sie fünf. 'Nie kann ich das haben, was ich will. Immer muss ich so brav wie Anna sein und ein Vorbild für die Buben! Immer heißt es nur: Was werden die Leute sagen? Was schert es mich, was die Leute sagen? Und überhaupt warum sollte ich…'.

Plötzlich wurde ihr Gedankenschwall jäh unterbrochen. Aus der Küche war ein ohrenbetäubender Lärm zu hören – es klang als wäre Onkel Viktor mit seinem Traktor samt Anhänger durch die Wand direkt in die Küche gedonnert. Der Minirock-Aufstand war vorerst vergessen. Rosemarie öffnete kurz erschrocken, aber tonlos, den Mund, um ihn sogleich wieder zu schließen, neigte den Kopf und blickte nach rechts unten auf den Fußboden, als könne sie mit einem Röntgenblick direkt in die Küche sehen und so herausfinden, was das Gepolter verursacht hat. Sie spürte eine dunkle Ahnung, strich energisch ihre Schürze glatt und ging, fast so als würde sie in die Schlacht ziehen, mit schwer gesetzten Schritten einen Stock tiefer und in Richtung Küche. Inge warf den Minirock aufs Bett, schlüpfte in ihre moosgrüne Flanellhose und folgte ihrer Mutter zögerlich und mit einigen Schritten Abstand.

Inge wohnte gemeinsam mit ihren Eltern, den drei Geschwistern und der Oma im ehemaligen Schweinestall des großen Bauernhofs. Umgebaut, aufgestockt, ausgebaut, aber dennoch: ein ehemaliger Schweinestall. Sie hasste diese Vorstellung, diese schmutzige Geschichte ihres Hauses. Es lag unmittelbar neben dem Herrenhaus des Hofs, von dem ihr Großvater väterlicherseits abstammte. Er war einer der jüngeren Brüder und musste vor dreißig Jahren mit diesem kleinen „Nebengebäude", nichts anderes als dem Schweinestall, als Erbteil das Auslangen finden. Onkel Viktor war jetzt der Großbauer nebenan. Besonders herzeigbar war das Haus, trotz aller Bemühungen daraus ein warmes Heim für eine Familie zu machen, dennoch nicht. Manchmal, wenn Inge aus dem Erdkeller Kartoffel oder Äpfel holen musste, meinte sie nach wie vor etwas von diesem fauligen, beißenden Ammoniak-Geruch wahrnehmen zu können, der im alten, feuchten Gemäuer festzusitzen schien. Sie lud eigentlich nie jemanden hierher ein. Außer Susanne oder Margot vielleicht, ihre besten Freundinnen. Die waren ja auch vom Bauernhof. Inge ging viel lieber außer Haus um sich mit Freunden zu treffen. Vor allem in die nahegelegene Stadt, da roch es nach Freiheit und nach Zukunft. Dort war sie anonymer, da wusste kaum wer, woher sie kam. Ihre Mutter erlaubte ihr maximal zweimal im Monat einen Samstagabend in der Stadt zu verbringen, die eine halbe Stunde Fußmarsch entfernt lag. In den letzten Wochen und mit den dazwischen liegenden Weihnachtsfeiertagen war an Ausgehen jedoch nicht zu denken gewesen. Für jeden Abend in der Stadt gab es von Mutter wie immer eine ganze Latte von Auflagen und Regeln, die eingehalten werden mussten.

Inges Eltern waren am Land streng und religiös erzogen worden und ließen ihren Kindern eine ähnlich strikte Erziehung angedeihen. Geld war ein Fremdwort. Jeder Schilling wurde zig-mal umgedreht, bevor er ausgegeben werden konnte. Obwohl Mutter Rosemarie von einem der größten Bauernhöfe der Region abstammte. Rosemarie war gerade fünfzehn geworden als Ihre eigene Mutter mit nur achtunddreißig Jahren im Kindbett verstarb. Rosemarie wurde von einem Tag auf den anderen zur Ersatzmutter für ihre drei jüngeren Geschwister und vor allem dem Neugeborenen. Ihr Vater, ein grobschlächtiger Despot und Schreihals, fand sich bald eine neue Frau, Martha, zarte achtzehn Jahre alt. Irgendjemand musste sich ja um den großen Haushalt kümmern und auch jung genug sein um für weiteren Nachwuchs am großen Hof zu sorgen.

Rosemarie hatte nun, förmlich über Nacht, eine Stiefmutter bekommen, gerade einmal drei Jahre älter als sie selbst. Schmächtig, schüchtern und arbeitsscheu hatte sie keine Ahnung von Kindern, geschweige denn davon, wie ein Haushalt und ein Hof mit Gesinde zu führen sei. Die viele Arbeit blieb größtenteils an Rosemarie hängen, wurde jedoch von ihrem Vater kaum gesehen oder honoriert. Ganz im Gegenteil. Der Dank des Vaters erschöpfte sich meist in einem angedeutet wohlwollenden Nicken mit geschlossenen Augen. Eher gab es für Rosemarie eine zurechtweisende Ohrfeige, wenn sie dem Großknecht am Sonntag ausnahmsweise ein Stück Braten auf den Teller legte, das größer als eine Briefmarke war.

Rosemarie arbeitete zwei Jahre durch und brachte ihrer ungeschickten Stiefmutter in dieser Zeit das Wäschemachen, Kochen und ordentliche Haushaltsführung bei. Der ihr verhassten Bund Deutscher Mädel, dem weiblichen Zweig der Hitlerjugend, konnte sie fast immer entgehen, da sie zu Hause am Hof unabkömmlich war. Ihr größter Wunsch blieb aber, diesen Hof sobald als möglich verlassen zu können. Beim Kirchtag, es muss der Sommer nach Kriegsende gewesen sein, traf sie zum ersten Mal den Hermann und der Beginn eines neuen Lebensabschnitts stand unmittelbar bevor. Mit siebzehn verließ sie den Hof umständehalber und vor allem um ihren Hermann zu heiraten - die Geschwister, den Vater und die hilflose Stiefmutter ließ sie erleichtert zurück. Als Mitgift gab es eine mittelgroße Holztruhe mit Bettwäsche und Geschirr für eine achtköpfige Familie. Ihr Bruder sollte fünfzehn Jahre später den gesamten Hof erben. Hundertzwanzig Milchkühe, fünfundachtzig Schweine, zwölf Pferde, hunderte Hühner, Traktoren und Maschinen, eine Schnapsbrennerei, sieben Mägde und Knechte und mindestens zweihundertfünfzig Hektar fruchtbare Felder, Wiesen und Wald.
Rosemarie wurde zu einer starken Frau. Eine für die 60-er Jahre emanzipierte End-Dreißigerin, die als Wäscherin und Büglerin im Krankenhaus der nahen Bezirksstadt den Lebensunterhalt für die

sieben Familienmitglieder verdiente. Sie war sozial engagiert, zusätzlich als Arbeitnehmervertreterin in der Gewerkschaft aktiv und setzte sich als Mitglied der Sozialdemokratischen Partei aus tiefster Überzeugung besonders für die Rechte der Frauen ein. Nichts verabscheute sie mehr als Ungerechtigkeit und Ausbeutung – wohl aus eigener, leidgeprüfter Erfahrung. Damit nicht genug, hatte sie auch noch eine gewichtige Stimme im örtlichen Pfarrgemeinderat und organisierte die aufwändigen Feste des Kirchenjahres. Sie fand stets ausreichend Gründe, so wenig wie möglich zu Hause sein zu müssen.

Wenn Inge morgens um sechs aufstand, war Mutter schon längst in der Küche und wenn sie abends schlafen ging, war Mutter noch eine ganze Weile mit Hausarbeit beschäftigt. Sie hörte sie oft erst spätnachts mit müden Schritten die Treppe heraufsteigen. Wann schlief sie? Nebst Inge waren noch die um ein Jahr ältere Schwester Anna, mit der Inge das Zimmer teilte, der ein Jahr jüngere Bruder Thomas und der Nachzügler-Bruder Michael, er war erst zwei Jahre alt, zu versorgen. Auch Hermanns Mutter lebte mit ihnen unter einem Dach, die Oma. Oft fragte sich Inge, wie Mutter das alles hinbekommt. Vater Hermann war ein verwundeter und vor allem schwer traumatisierter Kriegsheimkehrer. Niemand in der Familie wusste genau, was denn dem Vater in Russland im Winter 1942/43 widerfahren war. Sie konnten es sich in ihren schrecklichsten Vorstellungen nicht ausmalen und es wurde schon gar nicht darüber gesprochen. Nie. Er war einer von vielen Kriegsheimkehrern aus dem Dorf, und war obendrein von Jahr zu Jahr mehr dem Alkohol verfallen. Es waren diejenigen ehemaligen Kameraden, die sich untereinander wortlos verstanden und die auch dieselben, immer wiederkehrenden, schrecklichen Träume hatten.

In den traurigen Augen ihres Vaters sah Inge in diesen Tagen oft Trostlosigkeit und Verzweiflung. Dabei erinnerte sie sich so gerne an die Nachmittage ihrer Kindheit, an denen er ihr und Anna mit geschickten Händen und in minutenschnelle kleine Holzfiguren geschnitzt hatte. Damals, es muss vor gut zehn Jahren gewesen sein, schien alles noch in bester Ordnung. „Schau mein Schatz, da hast du noch ein kleines Ferkel - dein Bauernhof wächst und wächst!“, sprach Hermann mit kratziger Stimme zu seinen Töchtern und lachte herzlich. Für seinen Sohn Thomas schnitzte er keine Tiere. Er gab ihm eines seiner Schweizer Taschenmesser und meinte nur: 'Tommi, du bist ein Bub, du machst dir deine Holzfiguren selbst. Hier hast ein schönes Stück Holz – kannst schon anfangen, ist keine große Kunst'. Dann hatten die Kinder an den langen heißen Sommernachmittagen mit ihren hölzernen Kühen, Hunden, Katzen, Schweinchen, Schafen und Hühnern gespielt bis die Mama sie aus ihrer Fantasiewelt riss: 'Kinder, Essen! Schnell rein jetzt. Ordentlich Händewaschen und zum Tisch. Flott!' Die hölzernen Tierfiguren waren bald darauf auf Nimmerwiedersehen in Schachteln weggepackt und im dunklen Dachboden verstaut worden. Inge vermisste diese Zeit sehr, sie vermisste vor allem ihren liebevollen Papa mit seinem herzlichen, bellenden Lacher. Hatte sie ihn bereits an den Alkohol verloren?

Inge genierte sich nicht nur für ihr Elternhaus. Das gesamte Dorf war zum Genieren. Wobei, Dorf war für Inges Heimat fast übertrieben, es war nicht mehr als eine Ansammlung von einigen kleineren Bauernhöfen und ein paar armseligen Häusern mit insgesamt knapp unter hundert Einwohnern. Jeder Bauernhof hatte mindestens einen Misthaufen. Sechs Monate im Jahr dampften sie, zwölf Monate im Jahr stanken sie. Der Geruch im Dorf war durchwegs unausstehlich und änderte lediglich mit den Jahreszeiten und den Temperaturen seine Intensität. Auch das Bellen der Hunde, das Krähen und Gackern von Hahn und Hühnern, das infernale Gejammere und Gejaule der Katzen, die tagaus, tagein knatternden Traktoren, die lästigen Fliegen, die einen neun Monate lang quälten, das ständige Gemuhe der Kühe, das Brüllen der Kälber und vor allem das Quieken der Schweine - besonders an Schlachttagen, wenn diese genau wussten, dass ihre letzte Stunde geschlagen hatte - waren für Inge eine nervliche Dauerbelastung. Von Landidyll konnte keine Rede sein.

Dazu kam erschwerend, dass sich alle im Dorf kannten und alles übereinander wussten – oder zumindest glaubten alles zu wissen. Zusätzlich war man gut beim Erfinden von haarsträubenden Gerüchten und beim Ausschmücken unwesentlicher Ereignisse. Jeder wusste immer was der andere falsch gemacht hat, was er zu tun und zu unterlassen hätte und jeder kannte auch die Eigenheiten und Fehler der anderen – und wenn es keine gab, wurden sie ersonnen. Die meisten waren entweder verwandt oder verfeindet oder beides. Inzucht war zwar ein nicht gern gehörtes Wort aber gleichzeitig gelebte Praxis der letzten Jahrhunderte. Dann gab es aber auch die Zeiten, in denen alles harmonisch abzulaufen schien. Gemeinsames Arbeiten auf den Feldern und im Wald, sich gegenseitig aushelfen, wo Not am Mann oder der Frau war, in den diversen Vereinen gemeinsam aktiv sein. Blasmusikkapelle, Kirche, Chor, Jäger, Schützen-, Fußball- oder Kegelverein: Man fand dann in lockerer, manchmal herzlicher und aufrichtiger Gemeinschaft zusammen. Da wurde freundschaftlich auf Schultern geklopft. Da wurden lachend und schmatzend Bierkrüge und Schnapsgläser geleert. Man zog ja letztendlich doch an einem Strang, man müsse doch zusammenhalten in so einem kleinen Dorf. Bis dann wieder, in beinahe vorhersehbarer Regelmäßigkeit, Animositäten, Probleme und Gehässigkeiten an die Oberfläche schwappten und, so wie ein plötzlich auftretender Algenteppich am See das Schwimmen unattraktiv werden lässt, jeder den anderen meidet, niemand mehr den anderen in die Augen sieht, nur böse Absichten vermutet werden und kaum noch wer am allgemeinen Dorfleben teilnehmen möchte. Man konnte sich eben nie wirklich sicher sein, wie lange so ein Dorffrieden anhielt.

Rosemarie riss die Küchentür auf. Am Boden lag Hermann. Begraben unter Töpfen und Pfannen, Tellern, Tassen und Krügen, inmitten tausender Scherben und dem Hängeschrank, zerbrochen in drei, vier große Teile. Die Küche war erst im Jahr zuvor neu gemacht worden, ein Herzenswunsch von Rosemarie den sie sich nach fünf Jahren eisernen Sparens erfüllt hatte. Die Küche, modern, funktional, hell und freundlich, wirkte beinahe wie ein Fremdkörper in diesem Haus. Oder wie eine Wohlfühloase – je nach Betrachtungsweise. Bei den glänzenden, pastellhellblauen, pastellgelben und pastelllrosaroten Fronten wäre man nicht überrascht gewesen, hätte dort an der weißen Arbeitsplatte Doris Day lächelnd Kaffee aufgegossen, Donuts auf zierliche Tellerchen gesetzt und „Que Sera“ vor sich hingeträllert.

'So ein Scheißdreck!', hörte man ihn mit kratziger Stimme lallend unter dem Haufen herausschimpfen. Seine mächtige Knollennase war rot, das weiße Haar zerwühlt wie ein Weizenfeld nach dem Sturm, die Augen blutunterlaufen. In der Hand hielt er eine halbleere Flasche 80-prozentigen Rums. Rosemarie hatte erst vor einigen Wochen etwas davon zum Weihnachtskekse backen verwendet und die Flasche dann auf dem oberen Küchenkasten ganz nach hinten geschoben, versteckt hinter einer geschnitzten Holzfigur und einer Vase. Rosemarie war sich ganz sicher, dass die Flasche, so wie sie diese platziert hatte, nicht gesehen werden konnte. Jedenfalls hatte sie Hermann doch gefunden - wahrscheinlich mit seiner großen Nase erschnüffelt - einen Küchensessel geschnappt und versucht seinen hochprozentigen Freund zu bergen. 'Ja, wen haben wir denn da? Ganz alleine da oben. Komm zu mir du Hübsche', hatte er mit gierigen Augen der Rumflasche entgegen geschmachtet. Er war erstaunlich geschickt auf den zurechtgerückten Sessel geklettert hatte aber, beim Strecken nach der Flasche sein Gewicht zu stark auf eine Seite des Sessels verlagert, als dieser abrupt umkippte. Er hatte sich erschrocken am pastellblauen Hängeschrank festgehalten und diesen, nach zwei, drei Sekunden kurzen Innehaltens - gerade so als könnte die Zeit gestoppt und das zu Erwartende abgewendet werden - mit sich zu Boden gerissen.

Eine Hand war am Hängeschrank, eine Hand war an der Flasche. 'Nur nicht loslassen! Nur nicht zerbrechen bitte!' schoss es ihm. Er war mit dem Rücken auf den umgekippten Sessel gekracht, die Lehne knackste, der Inhalt des Hängeschranks hatte sich auf seinen breiten Oberkörper entleert, Geschirr klirrte und brach, und auch der Kasten selbst, der sich zur Gänze aus der Verankerung in der Wand gelöst hatte, war beim Aufprall in mehrere Teile zerborsten. Mit der linken Hand hatte er noch instinktiv seinen Kopf vor dem hernieder-prasselnden Geschirr geschützt, den rechten Arm so weit von sich nach oben hinten wie nur irgend möglich gestreckt, die Rumflasche in der Hand. 'Gerettet! Alles halb so schlimm! Stalingrad war ärger.' war sein Gedanke. Er grinste erst und verzog gleichzeitig den Mund vor Schmerz. Schmerz ausgelöst durch den Sturz oder die kurz aufflackernde Erinnerung an jenen Winter in der Hölle?

Noch am Boden liegend richtete Hermann sich mühsam ein wenig auf, nahm die Flasche, schraubte den Verschluss ab und genehmigte sich einen ordentlichen Schluck des starken Alkohols. Dann gab er noch ein hörbar zufriedenes 'Ahhh!' gefolgt von einem genussvollen Schmatzen von sich.

'Du elendiges Schwein! Hast du noch nicht genug? Schau nur, was du angerichtet hast', fuhr es Rosemarie heraus. Inge stand mit eingezogenem Kopf da und starrte auf den Boden. Rosemarie stürmte im selben Moment auf den verblüfft dreinblickenden Hermann zu, entriss ihm die Flasche und kippte umgehend den verbliebenen Rest mit Schwung in den Abfluss. Hermann konnte nicht aufstehen, um die Vernichtung seines Rums zu verhindern. Er wälzte sich ächzend im Scherbenmeer, begann unverständliches Zeug vor sich hinzuplappern und seine Frau mit Schimpfwörtern zu bombardieren.

In der Tür zur Stube stand die Oma, Hermanns Mutter, die dort, im angrenzenden Raum neben der Küche, auf gerade einmal zwanzig Quadratmetern, im Haus lebte. Auf knarrenden Holzdielen stand ein schmales Bett, ein Tisch mit einer großen weißen Häkeldecke, zwei einfache Stühle mit gepolsterten Sitzauflagen, ein Kleiderkasten mit unfassbar wenig Kleidung darin, eine uralte Kredenz mit etwas Geschirr, ihr Hochzeitsfoto von 1922 im angelaufenen silbernen Rahmen, allerlei Krimskrams und einer schweren böhmischen Kristall-Glasschale, gut gefüllt mit Karamellbonbons die die Kinder manchmal als kleine Belohnung bekamen. In der Ecke stand ein wärmespendender Holzofen mit einer kleinen Sitzbank auf Rollen

unmittelbar daneben. Ein für den Raum viel zu großes Kruzifix hing in der Ecke über dem Tisch von dem ein derb geschnitzter, muskulöser Jesus traurig in den Raum blickte. Damals war die Oma gerade sechsundsechzig Jahre alt – Jahrgang 1900. Sie schien immer schon gebrechlich, litt unter der Gicht und hörte schlechter als ein Grottenolm. Sie war sehr bescheiden und trotz Ihres Schicksals strahlte sie eine herzliche Fröhlichkeit aus. In dem von den Jahrzehnten harter Arbeit zerfurchtem Gesicht blickten ihre kleinen Äuglein aufmerksam und gütig.
Inge dachte oft: 'Wie kann man nur fröhlich sein, wenn man so gut wie nichts hat, zwei Söhne im Teenager-Alter in einem sinnlosen Krieg und dann noch den Mann so früh verloren hat? Und wenn aus dem einzigen Kriegsheimkehrer ein hoffnungsloser Trinker geworden war?'

Von ihrer Schwiegertochter Rosemarie wurde die Oma, mit der sie sich in dem kleinen Haus arrangiert hatte, noch in der dritten Person angesprochen. In den 60-er Jahren war dies am Land durchaus noch gang und gäbe. Die Großmutter verwendete auch immer noch antiquierte Ausdrücke längst vergangener Tage. So hieß bei ihr der Bürgersteig Trottoir oder die Waschschüssel Lavoir, von der Großmutter als 'Lawur' ausgesprochen. Französische Wörter waren als Überbleibsel der ausgelöschten Monarchie nach wie vor bis in die kleinsten Dörfer in Verwendung. Ein Flugzeug war bei ihr stets noch ein 'Aeroplan'.

Gedrungen stand die Oma in der Tür, in obligater Schürze und Kopftuch, auf ihren Gehstock gestützt, und schaute fassungslos auf ihren am Boden liegenden Sohn. Wie ein Käfer lag er da am Rücken inmitten des selbstverursachten Chaos. Ein Bild des Jammers. 'Wäre doch nur mein jüngerer Bub aus dem Krieg heimgekommen, statt ihm', dachte sie kurz und bekreuzigte sich umgehend für ihren gottlosen Gedanken. Sie bewegte den Kopf mehrmals langsam von links nach rechts, die Augen dabei geschlossen, um ihre Abneigung für das Gesehene zum Ausdruck zu bringen, sagte kaum hörbar: 'Dass du dich nicht schämst Hermann – dass ich das erleben muss', räusperte sich energisch, zupfte ihr Kopftuch zurecht und zog mit Schwung die Tür zu ihrer Stube hinter sich zu. Hermann hatte kurz innegehalten und mit trübem Blick seine Mutter und ihre Worte wahrgenommen. Als sie sich bereits von ihm weggedreht hatte, nuschelte er noch in Richtung ihrer Zimmertür: 'Aber Mutter, schaut doch nicht so streng, ist ja nichts passiert…'.

Rosemarie begann rund um ihren am Boden liegenden lallenden Mann, das Geschirr aufzuheben, die Scherben einzusammeln und warf ihm, ohne ihn eines Blickes zu würdigen, an den Kopf: 'Eine einzige Schande bist du! Vor deiner Mutter! Vor den Kindern! Ist dir denn gar nichts mehr heilig? Siehst du nicht, was du uns antust? Hast du denn alles vergessen, wovon wir geträumt haben, nach dem Krieg, was wir alles erreichen wollten? Siehst du nicht wie die Kinder leiden? Du verantwortungsloser Saufbold...! Du stinkst, geh dich waschen!' Er grummelte etwas Unverständliches, wälzte sich am Rücken von links nach rechts - das Knacksen von Scherben war zu hören - und wollte so in eine Position gelangen, aus der ihm das Aufstehen gelingen könnte. Er ächzte wie ein morscher Baum im Sturm. Rosemarie wendete sich mit Abscheu von ihrem Mann ab.

Inge stand immer noch in der Küchentür, eine Träne kullerte über ihre

Wange. Sie war traurig und auch wütend, dass sie Teil dieser Familie war, für die sie keine Zukunft sah. Wie stand es um ihre eigene Zukunft? Sie hatte Träume, viele Träume. Aber was davon konnte wahr werden? Und wie? Sie wusste so wenig über sich selbst und sie wusste noch weniger über ihre Eltern und deren Probleme. Einerseits von den permanenten finanziellen Schwierigkeiten und den Mühen, die Kinder annähernd gut zu versorgen und ihnen eine Schulbildung zu ermöglichen. Andererseits von den emotionalen Achterbahnfahrten ihrer Mutter und der ehemaligen großen Liebe der Eltern, die nun offensichtlich erloschen oder gar in Abneigung und Verachtung umgeschlagen war. Wie sollte es bloß weitergehen? 'Kann ich nicht endlich ein normales Leben führen? Kann ich nicht eine normale Familie haben? Was ist mit meinen Wünschen und Träumen? Was ist mit mir und Fred?!', rotierten ihre Gedanken. Inge fürchtete aber auch zunehmend um das Wohl ihres Vaters, der jetzt unbeholfen und hilflos vor ihr am Boden lag. Früher konnte er noch herzlich lachen, hat seinen Kindern Zärtlichkeit geschenkt und war für sie da.

Diese immer wiederkehrenden dunklen Momente, wenn die schrecklichen Schatten der Vergangenheit über seine Seele kamen, wusste er damals noch gekonnt vor seiner Familie zu verbergen. Diese dunklen Momente kamen nun immer öfter, seine Fähigkeit oder sein Wille diese in Schach zu halten, wurde immer schwächer, der Drang zur Flasche wurde stärker und der Alkohol wurde zu seinem täglichen Begleiter und trügerischen Tröster. Er trank mehr und mehr, ließ sich gehen, behandelte vor allem Rosemarie, seine Frau und Mutter seiner Kinder, immer schlechter. Gehässig und abfällig äußerste er sich ihr gegenüber, böse und zynisch. Inge schmerzte dieser Umstand besonders und sie versuchte im Alltag so gut es ging nicht daran zu denken. Jetzt war sie wieder abrupt damit konfrontiert und nahe daran, ihre Tasche zu packen und mit Ziel unbekannt abzuhauen. Da fühlte sie ihres Vaters Blick. Sie sah in tränengetrübt an. Er sagte kein Wort. Seine Augen glänzten wässrig als er die Lider senkte und den Kopf langsam zur Seite drehte.

Fred

Am Freitag kam Fred gegen sieben Uhr abends aus der Arbeit. 'Knut ist so ein Arsch!', resümierte er seine Arbeitswoche bisher, während er energisch die Treppe zur Wohnung seiner Mutter hinaufstapfte. 'Ständig hackt er auf mir herum, nichts passt ihm! Putzen lässt er mich wie ein Dienstmädchen! Farbe darf ich so gut wie nie machen. 'Das ist Chefsache' meint er! So ein Idiot. Der kann sich sein Geschäft sonstwo hinschieben. Ich bin nächstes Jahr weg, sobald ich ausgelernt bin!', motzte Fred aufgebracht vor sich hin.
Gleich wollte er sich auch noch mit Peppo, seinem besten Freund, auf ein oder zwei Bier treffen, um seinen Ärger runterzuspülen. Noch dazu musste er dringend mit Peppo über die Frauen reden. 'Morgen Abend geh' ich doch mit Inge ins Kino. Da kann der eine oder andere Tipp nicht schaden.' Peppo hatte ja mit seiner Ulla schon einiges an Erfahrung gesammelt in den letzten fünf Monaten. Freds üble Laune wich bei diesen Gedanken rasch freudiger Erregung.

Letzten Herbst war Fred neunzehn geworden und er stand im dritten Lehrjahr seiner Ausbildung zum Friseur. Er war talentiert und besonders bei seinen Kundinnen sehr beliebt. Schlank, drahtig-muskulös, mit frechen schwarzen Locken, braungebrannt, einer handvoll Sommersprossen und mit spärlich, jugendlichem Bartansatz, den er sich immer fein säuberlich rasierte. Freds Augen leuchteten in einem blau, wie man den Himmel von wolkenlosen Hochsommertagen kennt. Immer in neuesten Jeans, sah er aus wie einer dieser jungen Hollywood-Stars. Mit seinem Lächeln hätte er einen einäugigen Piraten mit Holzfuß verzaubert. Sein Augenzwinkern war soviel mehr als nur eine billige Geste, besonders wenn er dabei einen

Mundwinkel ganz leicht nach oben zog und dabei seine makellosen Zähne vorblitzten, konnte ihm kein Mädchen je auch einen noch so banalen Anmachspruch übel nehmen. Im Gegenteil, Verehrerinnen hatte er genug, das wusste er. Nur war er bis jetzt nie über einige Flirts und ein paar hastige Knutschereien hinausgekommen. Die Richtige war ihm offensichtlich noch nicht über den Weg gelaufen. Wenn er mit Peppo und Ulla oder anderen Freuden ausging, hafteten sofort schüchtern wirkende, tatsächlich doch begierige Blicke der Mädchen auf ihm und sie steckten rasch die Köpfe zusammen und kicherten verlegen.

Nicht nur die Mädchen schauten ihm nach. Er fühlte immer wieder auch mal einen verstohlenen Blick eines Burschen auf ihm kleben der jedoch, sobald Fred zu ihm hinsah, rasch den Kopf in die andere Richtung drehte. Fred war das egal. Fremd war ihm das Thema ohnehin nicht, sein Arbeitskollege Harald stand auf Männer.
Genaugenommen stand Harald auf ihn. Nachdem Fred ihm aber unmissverständlich zu verstehen gab, dass das nicht auf Gegenseitigkeit beruhe, war Harald zwar enttäuscht, respektierte aber Freds Einstellung. Strohblondes, leicht gelocktes Haar, grüne Augen, helle Haut aber unsicher wie ein neugeborenes Kätzchen. Harald hatte garantiert noch nie einen Jungen angesprochen – mehr war erst recht unvorstellbar, obwohl er ein wirklich adretter Achtzehnjähriger war. Im Geschäft genügte es Harald, dass sein Schwarm Fred als Arbeitskollege immer in Sichtweite und gelegentlich auf Tuchfühlung war. Manchmal, wenn Harald etwas aus der Teeküche holen musste, dann schnüffelte er rasch an der Jeansjacke von Fred, die dort an der Garderobe hing. Er schloss die Augen und atmete tief den Geruch seines Angehimmelten ein.

Harald erhaschte eine Mischung aus Rasierwasser, einen Hauch von Schweiß, Zigarettenrauch und den so typischen Gasthausdunst, der sich so gerne in der Kleidung festsetzte. Dieses schnelle, verbotene Schnuppern bescherte ihm täglich kleine Glücksmomente und rote Backen.
Natürlich wollte er sich dabei von Fred nicht erwischen lassen – das wäre ihm peinlich gewesen. Der würde aber wohl nur den Kopf über seinen Kollegen geschüttelt haben. Knut hingegen sollte ihn dabei wirklich nicht erwischen. Der verstand da keinen Spaß und hätte ihn mit einem Klaps auf den Hinterkopf, einem demütigenden Spruch und einem scharfen Blick zurück an die Arbeit beordert. Für einen Coiffeur, wie er sich gerne bezeichnete, hatte Knut eine erstaunlich schlechte Frisur. Sein schütteres blondes Haar kämmte er mit viel Pomade einfach streng nach hinten. Blass wie die Wand, verschmolz er förmlich mit seinem weißen Arbeitsmantel zu einer optischen Einheit. Wäre seine Haut nicht glatt und glänzend, wie ein frisch geölter Kinderpopo hätte man den gerade dreißig Jahre alten Mann auch locker für fünfzig halten können.

Knut war verheiratet, hatte aber keine Kinder. Die Mär ging um, dass sich die zwei arrangiert haben. Sie wollte nichts von ihm, er wollte nichts von ihr. Seine Frau, aus einer alteingesessenen Unternehmerfamilie abstammend, Knut, Friseurmeister und Selbstständiger in dritter Generation, da hat man doch einen Ruf zu verteidigen. Da kann man nicht einfach machen, wonach einem gerade gelüstet. Kein Wunder, dass Knut zwei- bis dreimal im Jahr eine Fortbildungsveranstaltung oder eine Fachmesse, gerne auch im Ausland, besuchte, um seine insgeheimen Begehren zu stillen.
Knut war wohl auch eifersüchtig auf Harald und Fred. Der eine ging

annähernd offen mit seiner sexuellen Orientierung um, der andere war verboten hübsch und bei den Frauen unglaublich beliebt. Harald wurde von Knut ständig mit zweideutigen Anspielungen drangsaliert. 'Und, wie schaut es aus mit dem Liebesleben? Die Frauen stehen ja nicht gerade Schlange bei dir...?', oder 'dass du mir nicht wieder mit der „Praline" für eine halbe Stunde am Klo verschwindest!' In dem schlüpfrigen Monatsheft gab es ausreichend nackte Haut beiderlei Geschlechts zu bestaunen. Harald war jedes Mal peinlich berührt und wütend auf seinen Chef. Knut hatte auch keinerlei Skrupel eine solche Provokation vor Kunden auszusprechen und ihn damit bloßzustellen. Harald hasste ihn dafür.

Selbstverständlich bekam auch Fred regelmäßig sein Fett ab: 'Hier tanzt du nach meiner Pfeife, ist das klar! Heb dir deinen honigsüßen Hollywood-Charme für jemanden anderen auf – das zieht bei mir nicht!', fauchte er ihn immer wieder an. 'Putz das nochmal, aber ordentlich – du schlampiger Hund'. Sein offensichtlicher Hang zum Sadismus blitzte immer wieder mal hervor und die demütigenden Sticheleien seinen beiden Mitarbeitern gegenüber schienen ihm viel Freude zu bereiten. Vor seinen Stammkunden aber, speziell den Damen, zog er die immer gleiche, unterwürfige und aufdringliche Show ab.
'Gnädige Frau hier und Herr Doktor da; sie sehen heute wieder aus wie Sophia Loren, diese Farbe lässt Sie um zehn Jahre jünger aussehen… Zum Kotzen diese aufgesetzte Falschheit. Aber der glaubt ja, die Kunden brauchen das. So will ich niemals werden', war Fred sich sicher. Knut war dann am erträglichsten, wenn die Kassa stimmte oder eine „Dienstreise" kurz bevorstand. Da pfiff er fröhliche Melodien vor sich hin, erzählte anrüchige Witze, klopfte seinen

Lehrlingen augenzwinkernd auf die Schulter, gönnte ihnen eventuell einen halb zweifelnden, halb anerkennenden Blick und besserte ihnen sogar ihr Trinkgeld auf. Beides kam aber nicht sehr oft vor.

Zehn Minuten Fußweg hatte Fred jeden Tag nach der Arbeit vor sich. Statt zu gehen, wäre er viel lieber mit seiner nagelneuen Vespa 150 gefahren. Die war sein ganzer Stolz. Von seinen Ersparnissen der ersten Lehrjahre hatte er sich letzten Sommer dieses himmelblaue Prachtstück einer Piaggio, Baujahr 1964, gekauft. Seine Mutter und auch die Brüder hatten ihm für diese Anschaffung ordentlich was dazugegeben. Derzeit stand sie eingewintert bei seinem Bruder Pepi in der Garage. Fred konnte den Frühling kaum erwarten.

Angelika, Freds Mutter, wusste wohl, dass ihr jüngster von fünf Söhnen das Zeug zu einem kleinen Casanova hatte. Er war so ganz anders als seine Brüder. Extrovertiert, weltgewandt, charmant. Seit Angelikas Mann Alfred vor einem Jahr plötzlich an einem Hirnschlag verstorben war, stand sie ganz alleine mit den Buben da. Sie hatte zum Glück eine annähernd gute Pension ihres verstorbenen Mannes, der im Staatsdienst gestanden hatte, und auch die älteren Söhne unterstützten sie so gut sie konnten. Alle hatten Arbeit und verdienten ihr eigenes Geld. Sigi mit seinem unsteten Lebenswandel war der einzige ihrer Buben, der ihr wirkliche Sorgen machte. Fred war das Nesthäkchen, als Lehrling wohnte er auch noch bei ihr. Vielleicht hatte sie ihren letztgeborenen auch ein wenig zu sehr verhätschelt. Angelika kam aus einfachem Elternhaus, ihr Vater war Schustermeister gewesen. Sie hatte einen älteren Bruder der, wie der Rest der Verwandtschaft, in ihrem Geburtsort lebte, eine Tagesreise entfernt. Nur sehr selten hatte sie die Gelegenheit das Dorf ihrer Kindheit zu

besuchen, dass sie mit so vielen schönen Erinnerungen verband. Sie zog für ihren Mann in die ferne Bezirksstadt in der sie es viele Jahre als „Zugereiste“ nicht einfach hatte.
Fünf Buben hatte die zierliche, kleine Frau im Krieg und den darben Jahren danach aufgezogen. Die kleine Beamtenwohnung in der Stadt erfüllte ihre bescheidenen Ansprüche vollends. Fred war definitiv nicht wie seine vier Brüder. Wenn Angelika heute daran dachte, wie sie den kleinen Fred aufzog oder sich alte Fotos ansah, war sie meist ein wenig peinlich berührt. Nach den ersten vier Buben war ihr größter Wunsch nach einem Mädchen wieder einmal nicht in Erfüllung gegangen. Somit entschied sich Angelika spontan und beinahe wie zum Trotz, ihren Jüngsten ganz einfach zum Mädchen zu machen. Sie zog ihm Kleidchen an, flocht ihm Zöpfe mit bunten Bändern und gab ihm Puppen zum Spielen. Erst nach drei, vier Jahren konnten ihr Mann und auch die älteren Brüder sie endlich davon überzeugen, dass diese eigenartige Maskerade aus Fred kein Mädchen machen würde. Er würde bloß verweiblicht und in der Schule von allen verlacht werden und selbst nicht mehr wissen, wer oder was er ist. Früher oder später würden Fred daraus große Probleme erwachsen. Angelika sah ihre Irrung widerwillig ein und machte nun, nach fast vier Jahren, durchaus wehmütig, aus „ihrem Mädchen“ wieder einen kleinen Fred. Der Traum von einer Tochter war ausgeträumt. 'Geschadet hat dem Bub das nicht, ganz im Gegenteil.', sagte sich Angelika manchmal wie zur Rechtfertigung.

Seine Wirkung auf das andere Geschlecht war Angelika nicht verborgen geblieben. Letzten Sommer noch war die ganze Familie am See zum Schwimmen und es war offensichtlich, wie sich die Mädchen um Fred scharten und wie sehr er diese Aufmerksamkeit auch genoss. Ein Mädchen schien es aber auch ihm besonders angetan zu haben. Diese schlanke, gutaussehende Dunkelblonde die immer und überall mit denselben zwei Freundinnen auftauchte. Angelika hatte sie einer genaueren Beobachtung aus sicherer Entfernung unterzogen und konstatierte, sich selbst beruhigend: 'Ach was, das ist jugendliche Schwärmerei! Da wird nichts Ernstes daraus. Solange er mir nur keinen Blödsinn macht', rückte ihre Brille zurecht und widmete sich wieder konzentriert ihrer Strickerei. 'Bis Weihnachten muss ich noch einige Socken und Pullover schaffen', spornte sie sich selbst an. Die Stricknadeln klapperten im Stakkato los.

'Gehst du nochmals fort?', wollte Angelika wissen. 'Erst wirst du aber was Ordentliches essen! Ich habe eine gute Gemüsesuppe und etwas Selchfleisch mit Sauerkraut. Du bestehst eh nur noch aus Haut und Knochen. Sag mal, triffst du dich etwa schon wieder mit dem Peppo, diesem Nichtsnutz? Der ist mir nicht ganz geheuer, pass bloß auf, dass der dich in nichts hineinzieht. Wehe, mir kommt da was zu Ohren. Du weißt, was dein Vater gesagt hätte, Gott hab in selig!' Dabei bekreuzigte sie sich und warf einen schnellen Blick erst nach oben, dann auf das Foto ihres verstorbenen Gatten an der Wand, dass noch von einer schwarzen Seidenschleife über der oberen Ecke geziert war. Mit der linken Hand berührte sie gleichzeitig das kleine goldene Kruzifix, das sie an einer dünnen Halskette trug. Angelika war nach wie vor schwarz gekleidet, das Trauerjahr war noch nicht vorüber.

'Mach doch kein Drama daraus Mama! Der Peppo ist voll in Ordnung, echt. Ein, zwei Bier und um zehn bin ich wieder da, versprochen! Muss ja morgen wieder um 05:30 Uhr raus. Scheiß Arbeit…', schob

Fred noch nach.
'In meinem Haus wird nicht so gesprochen, merk dir das endlich!', reagierte Angelika ungehalten, schaute ihn scharf an und stampfte dabei leicht mit dem rechten Fuß auf. Eine Angewohnheit von ihr, die ihre Söhne eher erheiterte als einschüchterte. 'Vom Vater hättest du dafür eine Ohrfeige bekommen, das weißt doch, oder?!'
'Jahaa, aber der Vater ist nicht mehr da...' motzte Fred genervt zurück.
'Schluss jetzt endlich mit der Widerrede, du versündigst dich! Setzt dich hin und iss bevor es kalt wird!'

Schule

In der vor zwei Jahren neu errichteten Handelsschule in der nahen Stadt wurden knapp dreihundert Mädchen unterrichtet. Inge ging richtiggehend gern in die Schule. Sie war eine sehr gute Schülerin und wusste, dass sich für sie nach erfolgreichem Abschluss die Tür in eine Berufswelt auftun würde, die ihren Eltern verwehrt geblieben war. Dafür war Inge dankbar. In der Schule fühlte sie sich modern und ernstgenommen und vor allem weit genug weg von ihrem Dorf.

Der Mittwoch war ihr der liebste Tag der gesamten Schulwoche. Zwei Tage abgehakt, noch zwei Tage vor sich und mittendrin der mit fünf Unterrichtsstunden sehr kurze Mittwoch. Auch diesen Mittwoch hatte sie vormittags Religionsunterricht bei Bruder Alois gehabt. Die Kurzbeschreibung dieser Stunde lautete: langweilig. Todlangweilig. Sogar wenn man nebenher heimlich ein Briefchen für die Freundin drei Bänke weiter hinten kritzelte, versuchte, sich den Liedtext von Roy Orbison's „Pretty Woman" einzulernen, oder sich überlegte, was man am Wochenende zum Weggehen anziehen sollte: Mit diesem Mann im Raum versank das gesamte Klassenzimmer in einem Meer aus Langeweile. Und es war einzig und alleine seine Schuld.
Bruder Alois war der Religionslehrer von 32 Teenager-Mädchen. Dieser Mann war ein wandelndes Nervenbündel, angespannt, hager, mit fahler grauer Haut voll kleiner roter Äderchen auf den eingefallenen Wangen, großen ausdruckslosen, grünlichen Augen, grauem, stumpfem und ungepflegtem Haar. Sein Alter war schwer zu schätzen. Zudem roch er nach Mottenkugeln und Rindsuppe. In seiner speckigen braunen Mönchskutte sah er einfach erbärmlich aus. Er muss es gewusst haben, er benahm sich erbärmlich. Inge fragte

sich manchmal: 'Ist der Mann eigentlich ein Masochist? Warum sonst stellt sich ein Mönch aus dem nahen Kloster, wo er seine heilige Ruhe haben könnte, als Religionslehrer in eine Klasse voller pubertierender Mädchen? Warum tut sich der das an?' Niemand hatte eine Antwort darauf. Manchmal starrte er minutenlang mit aufgerissenen Augen Löcher in die Luft, dann wiederum sprach er scheinbar zusammenhanglos und monoton vor sich hin, ahnend, dass niemand der Anwesenden ihm zuhörte. 'Sieht mich keine dieser Gören? Bin ich vielleicht nicht hier? Hört mir keine zu?', fragte er sich um dann plötzlich lauthals mit kreischender, sich überschlagender Stimme, die Arme gen Himmel gestreckt, in die Klasse zu schreien: 'Ja Himmelherschaftnocheinmal!! Jetzt habe ich aber genug von euch! Passt gefälligst auf wenn ich rede!' Die Mädchen blickten kurz verwundert auf, zuckten mit den Schultern oder schüttelten den Kopf, einige sagten sogar etwas wie 'wir sind eh ganz Ohr Bruder Alois', ehe sie sich wieder ganz ihrem Briefchen-schreiben, Liedtextelernen und Luftschlösserbauen widmeten.
Umgehend fiel Bruder Alois wieder in seine verzweifelte Lethargie und kehrte zu seinem in Watte gepackten öden Vortrag zurück. Diese Schulstunden bei ihm schienen immer ewig zu dauern. An manchen Tagen tat dieser unglückliche Mönch Inge richtiggehend leid.

Wesentlich lieber war Inge ihre letzte Stunde am Mittwoch: Englisch bei Andreas Eysenhut, ihrem absoluten Lieblingslehrer. So um die dreißig, very British mit seinem verknautschten Tweed-Jacket und dem Stecktuch. Den aufmerksamen rehbraunen Augen entging nichts und sein rotblonder Wuschelkopf sah aus als würde es sich dort gleich ein Vogel gemütlich machen um zu brüten. Gleichzeitig war er auch gänzlich entspannt und sympathisch.

Englisch war bei den Mädchen unglaublich beliebt. Kein Wunder, die Musik, die Filme, die Mode, einfach alles, was ihre Träume ausmachte stand in direkter Verbindung mit der englischen Sprache. Sie arbeiteten sich durch ihre Englisch-Schulbücher, lasen aber auch George Orwell oder Emily Brontë. Die Mädchen waren jedoch ganz aus dem Häuschen, sobald „Prof. Ironhat“ den Plattenspieler vorbereitete und ihnen ankündigte: 'Okay Ladies. Now I want you to get your exercise books and pens ready and listen carefully to this wonderful song and the lyrics! Have fun translating the latest song by Bob Dylan, called: All I really want to do. Have fun and good luck!', und er legte den Tonabnehmer auf die Platte. Jetzt konnten die Mädchen dieses Lied drei, viermal anhören und machten sich eifrig Notizen. Das Ergebnis war zwar stets etwas durchwachsen aber keines der Mädchen konnte sich eine bessere Form des Unterrichts vorstellen. Die Girls liebten den Englischunterricht mit ihrem Lehrer und so verging diese letzte Stunde stets wie im Flug, bevor die Schulglocke die Mädchen gutgelaunt in einen langen Nachmittag entließ.

Gefühle

Fred wartete in seiner Mittagspause vor dem Schulhof auf Inge. Er lehnte lässig am großen schmiedeeisernen Tor, den linken Fuß nach hinten angestellt und zog an seiner Zigarette, ein Auge zugekniffen, als wäre es der größte vorstellbare Genuss. Trotz strahlenden Sonnenscheins war es ein bitterkalter Januartag. Die Stadt war in einen dicken Panzer von Schnee gepackt, die Temperaturen kamen über die Minus-Fünf-Grad-Marke nicht hinaus und es roch nach noch mehr Schnee, der in den nächsten Tagen kommen sollte. Natürlich war Fred, wie alle coolen Typen in seinem Alter, nicht warm genug angezogen. Über einem schwarzen Rollkragen-Pulli trug er lediglich die obligate Jeansjacke die er so liebte. Obwohl er hier sicher erst für einige Minuten auf Inge gewartet hatte, begann er bereits vor Kälte zu zittern, ließ es sich aber nicht anmerken. Als wolle er sich an der glühenden Zigarette wärmen, zog er erneut kräftig an seiner Smart.

Nur Minuten nachdem der „Gong“ dreimal aus den Lautsprechern der Schule bis über den Vorplatz erklungen war, wurde die große Schwingtür des Gebäudes aufgestoßen und die Mädchen strömten lachend und hörbar froh, dass der kurze Schultag für sie zu Ende war, heraus. Als Inge Fred am Tor erblickte nickte sie ihren Freundinnen kurz zu, löste sich aus der Gruppe und steuerte in Richtung des wartenden Verehrers.

Sie flog förmlich auf ihn zu und rutschte am glatten Untergrund auf den letzten Metern, nicht unelegant, direkt in seine Arme. Ein 'Huch!' entkam ihr, sie lachte und drückte ihm einen flüchtigen Kuss auf die Wange. 'He, du hast's aber eilig heute! Hallo meine Schöne!', hauchte

er ihr schmeichelnd ins Ohr. Normalerweise wäre ihm diese öffentliche Zurschaustellung ein wenig peinlich gewesen, da ja alle Schülerinnen an den beiden vorbeieilten und die Szene auch mit entsprechenden Kommentaren und Gekichere bedachten. Diesmal aber, mit ihr im Arm, war es anders. Er fühlte sich, als hätte er gerade Troja eingenommen. Er drückte sie kräftig an sich und spürte, dass er mehr von diesem Mädchen wollte, seiner Inge. Die Kälte war in der Sekunde vergessen. Es war aber keine Zeit, hier im Schnee bei Minustemperaturen zu verweilen. Er musste ja zurück in den Laden, Knut duldete kein Überziehen der Mittagspause. 'Also, wie sieht's aus, gehst du mit mir am Samstag ins Kino?', war seine direkte Frage. 'Es läuft dieser neue Hollywood-Schinken. 'Muss man gesehen haben, sagen alle, sonst ist man gleich unten durch wenn man nicht mitreden kann. Doktor Schiwago, soll echt super sein'.
Sie war ganz aus dem Häuschen: 'Ja, sicher doch, gerne. Den wollte ich unbedingt sehen!', antwortete sie aufgeregt. 'Wollen wir uns um fünf vorm Kino treffen?'
'Klaro!' Er schnippte die Zigarettenkippe nach hinten über die Schulter weg, schlug den Kragen der Jeansjacke hoch und küsste sie unvermittelt und energisch auf den Mund. Dabei lugte er über Inges Schulter und suchte mit Genugtuung die neidvollen Blicke ihrer Freundinnen. Stolz grinsend fügte er an: 'Komm gut heim! Seh' dich dann am Samstagabend! Muss düsen, sonst spinnt der Alte wieder', machte am Absatz seiner Lederstiefeletten kehrt und glitt virtuos, irgendetwas Undefinierbares vor sich hinpfeifend, am Schnee über die Straße in Richtung Friseursalon.
'Inge! Inge! Bist du jetzt fertig mit Knutschen!?', rief Margot ungeduldig, die mit anderen Mädchen einige Meter entfernt stehengeblieben war. 'Kommst du jetzt endlich oder sollen wir uns

hier den Arsch abfrieren?!'

Seit diesem Mittwochmittag konnte Inge es kaum noch erwarten. Noch zwei Schultage, Hausaufgaben machen, noch dreimal schlafen. 'Am Samstag werde ich nachmittags erst ein schönes Bad nehmen und hoffentlich ist dann auch der Minirock fertig', dachte Inge voll Sorge. Sie wollte einfach gut für ihn aussehen. Er war so lässig und so modern. Und sie? Sie wollte auf jeden Fall mit ihm mithalten, wollte ihn stolz machen an seiner Seite, als seine Freundin.

Sie hatte sich bereits letzten Sommer total in ihn verliebt – eigentlich gleich bei der ersten Begegnung. Es war am See, Anfang September, als sie mit ihren Freundinnen Susanne und Margot da war. An einem der letzten heißen Spätsommertage waren nur wenige Wölkchen am Himmel zu sehen. Lediglich am nördlichen Horizont schob sich eine dunkelgraue, bedrohlich wirkende Wolkenmasse in Superzeitlupe über die Bergkette. Selbst der üppigen Vegetation ringsum merkte man an, dass die letzten sechs Monate ihre Kräfte aufgezehrt hatten. Die Natur war bereit für den nahenden Herbst. Zu dieser Jahreszeit war das Wasser des kleinen Sees mit gut vierundzwanzig Grad noch angenehm warm und alle wollten diese letzten Tage ausnutzen, bevor der Herbst das Szepter der Jahresregentschaft übernehmen sollte. Das Wasser war nun trüber als noch im Juli und es roch auch schon ein wenig abgestanden, leicht brackig. Es war an der Zeit – auch für den See.

Fred war Inge sofort aufgefallen. In seiner knappen, dunkelblauen Badehose, braungebrannt vom langen Sommer, eher dünn, aber doch auch muskulös: einfach unglaublich sexy! Er erinnerte sie stark an

Alain Delon, den sie erst vor Kurzem in diesem Film gesehen hatte: Nur die Sonne war Zeuge. Da spielte er zwar den Bösen, war aber wie immer ausgesprochen attraktiv und erotisch. 'Fred ist noch besser! Sein Blick, sein Lächeln, und die makellos weißen Zähne. Oder wenn er sich mit der Hand durch die schimmernde schwarze Lockenpracht fährt. Einfach alles an ihm ist perfekt.', träumte Inge vor sich hin. Sie beobachtete Fred der mit einigen Burschen plaudernd am Steg stand als er sich plötzlich ruckartig mit der rechten Hand zwischen die Schulterblätter fasste, um sich dort zu kratzen. Er meisterte diese Verrenkung bravourös, mit aufrechter, eleganter Haltung, den Brustkorb herausgestreckt, sein Becken nach vorne geschoben. Michelangelo hätte wohl ihn als Modell für seinen David genommen. Inge konnte sich an Fred gar nicht sattsehen.
Keine Stunde später hatte sie erstmals mit ihm gesprochen. Oder besser: Er hat mit ihr gesprochen. Am Buffet standen die beiden, eng an eng, in einer Schlange mit anderen fröhlich ausgelassenen Jugendlichen, um Eis an. 'Ganz schön heiß heute, nicht?', sprach Fred sie unvermittelt von hinten an. Inge brachte gerade einmal ein gehauchtes 'Ja, ziemlich heiß' heraus und lief sofort rot an. Er stand jetzt dicht neben ihr, er sprach von der Wassertemperatur und einem drohenden Gewitter das man schon riechen könne, deutete nach rechts in Richtung der heranziehenden Wolken. Inge fixierte nur seine leuchtenden Bergsee-Augen und versank darin. Beim Gestikulieren streifte ständig sein linker Arm an ihr an – er roch wunderbar nach Tiroler Nussöl, Seewasser und Spätsommer. '...und, was denkst du?', hörte sie aus seinem Munde kommen.
'Äh, worüber? Sorry, ich war gerade mit den Gedanken woanders'.
'Achja, echt?' Fred grinste sie breit an. 'Kein Problem, ich muss jetzt eh gleich los. Bin heute Abend mit Freunden im Kino. Wir beide

könnten uns ja auch mal einen Film ansehen, hast du Lust?', sagte er nachdem er sein Eis am Stiel bezahlt hatte, bereits im Weggehen. 'Klar, ja gerne! Unbedingt..!' Beinahe hätte sie noch „bitte“ hinzugefügt. 'Gibst du mir noch deine Telefonnummer?', rief sie ihm nach und bemerkte, dass sie von den umstehenden kichernd angeschaut wurde. Inge schoss sofort wieder die Schamröte in die Wangen. Fred drehte sich um 'Schon gut! Ich melde mich bei Dir! Bis bald!', rief er, zwinkerte ihr zu und biss in sein Nogger.

Die Erlaubnis der Mutter für den Kinoabend hatte Inge. Allerdings mit der üblichen Auflage, bis spätestens 22 Uhr wieder zu Hause zu sein – nicht eine Minute später - und keinen „Blödsinn“ zu machen. Ihr war klar, dass Mutter das sehr wörtlich nahm und sie kannte auch die Konsequenzen. Mutter wusste vom Schwarm ihrer Tochter wenig. Obwohl, Inge hatte Fred ihr gegenüber schon am Ende des Sommers beiläufig erwähnt aber 'Mein Gott, was soll ich mich dafür groß interessieren! Solange die beiden keinen Unfug treiben…', dachte Rosemarie. Sie ahnte vielleicht etwas, fragte aber auch nicht weiter nach. Sie wollte der Sache nicht unnötig Gewicht verleihen. Wäre sie mit dem jungen, hübschen Lehrling aus der Stadt einverstanden gewesen?
Samstagnachmittag. Es war gerade erst drei Tage her, dass sie Fred nach Schulschluss nochmal kurz gesehen hatte, um endlich den heutigen Kino-Abend zu fixieren. In den vergangenen vier Monaten, seit diesen aufregenden letzten Sommertagen am See, konnte Inge von ihrem Fred nur träumen, wozu sie auch ausgiebig Gelegenheit fand. Er hatte sie tatsächlich irgendwann im November angerufen als Inge sich schon sicher war, er hätte sie versetzt oder einfach kein Interesse mehr an ihr. Als wären seit den Tagen am See nicht viele

Wochen ins Land gezogen meinte er nur knapp: 'Hallo Süße, hab' dich nicht vergessen, musste sogar oft an dich denken. Deine Telefonnummer habe ich von deiner Freundin Susanne bekommen, die war bei mir im Laden zum Haare machen. Willst du dich überhaupt noch mit mir treffen?'
'Was für eine Frage!', platzte Inge glücklich heraus.
In der Zeit vor Advent und den Weihnachtsfeiertagen war sich ein Treffen der beiden nicht mehr ausgegangen. Da war einfach zu viel los in Inges Alltag, soviel zu erledigen und Rosemarie hätte ihr das Ausgehen wohl gar nicht erlaubt. In der Schule stand eine Arbeit nach der anderen am Programm und zu Hause liefen die Vorbereitungen für Weihnachten auf Hochtouren. Inge musste ihrer Mutter bei den Adventbasaren helfen, mit ihr Kekse backen, Geschenke basteln und sie bei den diversen Verpflichtungen in der Kirchengemeinde tatkräftig unterstützen. Für Inge und Fred war ein Wiedersehen erst nach den Feiertagen möglich, also irgendwann im Januar. 'Noch sechs lange Wochen warten. Eine halbe Ewigkeit!', war Inge frustriert.

Wie jeden Samstag hatte Inge ihr Bad genommen, als Erste. Üblicherweise begann ihre ältere Schwester Anna mit dem Baden, dann Inge und danach die Buben, nacheinander, alle im selben Badewasser. Heute wurde das Baden auf den früheren Nachmittag vorverlegt. Alle hatten sich nach Inge zu richten, die rechtzeitig im Kino sein wollte und das Haus entsprechend früher verlassen musste. Inge hatte sich gründlicher als sonst gewaschen, sich etwas mehr Zeit in der Wanne genommen. Mit geschlossenen Augen erkundete und betastete sie langsam ihren Körper von oben bis unten und stellte sich vor wie es wohl sein wird, wenn sie erstmals mit Fred schlafen würde. 'Inge, bist du bald soweit?', hörte sie plötzlich ihre Schwester an der

Badezimmertür flüstern. 'Oh, verflixt!', zuckte Inge zusammen, 'beinahe die Zeit übersehen', und schwang sich aus der Wanne. 'Kannst gleich reinkommen Anna, ich bin schon fertig!', und huschte, in ein großes Badetuch gehüllt, an ihrer wartenden Schwester vorbei. Rasch kümmerte sich Inge um ihre Haare, föhnte und bürstete und betrachtete sich immer wieder im Spiegel, bis sie mit dem Ergebnis zufrieden war. Dann legte sie gekonnt ihr Make Up und knallroten Lippenstift auf und zog die vorbereiteten Kleider an. Einen schwarzen knappen Slip, dunkelgrüne Strümpfe, die cremefarbene Bluse, darüber eine bordeauxrote Strickjacke mit vielen kleinen silbernen Knöpfen und: den Minirock. Zu Inges großem Erstaunen war der Minirock nun tatsächlich kürzer und somit in der von ihr gewünschten Länge. 'Mutter hat es doch noch abgeändert!', freute sich Inge. Die Krönung des Outfits war für sie die Korallenkette von Tante Dotti die sie sich zuletzt stolz umlegte.

'Da hast du dich heute aber chic gemacht. Alles für den Burschen, ähm, wie heißt er gleich nochmal?', merkte Rosemarie an, als Inge ausgehfertig in der Küchentür stand und warf ihr einen prüfenden Blick über den Rand Ihrer Lesebrille zu.
'Free-ed heißt er', Inge rollte die Augen. 'Ach ja Mama, übrigens: Vielen Dank!', setzte sie ein wenig verlegen nach, sah an sich herab, zupfte an den Rändern ihres Minirocks und warf ihrer Mutter einen Kussmund.
'Jaja, ist schon gut.' Rosemarie machte eine beschwichtigende Handbewegung. 'Nimm aber den warmen Mantel, es ist saukalt! Sei mir ja pünktlich zurück, benimm dich und verlier um Gotteswillen nicht diese teure Kette. Will ja gar nicht wissen, was die Wert ist', gab ihr Rosemarie noch mit und bugsierte sie aus der Tür. Inge fühlte sich

selbst wie ein Filmstar. Sie war bereit. Bereit für das Kino, bereit für Fred, bereit für die Welt.

Kino

Inge liebte Kino. Sie hätte sich jede Woche einen Film ansehen können. Es war ein großes Glück, dass es in der nahen Kleinstadt seit zwei Jahren endlich ein modernes Kino gab. Mitten im Zentrum an der Hauptstraße prangte an dem nüchternen Gründerzeithaus in blauer Neonschrift wie von einer riesigen Hand über dem Portal flott hingeschrieben das Wort: „Stadtkinosaal". Inge konnte sich nicht mal mehr erinnern, was denn davor in diesem Gebäude war. Ein Amt? Ein Wohnhaus? Egal. Jetzt war es das Fenster in die Welt. Endlich ein Ort an dem die Flucht in ein Paralleluniversum möglich war.
Inge hatte dort in den letzten Monaten schon zwei Elvis-Filme gesehen, James Bond in „Feuerball" und „Träumende Lippen" mit Sydney Poitier, einem ihrer Lieblingsschauspieler. Die Vorfreude aber auf ein Treffen mit ihrem Fred war diesmal beinahe größer als die Vorfreude auf den Filmhit. Erstmals erlebte sie diese Gefühle, die sie nur schwer einzuordnen vermochte. Sie wusste nur, dass es sich ganz wunderbar anfühlte.
Auf dem Weg in die Stadt hüpfte sie in freudiger Erwartung des Abends mit ihrem Herzen um die Wette. Zum Zeitvertreib sang sie ihre Lieblingslieder vor sich hin, die gerade auch aus jeder Juke-Box in allen Gasthäusern und Bars des Landes schallten. Sie kannte die meisten Texte auswendig. Das Lernen in der Schule war meist zäh, das Lernen von Liedtexten jedoch ging ihr, wie auch den anderen Mädchen in ihrer Klasse, leicht von der Hand, besonders in den Religionsstunden von Bruder Alois. Cliff Richard mit seinem „Spanish Harlem", Roy Orbison mit „Pretty Woman", „Downtown" von Petula Clark aber auch deutsche Songs von Drafi Deutscher mit „Marmor, Stein und Eisen bricht" waren in ihrer

persönlichen Hitparade vertreten. Diesmal fiel ihr auch noch „Saturday Night at the Movies" von den Drifters ein und Inge sang vor sich hin:...“Who cares what picture you see when you're hugging with your baby in the last row in the balcony…“, und musste unweigerlich schmunzeln. So verging die halbe Stunde Fußweg in die Stadt, sibirische Temperaturen hin oder her, wie im Flug.
Inge und ihre Freundinnen verehrten alles, was mit Amerika zu tun hatte. Ihre Träume drehten sich um Filme, Musik, Mode, Frisuren, Coca-Cola, Bourbon, Zigaretten und dem Gefühl von Weite und scheinbar grenzenloser Freiheit. Amerika bedeutete für sie Lebenslust und Unbeschwertheit. Sie sehnten sich nach dem lockeren, fröhlichen Umgang wie sie ihn in den Filmen bewunderten und verabscheuten zugleich das Verstaubte und Rückwärts-gewandte ihrer eigenen Heimat. Die Filme vermittelten den nicht greifbaren Zauber einer Aufbruchstimmung in eine goldene Zukunft. Es war ein gänzlich neues Lebensgefühl. Inge genoss die wunderbaren Filme, die aufwändigen, bunten Hollywoodproduktionen, die sie und die jungen, nach Veränderung dürstenden Kinogeher, in ihre entfernte und unerreichbar scheinende Traumwelt entführten. Die vielen gutaussehenden Schauspieler und die Szenen mit den erotischen Begegnungen, denen Inge immer gespannt entgegenfieberte. Für zwei Stunden diesen alltäglichen, oft einengenden Kleinkram und das Odeur der Provinz vergessen. Eintauchen in eine Welt die man selbst vielleicht nie betreten oder erleben wird. Kino schaffte es immer wieder, die große weite Welt in die kleine, enge Welt von Inge zu tragen und ihre Phantasie zu beflügeln.
An diesem Samstag im Januar 1966 war es also „Doktor Schiwago“ mit Omar Sharif. Der Film der gerade in aller Munde war und den man einfach gesehen haben musste. Für Inge spielte der Film

ausnahmsweise die Nebenrolle. Für Fred wohl auch. Sie traf zum vereinbarten Zeitpunkt vor dem Eingang zum Kino ein und schaute sich leicht nervös und suchend in der Menge der Wartenden um. Er war noch nirgends zu sehen und so nutzte sie die Wartezeit um sich aufzuwärmen und dabei neugierig die Kinoplakate mit den Szenenfotos in den Vitrinen zu bestaunen. Immer mehr Menschen strömten ins Gebäude nachdem sie sich am Eingang, durch heftiges Aufstampfen, des Schnees von ihren Stiefeln entledigt hatten. Es wurden „Hallos“ und Freundlichkeiten ausgetauscht. Menschen schälten sich aus ihren Wintermänteln und rieben die Hände aneinander oder hauchten kräftig in ihre Fäuste, um die Blutzirkulation wieder auf Touren zu bringen. Inge kannte viele der Besucher. Das Kino war der Treffpunkt schlechthin, besonders an Wochenenden und für alle Verliebten oder jene die unmittelbar davor standen es zu werden – ganz besonders bei einem Film wie an diesem Abend.
Die meisten waren Schülerinnen und Schüler ihres Jahrgangs, oder ehemalige Schulkollegen aus der Volksschule, Nachbarn und andere die sie vom Sehen und vom Weggehen flüchtig kannte. Jetzt erblickte sie auch 'Mr. Ironhat'. Er war händchenhaltend mit seiner Frau gekommen. Inge winkte zögerlich in seine Richtung und die Eysenhuts winkten synchron zurück und lächelten. 'Wie süß!', dachte Inge, 'was für ein hübsches Pärchen, die sehen richtig glücklich aus!' Inge wünschte sich nichts sehnlicher als eines Tages auch in einer solch liebevollen, harmonischen Beziehung zu sein.
Mehr und mehr Leute trafen nun flotten Schrittes ein, gaben Ihre Mäntel und Jacken an der Garderobe ab und stellten sich an der Kinokasse um ihre Karten an. 'Hoffentlich kommt Fred gleich, sonst bekommen wir keine Karten mehr', dachte sie besorgt. 'Der Film

fängt in zwanzig Minuten an…'. Pünktlichkeit gehörte offensichtlich nicht zu seinen Tugenden.
'Hallo Süße', hauchte es plötzlich von hinten in ihr Ohr. Sie erschrak nur kurz, erkannte ihn in der Sekunde an seiner samtigen Stimme, drehte sich nach ihm um und schaute in seine lächelnden blauen Augen. Seine Wangen und Ohren waren rot von der Kälte. Eine Welle von Wärme durchlief Inge und sie küsste ihn, nachdem sie sich erst noch rasch umgeblickt hatte, flüchtig auf die Wange. Fred drehte den Kopf geistesgegenwärtig, brachte seinen Mund auf den ihren und erwiderte ihr Küsschen mit einem echten Kuss. Sie schloss kurz die Augen, schob ihn dann aber mit der flachen Hand sanft von sich und sagte: 'Endlich! Lass uns schnell die Karten kaufen'. Hand in Hand eilten sie zur Kassa und bekamen noch Karten für die 17. Reihe links am Gang. Nicht die besten Plätze und leider auch nicht 'last row in the balcony' dachte Inge verschmitzt. Aber es war klar, dass dieser Film ausverkauft sein würde. Fred bezahlte die achtzehn Schilling für die zwei Karten. Im Foyer hört Inge plötzlich ihren Namen. 'Inge, hier! Hier drüben!', es waren die Mädels, Susanne und Margot, und bei Ihnen standen auch Peppo und Ulla. Sie bahnten sich den Weg durch die Wartenden.
'He Leute! Wollen wir nach dem Film noch auf einen Drink?', schlug Peppo gleich vor und grinste Inge dabei mit einseitig hochgezogenem Mundwinkel an. 'Weiß nicht', erwiderte Inge leicht irritiert, 'muss um zehn spätestens zu Hause sein'. 'Ach was, da geht sich doch locker ein Cola-Rum aus!', wischte Margot Inges Bedenken beiseite. 'Das ist übrigens ein tolles Outfit Inge, bravo!', fügte sie anerkennend an. 'Und diese Kette, die ist ja der Hammer!'
'Echte Koralle. Von meiner Tante Dotti.', merkte Inge stolz an, während sie mit dem Zeigefinger auf die Kette tappte. 'Und der

perfekte Minirock, aber hallo!', machte Susanne gleich das nächste Kompliment. 'Hat meine Mama selbst gemacht – cool, was?' Inge strahlte. 'OK, Leute, jetzt aber los!', drängte Peppo. Die Freunde einigten sich noch rasch auf ein Zusammentreffen für danach am Kino-Ausgang.

Inge und Fred saßen gute fünf Reihen hinter den anderen, was Inge heute allerdings sehr recht war. Im Saal war es angenehm warm, das Licht war gedämmt und es roch so, wie es eben nur im Kino riecht. Stoff, Holz, Zelluloid, vermischt mit billigen Parfums von dem an solchen Abenden gerne zu viel aufgetragen wurde. Fred roch wie immer ganz wunderbar nach seinem Lieblingsduft. Inge wollte ihn schon lange mal fragen, wonach er immer so herrlich duftete. Vielleicht würde sie ihm zum Geburtstag - wann war der eigentlich? - oder zu Weihnachten dieses Parfum schenken. Die Sitze im Saal waren mit rotem Samt gepolstert und unglaublich bequem. Inge strich über den weichen, eleganten Stoff. Das war ihre Welt. Die Stimmung war magisch, das Kino war zum Bersten voll, gute vierhundert Besucher. Nach einigen billig gemachten Werbespots von lokalen Firmen, denen niemand Aufmerksam schenkte, wurde endlich das Licht der exquisiten Messingkandelaber an den mit dunkelblauem Stoff bezogenen Wänden langsam gedämpft. Die Gespräche verstummten. Der Vorhang bewegte sich langsam und gab eine größere Leinwand frei. Jetzt standen noch zwei Filmvorschauen am Programm. Einen gruseligen Film mit einem Dinosaurier-Monster und einen mehrere Stunden langen Jesus-Film mit Charlton Heston. Da würde sich Inge keinen dieser beiden Filme ansehen. 'Lieber eine romantische Komödie oder einen Liebesfilm, das ist mehr meins', dachte sie.

Nun wurde es ganz dunkel. Der volle Kinosaal war mucksmäuschenstill. Inge kuschelte sich in ihren Plüschsessel, nahm Freds Hand und rutschte ganz nahe an ihn heran. Jetzt öffnete sich der Vorhang, fast geräuschlos, noch ein Stück weiter und auf der riesigen Leinwand tauchte plötzlich ein Löwe in einem goldenen Kreis auf und brüllte ins Publikum. Metro-Goldwyn-Mayer stand darüber zu lesen.

Der Film war noch keine zehn Minuten alt, als er seine Hand behutsam aus der Ihren öste. Sanft strich er ihr über den Handrücken und machte sich langsam daran, ihre Strickjacke von unten her aufzuknöpfen. Die vielen hübschen Silberknöpfe erwiesen sich nun gerade als lästiges Hindernis bei seinem Eroberungsversuch. Knopf um Knopf fummelte Fred sich an der Jacke seiner Angebeteten nach oben. Inge saß steif und nervös in ihrem Sessel, schielte immer wieder nach rechts und links und war besorgt, irgendjemand könnte etwas von den Handgreiflichkeiten ihres Liebsten mitbekommen. Alle waren jedoch, so schien es, gänzlich auf den Film fokussiert, sofern sie nicht auch mit ähnlich intimen Vorgängen beschäftigt waren. Bei Peppo und Ulla hätte sie das schwören können. Das interessierte sie jetzt aber gar nicht. Peppo und Ulla nicht, die anderen Leute nicht und auch der Film nicht.

Mittlerweile machte sich Fred an Inges Bluse zu schaffen und nur einen Augenblick später schob er sanft ihren Büstenhalter nach oben über ihre rechte Brust und begann sofort diese mit suchenden Fingern zu ertasten. Ab der Sekunde, in der er sie berührte, Haut auf Haut, rollte eine Woge der Erregung durch ihre gespannte Brust. Sie wagte es kaum zu atmen, blickte nicht mehr nach rechts und auch nicht nach links zu ihrem Verführer. Ein peinlicher Moment für Inge. 'Wir sind

ja im Kino. Rings um uns Menschen! Was, wenn in der Reihe dahinter jemand etwas mitbekommt? Was, wenn mich jemand erkennt und mich bei Mutter anschwärzt? Wo sitzt Eysenhut mit seiner Frau?', dachte sie leicht panisch.
Die Erregung, dieses bisher unbekannte und so sehr herbeigesehnte Gefühl war aber stärker und sie gab sich mehr und mehr seinen Berührungen hin. Hatte er das schon öfter gemacht? Noch niemals hatte sie ein anderer Mensch dort auf diese Weise berührt – wie unglaublich sich das anfühlte. Sie wünschte, es würde niemals enden. Ein wohliger Schauer durchlief ihren ganzen Körper.
Ihr junger Verehrer war bereits erregt, unmittelbar nachdem er es sich in seinem gepolsterten Kinosessel bequem gemacht hatte. Seine Jeans, das neueste Modell von Lee, die er vor drei Monaten von seinem Bruder Siegbert zum Geburtstag bekommen hatte, wurde ihm zu eng und in seiner Phantasie war er schon längst zum nächsten Schritt bereit. Beim Betasten ihrer Brüste hatte er mehr und mehr gefallen an dieser Situation. Er war sich auch sicher, alles genau richtig zu machen – dass meinte er jedenfalls aus ihrer Reaktion zu erkennen und zudem hatte er sich in den Wochen davor von Peppo gute Tipps geholt. Er genoss diesen Moment der Kontrolle über ihre Gefühle. Jetzt wollte er definitiv mehr. Erst vor einigen Tagen hatte er die Gelegenheit in einem schwedischen Pornoheft, das er bei seinem Bruder Pepi in der Garage in einer Lade gefunden hatte, alle möglichen Details zu studieren. In Farbe und in Nahaufnahme. Dort hat er sich einige Anregungen geholt, die er nun so rasch als möglich in die Praxis umsetzen wollte. In seinen Gedanken blätterte er schon auf die nächste Seite, da wo es „ernst“ wurde.

'Viel länger werde ich mich nicht zurückhalten können', dachte er. In

den letzten Monaten hatte er, wenn ihn erotische Gefühle überkamen, immer ein paar freie Minuten gefunden sich zu erleichtern. Ob bei der Arbeit, ob zuhause, wenn die Mutter einkaufen war oder im Sommer im Wald oder am See. Es gab ausreichend Gelegenheiten. Diesmal aber wollte er „das echte Ding". Mit seiner Angebeteten und nicht solo mit einem Kopf voll geiler Bilder. Im Kinosaal war jedwede physische Annäherung über das übliche Gefummel hinausgehend natürlich nicht denkbar. Später, zu Hause bei ihm oder gar bei ihr, war es jedoch auch gänzlich unvorstellbar, ja schlicht unmöglich. Sachte zog er seine Hand aus ihrer Bluse, stupste sie am Arm und deutete, sobald sie ihn mit großen, glasigen Augen ansah, mit einer kleinen Kopfbewegung und hochgezogenen Augenbrauen in Richtung Ausgang. Sie folgte seinem Blick, wohl ahnend, ja beinah hoffend zu wissen, was er vorhatte. Sollte es jetzt soweit sein? Im Kino? Mittendrin in diesem Hollywood-Film, von dem sie bisher herzlich wenig mitbekommen hatte, außer dass alle so begeistert schienen, dass sie von Inges Gefühlserdbeben rein gar nichts mitbekamen.
Sie begann zu zittern, vor Aufregung und auch ein wenig vor Angst, was denn jetzt folgen sollte. 'Wo will er denn mit mir hin?' Aber auch sie wollte jetzt nicht länger warten.

Bei der nächsten lauten Szene im Film erhoben sie sich von ihren Sitzen und schoben sich rasch und in gebeugter Haltung an den zwei Leuten in ihrer Reihe beinahe unbemerkt vorbei in den Gang und waren wenige Schritte später aus dem Saal. Weit und breit war kein Saaldiener zu sehen. Er dirigiert seine Liebste zielgerichtet und in leicht gebückter Haltung, gerade so als könnte man die beiden dann weniger gut sehen, im Laufschritt in Richtung Toiletten. 'Damen oder

Herren? Verdammt, egal!', dachte er. Die erste Tür die sie erreichten war die Damentoilette.
'Schnell rein!', flüsterte er aufgeregt, blickte nochmals um sich und schob Inge durch die Tür voraus. 'Niemand hier, perfekt', war Fred zufrieden als er sich, angestrengt lauschend, rasch im Raum umgesehen hatte. Die beiden standen kurz, immer noch die Hände haltend, wie angewurzelt im Damen-WC und blickten sich nun voll Begierde an. Inges scheuer Blick war mit einem Mal verschwunden. Es gab drei abschließbare Toilettenräume. Perfekt. Fred stieß eine der Türen auf. Eine erstaunlich elegante Wandleuchte spendete dem Örtchen schummrig weiches Licht. Es schien alles sauber. Erst wusste keiner der beiden so recht wie sie ab hier weitermachen sollten. Dann aber ging alles plötzlich wie von selbst. Fred übernahm die Initiative und begann Inge wild und leidenschaftlich zu küssen. Inge erwiderte, erst zaghaft, dann nicht minder stürmisch, seine Liebkosungen. Gleichzeitig schafften es die beiden irgendwie sich halb zu entkleiden. Alles in ihrem Blut verlangte jetzt nach dem seinen. Nun gab kein Zurück mehr.

Mit geröteten Wangen wischte Inge zuerst sich selbst und dann den Boden so gut es ging sauber. Es sollten keine Spuren dieses sündigen Akts zurückbleiben. Sie sah Fred dabei schüchtern, aber glückselig aus dem Augenwinkel an. 'Was haben wir beide da bloß getan? Etwas Verbotenes! Etwas sehr Verbotenes! Niemand darf das jemals erfahren!', dachte sie. Fred zog seine Lee hoch und drückte Inge einen feuchten Kuss auf den Mund. Nach fünfzehn Minuten die sich wie eine süße Ewigkeit angefühlt hatten verließen die beiden die Damentoilette des Kinos.

Als Fred die Tür vorsichtig aufstieß, starrte er ins erschrockene Gesicht von Marianne, eine der Kinoaufseherinnen. Sie fuhr die beiden schroff an: 'Hallo!? Was bitte habt ihr gemeinsam im Damenklo zu suchen?! Und du', sie warf Inge einen scharfen, abfälligen Blick zu, 'gerade du! Hast gar keinen Anstand, was? Das hat ein Nachspiel! Verzieht euch aber schleunigst', und winkte die beiden mit einer verächtlichen Handbewegung davon. Ohne Widerrede eilten die beiden mit gesenktem, hochrotem Kopf rasch zurück in den Kinosaal, zurück an ihre Plätze.

Der Film dauerte noch gute zwei Stunden und plätscherte an den beiden vorbei. Ihre Gedanken waren zur Gänze bei dem soeben erlebten. 'Ist uns das jetzt wirklich passiert – lass das bitte keinen Traum gewesen sein', schienen beide dasselbe zu denken. Sie warfen sich ständig kurze Blicke zu, drückten sich die Hände und fühlten in ihren aufgewühlten Körpern immer noch die soeben erlebte Lust. Nie dachten sie, dass es sich so unvergleichlich, so einzigartig, so neu anfühlen würde. Beide waren dabei von einem derartigen Hochgefühl

erfasst, dass sie es gleich nochmals hätten machen können.
Beim Winkler an der Bar redeten alle durcheinander und überschlugen sich mit ihren Kommentaren zum Film. In einer Hand ein Glas mit Cola-Rum oder sonst einem Longdrink, in der anderen die obligatorische Zigarette, die alle Jugendlichen in der Stadt, ja wahrscheinlich im ganzen Land, an einem Samstagabend als ein absolut notwendiges Accessoire begleitete. Aus der Jukebox raunte Nancy Sinatra mit „These boots are made for walking“ und Franz, ein Nachbar und ehemaliger Schulkollege von Fred, tanzte dazu in derben Winterstiefeln einen Regentanz auf den paar Quadratmetern direkt vor dem Wurlitzer. Die Freunde redeten durcheinander und waren alle durchwegs begeistert vom Film des Abends. Fast alle. 'Zweimal bin ich eingeschlafen, mindestens', gab Peppo provokant zum Besten. 'Ich würde eher sagen, du warst anderweitig beschäftigt', fügte seine Ulla mit breitem Grinsen an und legte den Kopf schief. 'Wenn ihr alle wüsstet, womit wir beschäftigt waren', dachte Fred und grinste verträumt in die Runde. 'Na, euch scheint der Film jedenfalls auch gefallen zu haben', mutmaßte Susanne. 'Und geturtelt habt ihr sicher auch, stimmt's Inge?', setzte sie nach und ihr Blick wanderte dabei auf die Hände des Pärchens, die aussahen, als wären sie zu einer Hand zusammengewachsen.
Inge lächelte ein wenig verlegen und drückte Freds Hand etwas fester als nötig. Der Film war weiterhin das Thema Nummer eins und die beiden hörten besonders aufmerksam zu. Ab und zu pflichteten sie dem Gesagten bei, um nicht mit ihrer lückenhaften Kenntnis wichtiger Details aufzufallen. Eine halbe Stunde später hatten sie den Eindruck, den Film zur Gänze gesehen zu haben. Das war gut so, denn morgen würde man sicher darüber reden. 'Ich muss jetzt abzischen, sonst schaffe ich es nicht bis zehn', wurde Inge bewusst

als sie auf die „Cutty Sark Wanduhr“ hinter der Theke schaute. Sie kippte das halbvolle Glas Cuba Libre in einem Zug runter. Die Freunde verabschiedeten sich kurz darauf vor dem Gasthaus, Fred küsste und drückte seine Inge unter aufmunternden Zurufen der anderen und dann eilte jeder in die kalte Nacht davon. Auf dem Nachhauseweg hatte Inge viel Zeit nachzudenken. Sie war glücklich, beseelt und erregt, fühlte sich andererseits aber auch schmutzig und sündig. 'Was nun? Wie soll es weitergehen? War das nun offiziell? Gehen wir nun miteinander?', schoss es ihr durch den Kopf.

Fred war am kurzen Nachhauseweg mit seinen Gedanken schon beim nächsten Tag. Da würde er den Freunden, Peppo natürlich zuerst, von seinem Abenteuer berichten. In allen Details, wahrscheinlich ein wenig ausgeschmückt. Das würde ihm Anerkennung und Respekt bringen. Er sinnierte: 'Könnte da sogar mehr sein mit ihr? Irgendwie kribbelt es im ganzen Körper, wenn ich an sie denke. Habe ich mich gar verliebt? Aber was bedeutet das für uns? Wie denkt und fühlt sie darüber? Frauen sind ja generell schnell beim Sich-verlieben. Zu schnell…'. Freds Gedanken kreisten intensiv um den eben erlebten Abend und die möglichen Chancen auf etwas Ernstes. In sein Hoffen mischte sich zugleich auch Zweifel: 'Aber was ist dann?', fragte er sich, 'die Frauen werden dann immer gleich so anhänglich wie die Kletten, das sehe ich ja bei Peppo und Ulla. Da kann man da gar nichts mehr alleine unternehmen, muss sich für jeden Schritt rechtfertigen. Das kann dann schnell nervig werden.', kam es ihm plötzlich. Peppo hatte ihm schon mehrfach erzählt, dass Ulla, immer wenn er mit ihr Sex haben wollte, neuerdings entweder ihre Tage bekam oder von plötzlichem Kopfweh heimgesucht wurde oder sonst eine kreative Ausrede hervorzauberte. Alleine bei dem Gedanken daran wurde es Fred schwummrig. Nein, das wollte er keinesfalls. So nicht. Eine frühe Bindung, ein Feststecken in einer Beziehung, keinerlei Freiheiten mehr genießen zu können... Sein Magen krampfte sich zusammen. 'Ich kann mich doch jetzt noch nicht festlegen – jetzt doch noch nicht, oder?' Fred war völlig zerrissen. 'In ein paar Jahren kann ich darüber nachdenken, im Moment ist mir das zu früh! Und bis dahin will ich Spaß haben, viel Spaß! Vielleicht will sie das ja auch? Das muss ich mit ihr irgendwie klären...'. Waren seine Zukunftspläne so rasch geschmiedet?

Sorgen

Den letzten halben Kilometer ab dem Jockel-Bauer - einer von den vier Cousins der Mutter, die in der Gegend einen Bauernhof bewirtschafteten - war Inge gelaufen, naja, eigentlich am Schnee gerutscht. 'Immer dieser Stress. Warum kann sie mich nicht bis elf ausgehen lassen, morgen ist eh Sonntag und schulfrei', dachte sie. Den Großteil des Weges war sie mit der dicken Marika gemeinsam unterwegs, die auch vom Kino nach Hause ging. Sie war eine Schulkollegin aus der Volksschule, auch aus dem Dorf, gehörte aber nicht zum Freundeskreis von Inge, obwohl sie gleich alt war. Sie war eben ein wenig anders und nicht so gesellig. Noch dazu war sie Lehrling in einer Schneiderei in der Stadt und Inge hatte schon deshalb kaum noch Kontakt mit ihr und auch herzlich wenig gemeinsam. Ihre Mutter war mit Rosemarie im Pfarrgemeinderat und man sah sich meist bei den diversen Feierlichkeiten des Kirchenjahres. Inge unterhielt sich nun aber sehr intensiv mit Marika über „Doktor Schiwago“. Sie war ein riesiger Fan von Omar Sharif und berichtete euphorisch und erfreulich detailliert über den Film, so dass Inge zuletzt meinte, Marika und nicht Boris Pasternak habe den gleichnamigen Roman geschrieben.
Obwohl es wieder heftig zu schneien begonnen hatte, war Inge pünktlich um zehn zu Hause, zwei Minuten vor zehn. Zwei Minuten nach zehn wäre eine andere Geschichte gewesen. Im besten Fall ein ordentliches Geschimpfe und ein Ausgehverbot für einen Samstagabend. Meistens aber war es eine unangekündigte, knackige Ohrfeige begleitet von einem 'da hast du es, du bist selber schuld', oder, wenn griffbereit, mit dem großen Holzkochlöffel zwei, dreimal auf den Allerwertesten. Da wäre dann ein Schotten-Minirock in der

falschen Länge durchaus willkommen gewesen. Heute aber, zwei Minuten vor zehn, gab es keine Schläge. Alles war gut. Nach dem raschen Blick auf die Wanduhr wurden von Mutter salvenartig mehrere Fragen hintereinander abgefeuert. Fragen kamen ja immer, aber an diesem Abend schienen es doppelt so viele wie üblich zu sein. Inge stand noch immer im Mantel in der Küche.
'Wcr ist dcr Bursch nochmal, mit dcm du im Kino warst, dicscr Frcd? Hab ich ihn schon mal gesehen? Was arbeitet er? Kann er sich benehmen? Wer sind seine Eltern? Was machen sie? Sind sie gut situiert? Wer war noch dabei? Hast du Bekannte getroffen? Hast du eh ordentlich gegrüßt? Hat jemand Grüße ausrichten lassen? Wie war übrigens der Film? Hast eh kein Geld für Blödsinn ausgegeben? Hast du was getrunken? Ist es noch eisig? Warst du warm genug angezogen? Erzähl halt mal was!'
'Mein Gott, bitte! Frag mir doch keine Löcher in den Bauch!', dachte Inge. Nachdem sie rasch den Dufflecoat an die Garderobe gehängt hatte, begann sie schön der Reihe nach die Fragen der Mutter zu beantworten und dann beschrieb sie ihr in den schillerndsten Farben „Doktor Schiwago“ und schloss mit: 'Du musst dir diesen Film unbedingt ansehen!'
'Danke, jetzt kenn ich ihn eh in- und auswendig', antwortete Rosemarie, neigte den Kopf und lächelte Inge mild an. 'Vor allem weiß ich jetzt auch, wie er ausgeht.', und dachte für sich: 'Wann sollte ich mir nur diesen Film ansehen? Noch dazu brauchen wir das Geld anderswo dringender', und schaute bei dem Gedanken auf die leere Küchenwand, an der gestern noch ein Oberschrank hing. Ihr Lächeln erstarb.

Inge wärmte sich noch ein Glas Milch, rührte einen Löffel Honig ein und verabschiedete sich mit einem 'Gute Nacht Mama, ich bin echt todmüde' einen Stock höher in ihr Zimmer. Vom Vater war zu dieser Zeit nichts zu sehen, der war sicher noch nicht nüchtern. Die Oma schlief wie immer schon seit 18 Uhr, besonders im Winter. 'Mit den Hühnern ins Bett und mit den Hühnern auf', hat sie immer gesagt und dann selbst herzlich darüber gelacht. Der Kleine Michael war um diese Zeit sicher auch schon lange im Land der Träume. Bruder Tommi war jedenfalls in seinem Zimmer. Dort hielt sich der Teenager die meiste Zeit auf. Er hatte immer für die Schule zu lernen. Sein Zimmer war sein Rückzugsbereich, dort hatte er seinen Frieden. Mit ihm war dieser Tage gar nicht viel anzufangen. 'Der schläft sicher noch nicht', dachte Inge als sie das fahle Licht sah, das unter seiner Tür durchfiel, ehe sie in ihr Zimmer ging, das sie mit Anna teilte.

Tommi saß tatsächlich noch in seinem Bett, im warmen rot-schwarz-kariertem Flanellpyjama, die Daunendecke bis ans Kinn hochgezogen, und blätterte in einem Bildband „Die sieben Wunder der Welt“. Er liebte exotische, mystische Orte, bewunderte die Bauten, die Jahrtausende überdauert hatten. Sein Interesse galt der Architektur und den Strukturen von großen Siedlungen und Städten. Er zeichnete mit Leidenschaft Pläne von fiktiven Städten und die dazu passenden futuristischen Bauwerke und träumte davon, eines Tages selbst ein Monument für die Ewigkeit zu schaffen.
Für eine Freundin hatte der 17-jährige keine Zeit. Oder keine Lust. Seine Seelenverwandte war die kleine Emma, gerade einmal vierzehn und eine der Töchter vom Nachbarbauernhof. Sie himmelte ihn an und war für ihn die perfekte Zuhörerin wenn er ihr in den buntesten Farben und Ausschmückungen seine „Geschichten aus der Zukunft“ erzählte. Meist trafen sie sich auf einem anderen Planeten.

Dieser lag fünf Minuten entfernt, am kleinen Bächlein unter den Nussbäumen, gleich hinter dem Bauernhof von Emmas Eltern. Emma verlangte immer, dass sie und Tommi die Hauptfiguren in seinen Geschichten zu sein hatten. Natürlich verheiratet und mit vielen Kindern. Tommi tat ihr den Gefallen und Emma konnte flugs in ihre Traumwelt eintauchen. Er liebte diese unbeschwerten Nachmittage am Land und das Schwelgen in Visionen. Mit diesem Mädchen, das immer gut gelaunt war, herzlich lachen konnte und Tommi anhimmelte, funktionierte das perfekt. Kurz vor Weihnachten jedoch begann sich die kindliche Freundschaft der beiden auf unerwartete Weise zu verändern.

Tommi hatte am Samstag des zweiten Adventwochenendes für Emma im Schuppen auf einem riesengroßen Blatt Papier aus seiner Phantasie die Stadt Betlehem gezeichnet und ihr die Geschichte der Geburt Jesu spannend, bunt und auf seine Art wiedergegeben. Mit großen Augen und an seiner Schulter lehnend, folgte sie seinen ausführlichen Beschreibungen, hing an seinen Lippen und nickte immer wieder zustimmend. Als Tommi seine Weihnachtsgeschichte beendet hatte, nahm Emma spontan seinen Kopf in ihre zarten Hände, zog ihn an ihr Gesicht und drückte dem verdutzten Tommi einen innigen Kuss auf den Mund. Von dieser spontanen Bekundung ihrer Zuneigung überrumpelt, zuckte Tommi zurück, schob Emma eine Armlänge von sich und lächelte sie leicht verlegen an. 'Ich liebe dich Tommi! Ich will dich heiraten!', platzte es aus dem aufgeregten Mädchen. 'Jaja, schon gut', beruhigte Tommi sie. 'Jetzt werd erst mal groß, dann sehen wir weiter', und schaute sie dabei so freundlich und unverbindlich wie möglich an. 'Versprich es mir', forderte Emma mit Nachdruck ein und hörte dabei nicht auf zu lächeln. 'Versprochen', erwiderte Tommi. Er hatte keine andere Wahl. Am selben Abend dachte er vor dem Einschlafen nochmals an die Situation mit Emma und er ertappte sich dabei, wie ihn eine angenehme Wärme durchflutete. Mit dem Aufkommen seiner Männlichkeit und dem dazu-gehörigen körperlichen Verlangen hatte er in den letzten zwei Jahren gut umzugehen gelernt – wie jeder Junge in seinem Alter. Das hatte er im Griff, da war er sich sicher. Und jetzt? Emma war ganz offensichtlich in ihn verliebt. Hatte etwa auch er Gefühle für dieses Mädchen entwickelt?

Was Tommi allerdings seit geraumer Zeit immer häufiger wiederkehrend zu Denken gab und ihn tatsächlich auch belastete, war die Situation in der Familie. Die Situation mit seinem Vater. Solange er sich zurück erinnern konnte, war sein Vater immer nur streng mit ihm gewesen, hatte ihm gegenüber so gut wie nie Gefühle gezeigt. Tommi wollte aber nie etwas anderes, als seinen Vater Stolz zu machen. Er erinnerte sich nur zu gut: 'Die Mädchen dürfen alles, ich bekomme immer die Ohrfeigen und werde geschimpft. Nie kann ich ihm was recht machen. Wenn mir etwas besonders gut gelingt, sieht er es nicht, oder will es nicht sehen. Nie lobt er mich, obwohl meine Schnitzereien immer viel feiner und schöner waren als seine. Und als ich mich dabei mal ordentlich in den Daumen geschnitten und heftig geblutet habe, hat er nur lapidar gesagt: 'Du bist ein Mann, heul nicht herum und reiße dich am Riemen!', Tommis Magen krampfte sich bei dem Gedanken zusammen. Dann hatte der Vater ihm grob, aber gekonnt, einen Verband angelegt, so wie er es im Krieg wohl öfters hatte machen müssen. In all den Jahren hörte er selten ein anerkennendes Wort von seinem Vater. Tommi hätte sich so viel mehr von ihm gewünscht, hätte soviel mehr gebraucht. Er seufzte, atmete einmal tief durch, nahm wieder sein Buch zur Hand und versuchte sich auf die Hängenden Gärten der Semiramis zu konzentrieren.

In Inges Zimmer saß Anna im Bett und war beim Lesen. Anna war überhaupt ständig mit Lesen beschäftigt. Sie hatte letztes Jahr die Schule abgeschlossen und bereits kurz darauf einen Job als Sekretärin in einer großen Anwaltskanzlei gefunden. Dort wollte sich Inge im kommenden Jahr, nach Abschluss der Schule, auch bewerben. Anna war um einen guten Kopf kleiner als Inge, trug die gleiche Frisur wie Doris Day, allerdings in schwarz, war quirlig, lachte gerne laut und war deutlich konservativer gekleidet als ihre Schwester. Anna musste täglich mit dem Zug eine gute halbe Stunde in die nächste Stadt fahren und fand anscheinend genügend Zeit Ihrer Lese-Leidenschaft ausgiebig nachzukommen. Sie verschlang dicke Wälzer innerhalb weniger Tage, erschien nur rasch zum Essen, um dann gleich wieder in ihre fantastischen Welten aus Kriminalromanen und Liebesgeschichten eintauchen zu können.

Ihr Freund hieß Fritz und die beiden waren schon seit drei Jahren ein Paar. Er war um zwei Jahre älter und trug immer eine große schwarze Acetatbrille, die ihn aussehen ließ wie Yves Saint Laurent – eigentlich war auch seine Frisur und die schlaksige Statur der des exzentrischen französischen Modeschöpfers ähnlich. Fritz arbeitete in einer Schneiderei in der Stadt und trug stets Anzüge. Auch diese wurden von ihm im Stil von YSL geschneidert. Er sah aus wie ein Dandy und kam sich immer besser als alle anderen vor. 'Lächerlich', fand zumindest Inge. Niemand konnte sich aus der Beziehung der beiden ein Reim machen. Sie sahen sich höchstens an den Wochenenden, gingen viel spazieren, diskutierten über Bücher und die Weltpolitik, kurz, sie benahmen sich wie ein altes Ehepaar. Fritz war auch der restlichen Familie suspekt, benahm sich immer ein wenig heuchlerisch und aufgesetzt. Naja, Anna war es, die ihn ertragen musste. Inge wunderte sich immer wieder.

'Und? Wie ist es gelaufen?', war Anna neugierig. Das war das Letzte, was Inge jetzt brauchen konnte, von ihrer Schwester ausgequetscht zu werden.
'Naja, Kinoabend eben. Aber, dieser Film ist echt genial, solltest du sehen', fertigte Inge ihre Schwester knapp ab.
'Ja? Erzähl' mal!' Anna griff nach ihrem Lesezeichen, legte es in ihr Buch, dieses dann beiseite und schaute sie erwartungsvoll an. Inge atmete hörbar aus, rollte dabei mit den Augen und setzte sich, die Milchtasse in der Hand, auf das Bett. Es blieb Ihr nichts anderes übrig als Anna den Monumentalstreifen im Detail zu schildern. Anna lauschte angespannt der Erzählung ihrer Schwester, nickte manchmal ungeduldig und erwiderte, als Inge ihr auch den dramatischen Schluss nicht vorenthielt: 'Oh. Das klingt wirklich phantastisch! Vielleicht gehe ich mit Fritz nächsten Samstag auch hin! Aber Inge, was mich mindestens genauso interessiert, wie war es mit Fred, sag schon?', insistierte Anna.
'Gott ist die heute wieder anstrengend', dachte Inge und nippte erst an ihrer Milch, bevor sie ihrer Schwester in knappen Worten das Zusammentreffen mit Fred total herunterspielte und selbstverständlich die Episode auf der Damentoilette aussparte. 'Mehr gibt's da nicht zu erzählen, echt nicht', schloss sie ihre Ausführungen und schlürfte müde ihre warme Milch fertig. Anna blickte sie noch für einige Momente mit einem fragenden, eher zweifelnden Blick an, atmete tief durch und widmete sich wieder mit gespielter

Aufmerksamkeit ihrem aktuellen Bestseller „Hotel“ von Arthur Hailey. Sie zog die Daunendeck bis an ihre rote Nase und war einen Augenblick später bereits wieder in ihrer Geschichte untergetaucht.
Das unbeheizte Zimmer musste der zweitkälteste Ort der Erde gewesen sein. Inges letzter Schluck Milch in der Tasse war mittlerweile eiskalt geworden. Sie raffte sich auf und schlurfte ins Bad für eine Katzenwäsche. Lediglich unten herum wollte sie etwas gründlicher sein. Als sie sich mit dem Waschlappen wusch, fühlte sich alles ganz anders an als sonst. Wie ereignisreich dieser Abend für Inge doch gewesen war. Sie dachte an Fred und seufzte. Ihr Höschen rieb sie energisch unter laufendem kalten Wasser um die Flecken zu entfernen. 'Mutter darf die keinesfalls sehen', war sich Inge sicher. Es war nicht ihre Zeit im Monat und Rosemarie hätte sicher Verdacht geschöpft.
Vor dem Einschlafen, es war nun fast Mitternacht, dachte sie nochmals ganz intensiv an den Abend und an die Ereignisse im Damenklo des Kinos. Ihr wurde sofort heiß bei den Gedanken und die eigenartigsten, bisher nicht gekannte Empfindungen durchliefen erneut ihren Körper.
Sie fiel in einen tiefen, erfüllten und süßen Schlaf mit Träumen, die sie noch nie zuvor geträumt hatte und sich geschämt hätte, sie zu erzählen.

Am Sonntagmorgen wurde Inge jäh aus ihrem Schlaf gerissen. Die Tür flog auf, Rosemarie stürmte herein und auf das Bett zu, riss Inge die Decke weg und versetzte ihr zwei schallende Ohrfeigen, eine links, eine rechts. Inge wusste nicht wie ihr geschah, konnte keinen klaren Gedanken fassen. Bis auf ein kurzes 'Aua!' brachte sie kein Wort heraus. Anna hatte sich auch ruckartig im Bett aufgesetzt und

verfolgte, sich noch in einem Traum wähnend, schlaftrunken und ungläubig die Szene.
'Was um alles in der Welt hast du dir dabei nur gedacht?', schrie Rosemarie ihre Tochter an. 'Im Kino mit diesem Burschen auf's Klo zu verschwinden! Kann man dir gar nicht mehr trauen, benimmst dich wie ein Flittchen! Eine Schande ist das! Ich hoffe für dich, dass da nichts dabei herauskommt! Sonst Gnade dir Gott!' Ohne eine Antwort abzuwarten machte Rosemarie auf dem Absatz kehrt, preschte hinaus und knallte die Tür hinter sich zu. Inge saß kreidebleich, mit zwei roten Wangen auf denen klar die Finger von Rosemarie zu erkennen waren, in ihrem Bett und stammelte erst jetzt: 'Aber Mama, bitte... Ich! Wie? Wer...?'
'Sag mal, stimmt das etwa?', fragte ihre Schwester mit groß aufgerissen Augen von der Seite, nun hellwach.
Zwei Wochen später war dann Inges Zeit im Monat. Aber es kam nichts.

Für Fred waren die letzten zwei Wochen wie ein neues Leben gewesen. Er war zum Mann geworden. Hat ein Mädchen entjungfert, hat sich ein wenig mehr in sie verliebt als ihm lieb war und er hat bei den Freunden mit dem Erlebten ausgiebig und in aller Deutlichkeit geprahlt. Er war auch selbstbewusster, sicherer im Auftreten geworden – fast ein wenig übermütig. Selbst in der Arbeit regten ihn die üblichen Nörgeleien von Knut kaum auf. Es war ihm egal, er stand da drüber. Obwohl, die Nörgeleien waren plötzlich deutlich weniger geworden. Knut war wie ausgewechselt seit seinem Skiunfall eine Woche zuvor. Er war, so hatte er es kleinlaut erzählt, beim Ski-Tourengehen an einer Wurzel hängengeblieben und kopfüber auf einen Baumstumpf geknallt. Ein Zahn fehlte, Lippe aufgesprungen,

Platzwunde auf der Stirn. Er musste genäht werden und sein Gesicht spielte alle Farben. Niemand wusste überhaupt, dass Knut ein Skitourengeher war. Jedenfalls war er seither sehr ruhig und seine üblichen Scherze und Provokationen waren, sehr zur Genugtuung für Fred und Harald, zur Gänze ausgeblieben. Letzten Mittwoch war es, da ging Knut in die kleine Küche um sich einen frischen Kaffee zu holen, Harald rührte dort am Waschbecken in einem Porzellanschälchen gerade eine Farbe für Frau Germler an.

'Wo warst du denn Tourengehen, wenn ich fragen darf?', kam die ungewohnt kecke Frage von Harald an seinen Chef. Knut stellte die Kaffeekanne ab, blickte ihn aus kleinen, verschwollenen Augen verwundert an. 'Wieso? Am Berg halt, aber was geht dich das an?'
'Naja, ich frag ja nur... Wusste nur nicht, dass du, ähm, überhaupt Sport machst.' Harald bemühte sich um ein anteilnehmendes Lächeln. Knut fixierte ihn und rückte mit seinem Gesicht bis auf eine handbreit an Haralds Nase heran als würde er eine Witterung aufnehmen wollen. Harald wagte kaum zu atmen. Er zwinkerte mehrmals nervös. Knut holte tief Luft und sagte dann nach einer kleinen Ewigkeit mit geflüsterter, wutentbrannter Stimme zu seinem Lehrling: 'Hast du kleiner Drecksack irgendetwas damit zu tun? Irgendwas?!'
'Ich versteh nicht was du meinst?', klang Harald überrascht und lief sofort rot an. 'Mit deinem, deinem Ski-Unfall?', stammelte er.
Mit zugekniffenen Augen erwiderte Knut: 'Skiunfall!', und es klang als würde er das Wort auskotzen. 'Du weißt sogar ganz genau wovon ich rede, du verlogenes kleines Arschloch! Wenn ich rausfinde, dass du irgendetwas damit zu tun hast, dann Gnade dir Gott!' Knut erhob drohend seine Hand.
Harald hielt seinem Blick stand und sagte plötzlich, viel ruhiger als

er sich das selbst zugetraut hätte: 'Aber Chef. Bitte nicht aufregen. Bald ist alles wieder gut. Deine Frau und dein Schwiegervater müssen nichts erfahren und alle sind wieder glücklich, richtig?' Stille. 'Richtig, Chef?'. Harald bewegte sich keinen Millimeter, sein Herz raste.
Knut bebte und starrte seinen Lehrling mit zusammengepressten Lippen ungläubig an. Er senkte langsam seine Faust, schloss die Augen und atmete mehrmals tief ein und aus. Ohne Harald nochmals anzusehen, schenkte er sich mühsam heißen Kaffee in die Tasse, verschüttete dabei die Hälfte, und ging zurück in den Laden. Harald brauchte noch einige Momente in der Küche, um die eben erlebte Situation zu verarbeiten. Er zitterte jetzt am ganzen Körper und gleichzeitig stieg ein seltsames Gefühl von Triumph in ihm auf. Es fühlte sich göttlich an.
'Harald, bringst du die Farbe für Frau Germler?', hörte er nach einigen Minuten seinen Arbeitgeber aus dem Laden rufen. 'Bitte.'
'Bin schon unterwegs, Chef!' Harald musste sein Grinsen unterdrücken.

Fred hatte Inge in dieser Zeit nur zweimal kurz gesehen. Das erste Mal war vor dem Schulhof, da waren allerdings die anderen alle dabei und sie konnten lediglich ein paar verlegene Freundlichkeiten austauschen, ohne von Susanne oder gar Peppo und Ulla gleich veralbert zu werden. Inge zog Fred näher zu sich und flüstere ihm ins Ohr: 'Die anderen sollen das jetzt nicht hören. Meine Mutter hat von unserem Abenteuer im Kino erfahren und mir die Hölle heiß gemacht.'
Fred schob Inge ein Stück von sich um ihr in die Augen schauen zu können: 'Was? Das darf doch nicht wahr sein! Dann hat diese Marianne doch was ausgeplaudert, diese blöde Kuh.', ärgerte er sich.

'Meine Mutter hat mir verboten dich zu sehen. Wir müssen uns jetzt heimlich treffen.' Inge runzelte die Stirn.
Beim nächsten kurzen Treffen in der Woche darauf verschwand Fred mit Inge für nicht einmal zehn Minuten hinter der Kirche, wo sie sich leidenschaftlich küssten bis der Messdiener um die Ecke gebogen kam, sie in flagranti ertappte und ihnen beinahe mit der Schneeschaufel eines übergezogen hätte. 'So ein schamloses Gesindel, schaut's das ihr weiterkommmt's, aber flott', rief der Alte ihnen hinterher, sein Werkzeug drohend erhoben. Nicht einmal dieser kurze Moment schien ihnen vergönnt. Mehr war in diesen zwei Wochen für die beiden nicht drin und es gab keine Möglichkeit ihre Situation in Ruhe zu besprechen.
'Die immer mit ihrem blöden Lernen!' Fred war aufgebracht. 'Dauernd irgendwelche Schularbeiten, Hausaufgaben und dann auch noch das: Ihre Mutter, die jetzt alles weiß und sie ständig kontrolliert und einsperrt – das kann ja nichts werden', motzte er vor sich hin. 'Ob da noch was läuft mit ihr? Wenn die nicht bald wieder Zeit für einen aufregenden Abend hat, weiß ich nicht was passiert. Ich warte ja nicht ewig!'
Somit blieben ihm die Gedanken und die Sehnsucht. Vor allem die Sehnsucht nach Leidenschaft und mehr Sex. Ein paarmal wollte er definitiv noch mit ihr schlafen bevor er ihr sagen würde, dass all das, mit Beziehung und so derzeit einfach nicht in seine Lebensplanung passte. Er konnte nicht einmal konkret sagen, ob er sich in Inge nun verliebt hatte oder nicht. Die Romantik war für Fred eher zweitrangig. Schön, aber zweitrangig. Das durfte er ihr aber so direkt nicht sagen. Er wollte sie ja auch nicht unnötig verletzen.
Fast jeden Tag fand Fred die Zeit zu masturbieren und dachte dabei, erfüllt mit Wollust, an sein Kinoabenteuer. Meistens ging das auch

ohne sein schwedisches Pornoheft ganz gut, sein Kopfkino war besser – und echt. Nur wenn er sich das weibliche Geschlecht etwas realistischer vorstellen wollte, schlug er das Heft auf und starrte mit gierigem Blick auf die bunten Großaufnahmen.
Letzte Woche war im Gasthaus Winkler erstmals ein neues Mädchen zum Freundeskreis hinzugestoßen. 'He Fred, darf ich dir Melissa vorstellen!' war Ulla gleich ganz euphorisch. Die Neue war mit ihrer Familie erst knapp vor Weihnachten in die Stadt zugezogen und mit Ulla in derselben Klasse. Langes schwarzes Haar, mandelförmige braune Augen - südländischer Typ. 'Italienerin? Spanierin? Die ist sicher ein heißer Feger! Von der würde ich mich auch nicht zweimal bitten lassen!', ging seine Phantasie mit ihm durch und er sagte dann höflich 'Hallo Melissa, ich bin Fred. Willkommen in der Runde!', streckte ihr seine Hand entgegen, zwinkerte und schenkte ihr sein charmantestes Lächeln, das locker einen Schneemann zum Schmelzen gebracht hätte – und natürlich auch eine Schneefrau.
Melissa strich sich eine Strähne aus der Stirn, schüttelte zaghaft seine Hand und schlug unerwartet schüchtern die Augen nieder. 'Na, ihr zwei versteht euch sicher sehr gut', setzte Ulla nach und blickte mehrmals zwischen den beiden hin und her. 'Fred, Melissa kann jemanden brauchen, der ihr ein wenig unsere Stadt und vor allem die romantischen Ecken zeigt. Kannst du doch sicher übernehmen, oder?'
'Ah, okay, wenn ich Zeit finde, mache ich gerne!', merkte Fred zögerlich an betrachtete Ulla aus leicht zugekniffenen Augen und dachte bei sich: 'Was spielt den die für ein Spielchen? Die weiß doch, dass ich mit Inge gehe...?'

Der Plan

Die monatliche Blutung war also tatsächlich ausgeblieben. 'Oh nein! Das darf doch bitte nicht wahr sein, verdammt! Mutter wird mich vor die Tür setzen!', dachte Inge verzweifelt. 'Ich kann doch wohl nicht von einem Mal Sex schwanger sein – nicht vom Erstenmal!', dachte sie in einem Anflug von Panik. 'Das ganze Kuhdorf, die ganze Stadt wird über mich reden und mit dem Finger auf mich zeigen! Schon wieder so eine. Ein Flittchen. Ich kann doch jetzt unmöglich Mutter werden! Ich will nicht!' Inges Herz begann zu rasen vor Verzweiflung. 'Ich will doch die Schule fertig machen, dann mein eigenes Geld verdienen. Kinder kann ich in zehn Jahren auch noch haben, liebend gerne mit Fred. Aber doch nicht jetzt!' Ihre Gedanken überschlugen sich. Tausend Fragen und keine Antworten.

'Ich muss unbedingt mit ihm reden', schoss es ihr. 'Seit dem Kinoabend habe ich ihn nur zweimal kurz gesehen, aber wir hatten gar keine Zeit über wirklich Wichtiges, über eine gemeinsame Zukunft zu sprechen. Aber jetzt ist wieder alles ganz anders!' Sie ging in ihrem Zimmer vom Fenster zum Kasten und zurück, blickte fragend nach allen Seiten. Zum Glück war Anna heute Abend mit Fritz und einigen Freunden ausgegangen und sie konnte alleine sein. Sie musste alleine sein. Was hätte sie ihrer Schwester auch sagen sollen? Die Wahrheit keinesfalls. 'Niemand durfte ein Sterbenswörtchen davon erfahren', soviel war ihr klar. 'Ich muss ihn sehen! Ich werde ihn am Samstag nach seiner Arbeit zu Mittag am Friseurladen abholen und dann werde ich ihm alles sagen, dass ich von ihm schwanger bin und wie wir weitermachen sollen und so – anders geht es nicht', fasste sie einen Plan.

Es verlangte ihr einiges an Kraft ab, ihre Angst und ihren Frust nicht zu zeigen, keinen Verdacht aufkommen zu lassen. 'Mutter darf nun keinesfalls erfahren, dass meine Tage ausgeblieben sind, sie hat Sensoren wie ein Seismograf. Die kann ein leichtes Erdbeben in Neuseeland in unserer Küche spüren', dachte Inge sorgenvoll. 'Und, sie kann Angst riechen, wie ein Kettenhund.' Rosemarie hatte ihr zudem strengstens verboten Fred zu sehen. Das bedeutete zusätzlichen Stress. 'Erst werden wir ein paar Wochen zuwarten um sicher zu gehen, dass du eh nicht schwanger bist – und das hoffe ich für dich! Aber falls doch, dann wird der junge Mann hier antanzen und dazu stehen, mit allen Konsequenzen', hatte Rosemarie unmissverständlich klargestellt.
Auch durften Inges schulische Leistungen nun keinesfalls unter dieser Situation leiden oder gar nachlassen. Inges Glück im Unglück war, dass Papa Hermann wieder einmal einen Lauf hatte und mehr oder weniger von einem Delirium ins nächste taumelte. Rosemarie war noch auf Inge sauer wegen der „Kino-Geschichte" und zudem vollends damit ausgelastet, den Hausfrieden annähernd aufrecht zu erhalten und am Abend, nach ungefähr zwölf Stunden schwerer Arbeit, auch noch etwas zu kochen, zu putzen und aufzuräumen. Sie hatte gerade wenig Zeit für die Kinder. Inge und Anna mussten sich ohnehin auch täglich, meist abwechselnd, um den kleinen Michael kümmern. Die Oma war zwar auch da und ihm für einige Stunden am Tag ein willkommener Zeitvertreib aber der Kleine war schnell wie ein Wiesel und die Oma damit meist überfordert.
Rosemaries Aufmerksamkeit war also nicht zu hundert Prozent bei ihrer schwangeren Tochter. 'Gut so', dachte Inge erleichtert.

Am Samstag wollte Inge gegen Mittag in die Stadt. Sie müsse für die

Schule etwas besorgen ließ sie ihre Mutter wissen. 'Wir brauchen Klebstoff und Seidenpapier für Montag. Muss ich heute kaufen.' 'Aha, dann kannst mir gleich die Wolle mitbringen die ich bestellt habe, die ist zum Abholen. Bezahlt habe ich schon', gab ihr Rosemarie noch auf. Nach dem üblichen halbstündigen Fußmarsch durch eine bezaubernde Winterlandschaft, kaufte sie zuerst ihre Bastelsachen und holte dann gleich nebenan die zehn Knäuel hellblauer Merinowolle beim Simmlinger ab, knapp vor Geschäftsschluss. An der Kassa traf sie Ulla, die gerade für eine ganze Tasche voll cremefarbenen Garn bezahlte.
'Ah! Hallo Inge! Sag mal wo steckst du denn die ganze Zeit? Haben dich seit dem Kinoabend nicht mehr gesehen! Ist alles klar bei dir?'
'Hallo Ulla. Danke, alles gut soweit. Bei dem Sauwetter habe ich nur wenig Lust rauszugehen. Muss nur die Wolle für die Mama abholen', dass sie sich auch gleich mit Fred treffen wollte, musste Ulla nicht wissen.
Ulla hielt ihre Tasche in die Höhe und lachte: 'Gleiche Mission. Wolle für die Mama! Sag mal, ganz was anderes, alles okay mit dir und Fred?'
Inge schaut verdutzt: 'Sicher. Alles gut, wie gesagt. Passt alles. Warum?'
'Naja, dachte bloß, da wir euch nicht mehr gesehen haben. Zusammen meine ich', schob Ulla mit dem Anflug einer Sorgenfalte auf der Stirn nach. 'Die neue in der Runde hast du ja auch noch nicht kennengelernt. Melissa. Tolle Frau! Passt super zu uns. Ist bei mir in der Klasse. Fred hat sie schon getroffen. Die mögen sich, glaub' ich. Da solltest du vielleicht ein Auge draufhaben. Okay, muss jetzt düsen! Machs gut, bis bald!' Ulla schlüpfte ihn ihre Handschuhe, winkte und war aus der Tür.

'Was war das eben?', dachte Inge. 'Wer bitte ist diese Melissa? Was heißt die mögen sich...? Schwachsinn!', wischt Inge den Gedanken beiseite.
Kurz nach eins war sie dann beim Friseurladen angekommen und wartete in unmittelbarer Nähe, belanglos und gedankenversunken ins Schaufenster eines Elektrogeschäftes starrend. Sie zog bibbernd ihren Dufflecoat enger. Auch ein Lieblingskleidungsstück von ihr und natürlich ein Geschenk von Tante Dotti zu Weihnachten vor zwei Jahren. Nach weiteren fünf Minuten, die sich für Inge eher wie eine halbe Ewigkeit angefühlt hatten, kamen Fred und Harald endlich aus dem Geschäft. Harald brachte ein schelmisches 'Hallo Inge, ganz schön kalt, was?', heraus und bog mit schnellen Schritten nach links weg. Inge sah ihm kurz nach, kniff die Augen zusammen und dachte: 'Fred hat ihm alles erzählt.'
Fred grinste Inge breit an, sichtlich erfreut sie zu sehen. Seine Fröhlichkeit verflog jedoch in der Sekunde, als er bemerkte das Inges Blick, obwohl lächelnd, anders als sonst war. 'Irgendwas war da im Busch', dachte er gleich. Sie küsste ihn flüchtig auf die Wange. 'Ich muss mit dir was ganz Wichtiges besprechen', sagte Inge ernst. Obwohl er neugierig war und sofort wissen wollte worum es ging, sagte er: 'Na gut, lass uns rüber in die Milchbar gehen bevor wir hier festfrieren'. Inge stimmte sofort zu und sie machten sich im einsetzenden leichten Schneegestöber in Richtung Molkerei auf.
'Ich hasse den Winter! Überhaupt diese verdammte Kälte. Wir sollten in Kalifornien oder in Hawaii leben', brummte Fred grimmig in seinen hochgezogenen Schal. Sie erwiderte nur kurz 'Ja, das wäre toll.' Aber ihre Gedanken waren bei ihrer ausgebliebenen Menstruation und den möglichen Folgen. Die vor einigen Wochen nach einem Umbau wiedereröffnete Milchbar der Molkerei sah

beinahe so aus wie dieser 'Diner' im letzten Elvis-Film. Alles schön weiß gekachelt und die Kunstledersitzbänke in zuckerlrosa und himmelblau, die lange Bar wie ein Cadillac mit Chrom verblendet und an der Wand hing eine riesige Uhr und mehrere Poster von coolen amerikanischen Schlitten und dem Chrysler Building in New York City. Auf der Seite stand ein prächtiger Wurlitzer und ständig fütterten die meist jungen Gäste Münzen in die Maschine, um die neuesten Songs der Hitparade zu hören. Die Milchbar war richtig cool und vor allem berühmt für die köstlichste heiße Schokolade des Universums. Fred lud ein.
Er hat an diesem Samstag, am Monatsende, seinen Gehalt bekommen. Immerhin dreihundertachtzig Schilling. Lange blieb das Geld nie bei ihm. Er war gerne großzügig, lud häufig Freunde ein und lebte grundsätzlich über seine Verhältnisse. Seiner Mutter Angelika gab er dennoch jeden Monat fünfzig Schilling zum Lebensmitteleinkauf dazu.
Die beiden bestellten sich eine heiße Schokolade mit Schlagobershaube. Ein kleiner Rum wäre jetzt die Krönung gewesen aber es wurde in der Milchbar der städtischen Molkerei kein Alkohol ausgeschenkt, cooler Look hin oder her. 'So ein Saftladen', dachte Fred und eröffnete das Gespräch gleich sehr direkt: 'Also meine Süße, was liegt dir am Herzen? Was ist denn so wichtig? Dachte wir wollten mal wieder, naja weißt eh, miteinander schlafen, oder? Wir machen wir weiter? Oder willst du etwa nicht mehr?'
'Ohja, natürlich will ich', versicherte sie ihm glaubhaft, 'aber ich weiß gar nicht ob du mich noch willst? Vorhin habe ich die Ulla beim Simmlinger getroffen und die hat irgendwas von einer Melissa geschwafelt, der Neuen, und dass „ihr euch mögt“? Was soll das bitte bedeuten? Ist da was dran?' Inge klang verletzt.

'So ein Blödsinn!', ärgerte sich Fred. 'Die Ulla ist eine Märchentante. Die will wohl einen Keil zwischen uns treiben. Nur weil es bei ihr und Peppo derzeit grad nicht so läuft. Hör bitte auf das gar nicht. Mach dir keine Gedanken. Du bist mein Augenstern und sonst niemand', und er schenkte ihr sein süßestes Lächeln und tippte ihr sanft mit dem Zeigefinger auf die Nasenspitze. Inge lächelte erleichtert zurück. 'Also mein Schatz, du wolltest aber mit mir etwas anderes besprechen', er hielt Inges Hand.

'Fred, es ist alles viel komplizierter. Leider', fügte sie kleinlaut an.

'Oje, Frauen. Immer ist alles kompliziert', dachte er und sagte dann: 'Warum denn? Deine Alten wissen sowieso schon von unserem Kinoabend.' Fred grinste, legte jetzt beide Hände auf ihren Unterarm und blickte sie treuherzig wie ein Welpe von unten an.

'Ja, aber, aber sie wissen nicht alles. Du weißt nicht alles', stammelte Inge und blickte nach unten. Beide schwiegen für einige Sekunden.

'Ach was soll's Fred', brach es aus ihr. 'Ich sag dir wie es ist: Ich bin schwanger!'

'Was bist du? Schwanger? Von mir?!' Seine Hände zuckten ruckartig von ihr zurück. Er fühlte sein Herz ins Bodenlose stürzen.

'Natürlich von dir, du Idiot, du warst mein Erster, falls du das vergessen hast. Ich habe meine Tage nicht bekommen.'

Fred konnte es nicht fassen 'Scheiße! Scheiße!', bellte er im Flüsterton durch zusammengepresste Zähne.

'Scheiße? Das ist alles, was dir einfällt? Ich finde es ja auch nicht gut. Vor allem kann ich doch jetzt kein Kind bekommen! Jetzt doch noch nicht?! Was machen wir nur, ich bin am Ende mit meiner Weisheit.' Inge starrte auf seine schönen und sonst so ruhigen Hände, die nun wie kleine, wilde Tiere auf der Tischplatte hin- und herwanderten.

Fred fügte umgehend an: 'Ich will natürlich auch kein Kind! Ganz

sicher nicht. Alles spricht dagegen, alles!', pure Verzweiflung zuckte durch sein Gesicht.
'Meine Mutter erschlägt mich wenn sie das erfährt', jammerte Inge.
'Sie darf es nicht erfahren', erwiderte Fred nun gefasst und blickte starr an Inge vorbei auf das Poster des in der Sonne glänzenden Chrysler Buildings. Könnte er doch jetzt nur dort sein, weit weg. Sein Blick fand wieder zurück in Inges fragendes Gesicht. 'Und, sie wird es nicht erfahren.' Er klemmte eiskalte Finger um ihren Unterarm. Bestimmt und fordernd blickte er ihr in die erschrockenen Augen, sein Gesicht ganz nah an ihrem: 'Es gibt nur einen Ausweg: Du musst es wegmachen...!', fügte er trocken hinzu.

Hermann

'Hermann! Hermann!', rief die Oma nach ihrem Sohn. 'Es hat geläutet, hörst du das nicht?! Da ist wer an der Tür! Hermann!! Kruzifix noch einmal!' fuhr es ihr aus und sie bekreuzigte sich – wie sie es häufig zu tun pflegte - umgehend nach dieser Versündigung. Die Glocke die Hermann hörte, war eine Kirchenglocke, ganz weit weg, ganz dumpf. Hermann führte seine Rosemarie an den Altar, um ihr sein Jawort zu geben. Die Kinder waren auch alle da, lachten, tollten herum. 'Bis dass der Tod euch scheidet', hörte er jemanden sagen. Hermann lachte. Es kam kein Laut aus seinem Mund.
Einen Stock höher, am oberen Ende der Treppe, lag er am Rücken in einer riesigen Blutlache. Seiner Blutlache. Die Arme waren links und rechts vom Körper gestreckt, aus den Pulsadern pumpte in kleinen, langsamen purpurroten Stößen Blut. Sein scharfes Klappmesser, er benutzte es sonst immer für die Speckjause, hatte er in der halboffenen linken Hand. Sein Mund schnappte langsam - wie der eines vor geraumer Zeit vom Angelhaken genommenen Karpfen – nach Luft.
Der kleine Michael saß in der Stube am Boden zwischen seinen geschnitzten Bauernhoftieren. 'Michael, bleib hier und spiel schön weiter, die Oma ist gleich wieder da, gell?', sagte die Großmutter und rief dann laut: 'Jaja, ich komm ja schon. Bin schon da, Moment noch! Eine alte Frau ist kein D-Zug'. Mühsam bewegte sie sich in Richtung Eingangstür. Es war der Postbote. Freundlich grüßend streckte er ihr ein Schreiben entgegen. 'Einen Wunder-schönen! Saukalt heute wieder. Habe einen Einschreiber für den Hermann. Entgegennehmen müsste er ihn aber selbst, ist er denn nicht...?', fragte der Postler, dem beim letzten Wort der Mund offenblieb, während er der Oma über die

linke Schulter blickte. Er deutete dann mit dem Kopf stumm in Richtung Treppenhaus. Am oberen Ende sah er einen nackten Unterarm. Vom Handgelenk tropfte das Blut langsam und zäh auf die Stufe. Behäbig drehte sich nun auch die Oma um die eigene Achse und folgte dem Blick des Postboten. Sie stieß einen kurzen, schrillen Schrei aus und bedeckte rasch den Mund mit ihrer Hand. 'Jesus, Maria und Josef! Der Hermann! Bitte nicht schon wieder!'

'Wie meinst du das „Wegmachen'?, fragte Inge zögerlich und wusste zugleich ganz genau, was Fred meinte.
'Na, wegmachen halt! Da bist du nicht die Erste die das macht und auch nicht die Letzte. Und besser jetzt gleich, am Anfang, als dann später, da wird's schwieriger.', gab er sich wissend.' Aber erstmal musst du sicher sein, ob du wirklich schwanger bist', schob er nach.
'Ich fühle das einfach, ich weiß es! Auch wenn ich es nicht will, ich bin mir sicher.' Inge nagte an ihrer Unterlippe. 'Wenn meine monatliche Blutung in zwei Wochen nochmals ausbleibt, dann ist der Ofen aus. Wir müssten das vorher hinbekommen, dann wäre alles gelöst.' Die Verzweiflung war ihr ins Gesicht gemeißelt. 'Habe ich das eben laut gesagt?' Inge hielt kurz inne und schüttelte kurz den Kopf als müsse sie ihre Gedanken neu ordnen. Sie atmete durch: 'Ist dir eigentlich klar, dass es hier um ein Leben geht? Ein Leben, das im Entstehen ist und das ich nun beenden soll? Eine ganz große Sünde! Damit werde ich dann bis ans Ende meiner Tage zurechtkommen müssen. Ich weiß einfach nicht, ob ich zu einem solchen Schritt bereit bin.' Inge haderte, ihr Herz schrie nein.
'Ja aber bitte, so hör doch. Was ist denn die Alternative, hä? Du wolltest doch einen Job und dein eigenes Geld verdienen, dafür machst du ja auch deine Schule. Und ich, ich bin nächstes Jahr zwar

ausgelernt, wohne immer noch bei meiner Mutter und verdiene viel zu wenig um uns als Familie durchzubringen. Wo sollten wir denn deiner Meinung nach wohnen? Überhaupt, wenn du das jetzt schnell erledigst, dann kann man ja noch gar nicht von einem Kind reden. Da ist ja noch nichts da, nach den paar Wochen. Da musst du gar kein schlechtes Gewissen haben.', versuchte Fred Inges Zweifel und Ängste auszuräumen.
'Ich weiß nicht. Es fühlt sich halt nicht richtig an.' Inge blickte für einige Sekunden starr auf das Poster eines türkisfarbenen Cadillac Deville Cabrio der am Rande irgendwelcher Klippen hoch über dem Meer stand, wünschte sich kurz dorthin, drehte dann langsam den Kopf zu Fred und sagte mit einem gequälten Lächeln: 'Aber du hast schon recht, es wäre alles furchtbar kompliziert und schwierig. Wenn ich mich jetzt dafür entscheide, dann muss das aber wirklich schnell gehen. Ich kann und will nicht zuwarten. Ich habe echt Angst.', sprach es monoton aus Inge. Sie wähnte sich in einem kalten, undurchdringlichen Nebel.
'Wir werden das hinbekommen', wollte Fred zuversichtlich klingen. 'Ich mach mich schlau, wer, wo, was und auch wieviel das kosten kann. Ich glaube, Peppo kennt sich da ein wenig aus, frag mich nicht warum, aber ich werde ihn mal ausquetschen.'
Inge schaute besorgt: 'Erwähne bitte nicht meinen Namen! Sag du fragst für einen Freund oder so… und Fred, ich habe auch kein Geld für so etwas…', fügte sie kleinlaut an.
'Wir finden eine Lösung, mach dir keine Sorgen. Wir treffen uns nächsten Samstag wieder. Achte darauf, dass deine Alten nichts davon mitbekommen', gab er ihr auf.
Beinahe wäre die heiße Schokolade die Inge sonst immer so genoss, kalt geworden. Schnell nahmen die beiden den letzten Schluck, Inge

griff sich ihre Tasche voll Wolle und Bastelzeug. Fred zahlte noch an der Theke, half Inge in ihren Dufflecoat und führte sie an der Hand aus der Milchbar. Unter dem Vordach, geschützt vom stärker werdenden Schneefall, wandte er sich ihr zu und blickte ihr tief in die Augen. Er küsste sie kurz, aber sehr leidenschaftlich auf den Mund. 'Du, wir schaffen das. Sei jetzt stark. Wir kommen da raus, okay?', wollte er ihr ein wenig Mut machen. Sie rang sich ein gequältes Lächeln ab, küsste ihn rasch auf den Mund und stapfte, nachdem sie sich den Kragen hochgeschlagen und die Haube tief heruntergezogen hatte, in eine weiße, fremde Welt.

Rosemarie hatte gegen Mittag in ihrer Arbeit den Anruf erhalten. Das war alles andere als üblich, denn niemand erhielt während der Arbeitszeit einen Anruf. Niemand. Außer es gab einen Atomangriff oder ein Komet war im Anflug auf die Erde – und beides war bis dato noch nicht vorgekommen. 'Rosemarie!! Telefon!! Hier bei mir im Büro!', rief die Vorarbeiterin Agnes quer durch die Halle und überstimmte dabei mit Leichtigkeit die Maschinen. Rosemarie blickte erstaunt auf, legte das große Leintuch, das eben glatt aus der riesigen dampfenden Bügelmaschine rollte, zur Seite und wischte sich mit dem Handrücken den Schweiß von der Stirn. Flott marschierte sie zum „Büro“ von Agnes, ein zirka zwei mal zwei Meter großer Verschlag mit Tür. An der schmalen Wand hingen eine einfache, große Uhr und ein Dienstplan für die Schichten. Nach vorne hin begrenzte eine große Fensterfläche den Raum zur Halle. So konnte sie stets Blickkontakt mit ihren Mitarbeiterinnen halten und den Fortgang ihrer Arbeit kontrollieren. Dort, auf einem winzigen Schreibtisch lag feinsäuberlich ein Stapel weißer Arbeitsschürzen, daneben eine kleine Poinsettia, die schon ohne Blätter aber mit der

leuchtend roten Blüte der einzigen Farbtupfer im Raum war und noch ein wenig an letzte Weihnachten erinnerte.
Hier stand auch der Telefonapparat und Agnes drückte Rosemarie den Hörer in die Hand. Rosemaries Bauchgefühl verhieß nichts Gutes.
'Aja. Wann? Aha, na bravo. Ja, in Ordnung. Wer? Nein. Gut. Nein, erst am Abend. Danke. Ja, gegen sechs. Danke, auf Wiederhören.' Sie lies den Hörer auf die Gabel fallen und blickte ins Leere. 'Hast einen Geist gesehen?', fragte die pummelige, rotbäckige Vorarbeiterin im erzwungen fröhlichen Ton. Sie hatte ein gutes Verhältnis zu Rosemarie, die eine der längst dienenden Kolleginnen war und auch die mit Abstand Beste im Team. Oft fragte sie sich, warum eigentlich nicht Rosemarie die Vorarbeiterin werden wollte. 'Also, was ist los?', hakte sie nach.
Rosemarie antwortete zögerlich: 'Hermann hat schon wieder einmal versucht sich umzubringen. Ist ihm aber auch diesmal nicht gelungen'. 'Leider', hätte sie beinahe noch angemerkt, 'nicht einmal das bringt er zusammen', aber sie verkniff sich diesen Zusatz. Es musste ja nicht jeder wissen, wie gut sie sich mittlerweile ein Leben ohne ihn vorstellen konnte. 'Ui, das tut mir leid! Nein, du tust mir leid Rosemarie! Mit den vier Kindern und dann sowas. Gehst bitte jetzt gleich nach Hause und schau, dass du dich fängst', waren die verständnisvollen Worte von Agnes.
Rosemarie wusste in diesem Moment, dass die kommenden Tage und Wochen besonders hart werden würden. Auch wenn Hermann wieder aus dem Krankenhaus nach Hause kommen würde, es würde sich nicht viel ändern. Wieder der Frust, auch über sein eigenes Versagen auf allen Linien, wieder der ewig verführende Satan Alkohol, wieder die endlosen Diskussionen, Streitereien und Beschimpfungen die zum erdrückenden Alltag geworden waren. Er schien nur noch einen

einzig möglichen Weg zu sehen, von dem es aber keine Wiederkehr gab.
Vor zwei Jahren hatte es Hermann schon einmal probiert. Da wollte er sich im kleinen Fischteich im Dorf ertränken. Besoffen und voll mit allen Schmerztabletten, die er im Haus gefunden hatte, lies er sich in den grünbraunen Tümpel kippen. Nicht einmal fünf Sekunden später stand 'Tasso', der Weimaraner von Hermanns Schulfreund und Bezirksjäger Horst, am Ufer und bellte seinen Fund an. Nach dem Magenauspumpen, dem Ausnüchtern und einer Durchuntersuchung war Hermann drei Tage später wieder zu Hause. Er hatte versagt. 'Beim nächsten Mal wird's klappen', versprach er sich und war seit dieser misslungenen Aktion noch introvertierter und für Rosemarie kaum noch erreichbar. Hatte sie ihren Mann bereits aufgegeben?
'Die Kinder kennen ihn kaum noch anderes. Die Großen sind ja so gut wie aus dem Haus, aber der kleine Michael...' So gerne hätte Rosemarie ihrem Jüngsten das erspart.
'Wie konnte es nur so weit kommen? Warum hat er sich mir so ganz und gar verschlossen? Wir waren doch eine glückliche Familie – dachte ich zumindest. Bis dann mehr und mehr der Alkohol ins Spiel kam. in den letzten fünf, sechs Jahren ist es richtig schlimm geworden. Dieser verdammte Krieg und dieser verdammte Fusel!' Rosemarie erinnerte sich voll Wehmut an ihren Hermann. Wie hatte sie ihn damals angehimmelt am Kirchtag vor weiß Gott wie vielen Jahren. Am Tanzboden hatte sie ihn gesehen, stattlich, drahtig muskulös mit markanten Gesichtszügen und lachend. Erstaunlich, da er erst ein halbes Jahr davor aus der Kriegsgefangenschaft zurückgekommen war von wo er, nebst einer Verwundung, auch so manch unaussprechliches Erlebnis als Souvenir mitgebracht hatte. Er wollte wieder leben – so richtig leben, alles vergessen, neu beginnen und er

musste der Fratze des Schreckens mit seinem lauten Lachen entgegentreten.
'Wie männlich und erwachsen er doch war mit seinen zweiundzwanzig Jahren.', erinnerte sich Rosemarie. Sie war gerade erst siebzehn geworden und konnte nicht im Entferntesten erahnen, was Hermann in seinem jungen Leben bereits widerfahren war. Ihr Vater hatte ihr erlaubt an diesem Sonntag für einige Stunden beim Kirchtagstreiben dabei zu sein. Sie trug ein feines, traditionelles Dirndlkleid ihrer verstorbenen Mutter, hatte sich die Haare besonders sorgfältig gebürstet und mit einem hübschen Hornkamm zur Seite gesteckt. 'Franz! Komm, bring noch eine Runde Bier für uns, wir haben Durst!', erkannte Rosemarie die laute und fordernde Stimme ihres Vaters. Dort drüben saß er vor dem Gasthaus auf einer Bank, an seiner linken und rechten Seite jeweils ein vollbusiges junges Ding im Arm.
Schnell sah Rosemarie beschämt und verärgert in die andere Richtung und ging auf den Tanzboden zu, näher an Hermann. Sie stand am Rand der Tanzfläche und schaute den Paaren zu, die sich zu einem flotten Landler harmonisch im Kreis drehten. Rosemarie hatte nur Augen für Hermann. Bei jedem Tanz fegte er mit einer neuen Partnerin über den Bretterboden, dass es nur so staubte. Sein Kopf war rot und verschwitzt, die Haare flogen, wenn er herumwirbelte, die Hemdsärmel waren aufgekrempelt und bei jeder zweiten, dritten Runde trafen sich seine und Rosemaries Blicke. 'Hat er mir eben zugezwinkert?' Rosemarie war unsicher. 'Er meint mich!', sie lächelte zurück, winkte bei der nächsten Runde. Am Ende der Polka wischte sich Hermann mit einem Taschentuch die nasse Stirn, fasste sich kurz an sein Bein, das mit Penetranz versuchte, den russischen Horror-Winter in Erinnerung zu rufen und kam auf Rosemarie zu. 'Na, das

ist aber ein ganz besonderer Aufputz für unseren Kirchtag! Du bist doch die Rosemarie, oder? Magst tanzen?' Hermann blinzelte gegen die Sonne. Und ob Rosemarie tanzen wollte! An jenem Nachmittag hatte sich Rosemarie mit ihrem Hermann die Füße wund getanzt. Wie er ihre Hüften umfasste, mit ihr über den Tanzboden flog, sie anlachte. Sie wünschte sich, diesen Moment in einem Rexglas einlegen zu können, es auf ihr Nachtkästchen zu stellen und wann immer sie traurig werden sollte, es in die Hand zu nehmen und sich sofort wieder glücklich zu fühlen.
Gegen fünf verschwanden sie beim Birnbauer hinter dem großen Stall im Geräteschuppen. Dort, zwischen Anhängern und Traktoren verlor Rosemarie ihre Unschuld. Rosemarie wurde schwanger zu Anna. Ihr Vater verwies sie des Hofs, zwang den Kindesvater sie umgehend zu heiraten und fertigte sie mit einer lächerlichen Mitgift ab. Sie zog mit Hermann in den „Schweinestall", den die beiden erst notdürftig zu einem einfachen Wohnhaus umbauten und erst Jahre später aufstocken und ausbauen ließen.
Rosemarie war beim ersten Mal schwanger geworden, mit 17. Ihr Hermann stand zu ihr, sie wollten beide das Kind bekommen. Er war ihr Mann der Träume, ihr Mann fürs ganze Leben. Bis dass der Tod euch scheidet! 'Das wäre ihm heute beinahe gelungen', dachte Rosemarie verbittert und wurde sich gleichzeitig bewusst: 'Inge geht es doch gar nicht anders als mir damals, falls sie jetzt tatsächlich schwanger ist. Warum habe ich sie so herzlos behandelt? Weil ich nicht wollte, dass ihr das gleiche widerfährt wie mir? Nur weil die Geschichte sich wiederholt? Ich habe doch gar kein Recht dazu – gerade ich nicht! Vielleicht wäre es schön, wenn Inge ein Kind bekäme? Vielleicht ist dieser Fred auch ein ganz anständiger Kerl?'
Vieles ging Rosemarie durch den Kopf als sie an diesem Nachmittag

mit dem Zug von der Arbeit in ihre Kleinstadt fuhr und sich zuerst im lokalen Krankenhaus für zehn Minuten vom Zustand ihres blutleeren Ehemanns ein Bild machte der, nicht ansprechbar, an einer Infusion hing. Zu Hause angekommen rief sie ihre Kinder und ihre Schwiegermutter zu sich in die Küche und sagte: 'Der Vater wird bald wieder hier sein – er lässt euch schön grüßen. Er hat eine große Dummheit begangen, ihr werdet das später einmal verstehen, sagt er. Und, ihr sollt brav sein und eurer Mutter gehorchen.' Nichts davon hatte Hermann gesagt, als Rosemarie bei ihm am Krankenbett stand. Die Kinder nickten still aber wussten mit der überbrachten Nachricht wenig anzufangen. Tommi rannte mit zusammengepressten Lippen in sein Zimmer und knallte die Tür zu. Die Mädchen hatten Tränen in den Augen, Klein-Michael nagte an einem trockenen Stück Brot und wiederholte immer wieder: 'Dada krank?' Die Oma sagte kein Wort. Rosemarie füllte einen Kübel mit heißem Wasser, rührte einen Löffel Schmierseife ein, schnappte sich eine Bodenbürste und entfernte dann die Blutlache im ersten Stock und auf den Treppenstufen. So gründlich, dass nichts mehr an die Tat vom Mittag erinnerte. Anna und Inge hatten sich in der Zwischenzeit um das Abendessen gekümmert. Es war wenig Aufwand, da noch ausreichend von einer eingemachten Gemüsesuppe mit Haferflocken vom letzten Wochenende da war. Sie schnitten noch einige kleine Stückchen Speck in die Suppe. Alle aßen, sobald das kurze Tischgebet gesprochen war, ihre Suppe. Auch die Oma war zu ungewohnt später Stunde noch mit am Tisch und aß stumm eine kleine Schale mit.

Die letzten zwei Wochen flossen zäh wie Baumharz. Für Inge waren diese Tage ein Wechselbad der Gefühle. In der Schule gab es viel zu lernen, Prüfungen und Schularbeiten am laufenden Band. Zu Hause

war auch der Vater wieder anwesend, zumindest physisch, denn sprechen wollte er, nach seinem letzten erfolglosen Versuch sich vom Hier ins Drüben zu befördern, mit niemanden. 'Schämt er sich für das, was er gemacht hat?', fragte sich Inge. Mutter konnte, oder besser wollte, ihn nicht ansehen, geschweige denn mit ihm irgend etwas von Belang besprechen. Stumm stellte sie ihm sein Essen hin, was er meist mit einem gemurmelten, fast demütig klingenden, knappen Danke quittierte. Er war ein Bild des Jammers. Selbst seine geliebte Pfeife blieb neuerdings kalt. Inge hatte diesen würzig-süßlichen Tabakgeruch immer sehr gern gehabt. Er erinnerte sie an glückliche Zeiten.
Täglich zog sich Inge, sobald sie eine kleine Portion gegessen hatte, rasch ins Zimmer zurück. 'Muss rauf! Hab Unmengen Hausaufgaben', rief sie auf dem Weg nach oben. Sie wollte auch der Mutter wenig Gelegenheit bieten, sie in längere Gespräche zu verwickeln oder gar von ihr ausgefragt zu werden wie sie das gerne und gut machte – das würde Inge sicher nicht durchhalten. In einigen Tagen würde es ohnehin ernst werden, wenn Mutter nach der Monatsblutung fragen würde. 'Bis dahin muss alles erledigt sein', versprach sich Inge. Zum Glück hatte Mutter momentan tatsächlich anderes zu tun. Sie musste ja irgendwie diese Familie, diesen Haushalt über Wasser halten und damit war sie vollends ausgelastet. Inge hatte beinahe ein schlechtes Gewissen sich über diese momentane angespannte Situation im Haus zu freuen, der perfekt von ihr und ihrer Schwangerschaft ablenkte. 'Danke Papa'.
An einem späten Nachmittag ging Inge in den Schuppen um Holz für den Ofen der Oma zu holen. Dort saß Tommi und bearbeitete ein beinahe armlanges Stück Holz. Neben sich hatte er einen Ölradiator stehen der ihm Wärme spendete.

'Schaut toll aus. So futuristisch, was wird denn das?', fragte Inge beiläufig, während sie einige Scheite Brennholz in den Korb legte.
'Ein Wolkenkratzer. Fünfhundert Meter hoch. Das höchste Gebäude der Welt.' Tommi blickte nicht auf.
'Du spinnst, das ist unmöglich. Das höchste Bauwerk ist der Eiffelturm und der hat zweihundert Meter, höher geht ja gar nicht!'
'Dreihundert'.
'Was?'
'Dreihundert Meter hoch ist der Eiffelturm. Und das höchste Gebäude der Welt ist das Empire State Building in New York mit dreihundertachtzig Metern Höhe. Meines wird aber fast doppelt so hoch und mehr als hundertfünfzig Stockwerke haben.' Tommi bearbeitete mit der Messerspitze akribisch die Fassade seines Weltrekord-Hochhauses.
'Ach komm, träum weiter. Ein so hohes Gebäude ist unmöglich. Das fällt doch um!'
Tommi blickte auf: 'Da kennt sich jemand aber aus, alle Achtung', und grinste Inge breit an.
'OK, du musst es ja wissen. Aber ganz was anderes Tommi.' Inge klang jetzt todernst. 'Sag mal, was da mit Papa letzte Woche passiert ist…', sie zögerte, 'wie kommst du damit klar?'
Tommi hörte jetzt auf zu schnitzen und sah seine Schwester an: 'Ob ich was? Damit klar komme? Was willst du hören? Ist doch eh egal, was wir darüber denken. Geredet wird in dieser Familie ja auch über nichts – Schwamm d'rüber ist bei uns immer die einfachste Lösung! Warum will er sich umbringen?! Wie kann er uns das antun? Bedeuten wir ihm denn gar nichts?!' Tommi schaute grimmig und schnitzte energisch weiter.
'Aber Tommi' versuchte Inge ihren Bruder zu beruhigen. 'Natürlich

sind wir dem Papa wichtig. Aber er hat es halt so schwer. Wir müssen jetzt für ihn da sein, er ist unser Vater.'
'Was bitte hat er je für uns getan. Was?! Er säuft sich zu Tode und beklagt sein jämmerliches Leben und wir alle müssen dafür büßen! Jedes Jahr wird es schlimmer!'
'Jetzt bist du aber sehr ungerecht. Du darfst sowas nicht sagen, bitte Tommi. Er hat doch schreckliche Dinge mitgemacht im Krieg. Wir haben da gar keine Ahnung. In der Schule hat der Geschichtsprofessor gesagt, dass die Soldaten damals vor Stalingrad erst ihre Pferde und dann sogar ihre eigenen Kameraden gegessen haben - sonst wären sie verhungert! Stell dir das mal vor, wie abscheulich! Wir wissen gar nichts.' versuchte Inge ihren Bruder zur Vernunft zu bringen.
'Wie auch immer', wischte Tommi die Argumente seiner Schwester beiseite. 'Und jetzt müssen wir in alle Ewigkeit darunter leiden, oder wie? Siehst du nicht, wie sehr die Mama schon am Ende ist.'
Inge beschwichtigte: 'Tommi, wir müssen jetzt zusammenhalten. Wir müssen dem Papa helfen wieder auf die Beine zu kommen. Er hat ja nur uns.'
'Ich weiß nicht Inge, wie lange ich das noch mitmache. Mich ignoriert er wo er nur kann. Als wäre ich Luft! Ich bin bald weg von hier. Raus aus dieser engen Welt voll Enttäuschungen. Wirst sehen, bald bin ich weg. Sofort nach der Schule. Ich gehe studieren, weit weg von hier.'
'Ach Tommi. Ich verstehe dich ja. Ich glaube ja, Papa geniert sich vor uns, besonders vor dir. Von Mann zu Mann sozusagen. Er kann halt nicht anders. Ich wünsche mir auch eine andere Zukunft für uns. Es wird alles wieder besser, ich bin mir sicher. Sei zuversichtlich' Inge neigte ihren Kopf, legte die Hand auf Tommis Scheitel und lächelte ihn sanft an. 'Alles muss gut werden'. Inge schlichtete noch einige

Buchenholzstücke in den Korb und marschierte ins Haus zurück. Tommi hatte aufgehört zu Schnitzen und blickte ihr nachdenklich hinterher.

Inge konnte sich jetzt nicht auch noch mit den Problemen von Tommi belasten, sie hatte ausreichend mit den eigenen zu tun. Ein geplantes Zusammentreffen mit Fred am letzten Samstag hatte schon nicht geklappt, da er kurzfristig von seinem Bruder Siegbert für einen Umzug als Möbelpacker eingeteilt wurde. Da galten keine Ausreden. Aber Morgen würde sie sich endlich wieder mit Fred treffen, der sich intensiv um die Umsetzung des gefassten Plans gekümmert hatte. Er hatte mehrere Treffen mit Peppo und versicherte Inge am Telefon, er hätte die perfekte Lösung gefunden. Alles sei organisiert und müsse nun ganz schnell gehen.

Dreimal kurz klingeln

Der Winter wollte sich in diesem Jahr anscheinend gar nicht verabschieden. Samstagnachmittag, fünfter März. Feuchtkalt. Der verbliebene Schnee hatte mit dem daunenweißen, direkt aus dem Himmel gefallenen, der noch vor wenigen Wochen das Land sanft zugedeckt hatte, nichts mehr eins. Er war nun zu halbgefrorenem, grauen Dreck geworden. Durch die düsteren, engen Gassen der Hauptstadt, in der sie nach dreißigminütiger Fahrt mit dem Linienbus eingetroffen waren, pfiff ein kalter und unbarmherziger Wind. Es war kurz vor zwei als sie an der Tür der Hausnummer elf läuteten. D. Wolschitzky, prakt. Arzt, war am Schild zu lesen. Die Engelmacherin die von Peppo als gut, diskret und leistbar empfohlen wurde. Fred hatte Inge nie genau erzählt, warum Peppo diese Frau kannte, aber sie hatte ihre Vermutung dazu. Ihr war ohnehin nicht klar, warum sich Fred ausgerechnet mit diesem Peppo abgab. Sie ärgerte sich, dass Fred so sehr an den Lippen dieses Großmauls hing.

Josef, wie Peppo eigentlich hieß, war der Sohn eines Polizisten in der Kleinstadt, aber er benahm sich, als wäre gerade dieser Umstand ein Grund, ständig mit dem Gesetz anecken zu müssen. Mit seinem Kleinmoped fuhr er gegen die Einbahn, durch die Fußgängerzone oder viel zu knapp an Passanten vorbei. Er rauchte verbotener Weise im Kino oder im Autobus, er grüßte den Herrn Pfarrer nicht, er versteckte das Fahrrad vom Schuldirektor oder malte einen Penis auf das Auto des Bürgermeisters. Die Liste war eine lange. Auch in seiner Lehre als Buchdrucker machte er regelmäßig Ärger und dass er den Lehrplatz noch nicht verloren hatte war nur dem Umstand geschuldet, dass die Druckerei dem Cousin seiner Mutter gehörte. Von seinem

Vater gab es immer wieder mal eine maßregelnde Ohrfeige oder auch zwei, die der neunzehnjährige Peppo stets reaktionslos wegsteckte und die ihn nicht davon abhielt, genau dort weiterzumachen, wo er aufgehört hatte.
Er war klein und bullig und sah mit seinen schwarzen Haaren und dunklen Augen eher aus wie ein Sizilianer. Er roch immer nach Zigarettenrauch, Schweiß und Kaugummi, den er Tag und Nacht im Mund zu haben schien. Seine derzeitige Freundin Ulla überragte ihn auch ohne Stöckelschuhe um einen Kopf. Sie war bereits seine dritte oder vierte Freundin. Peppo war in der Schule der einzige fünfzehnjährige mit Freundin und einschlägiger Erfahrung gewesen und wurde dafür von allen Mitschülern bewundert, natürlich auch von Fred. Worte aus Peppos Mund waren nun mal Gesetz. Für Inge war er der Inbegriff für schlechten Umgang.

Inge musste jetzt in der sechsten, siebten Woche ihrer Schwangerschaft sein und gerade die letzten zwei Wochen waren für sie eine Qual. Zu Hause, in der Schule, vor den Freundinnen: Immer musste sie eine äußere Fassade aufrechterhalten, die so gar nicht ihrer inneren Welt entsprach.
Der Gedanke, ein heranreifendes Leben in sich zu tragen, kostete sie all ihre Kraft. Sie hatte Angst, Albträume, Weinkrämpfe und Zweifel, immer wieder Zweifel, ob sie denn die richtige Entscheidung getroffen habe. Am Sonntag davor hatte der Pfarrer in der Kirche während einer Taufe, es war das Mädchen einer Cousine von Inge, aus dem Markus-Evangelium die Worte Jesu zur Kindersegnung gelesen. Inge war tief berührt als sie vernahm: „Lasset die Kinder zu mir kommen und wehret ihnen nicht, denn solchen gehört das Reich Gottes. Wer das Reich Gottes nicht empfängt wie ein Kind, der wird

nicht hineinkommen.“ Es graute ihr bis ins innerste Mark vor ihr selbst. Sie musste ihre Tränen schlucken als die kleine Irene - Weihwasser auf der Stirn - am Taufbecken schreiend das Leben begrüßte.
Es konnte aber nicht anders sein, es gab für Inge keine Alternative. Der Plan war gefasst, Fred hatte vierhundert Schilling zusammengekratzt und unter auftischen einer Lüge von seinen Brüdern nochmals ein paar Hunderter erbettelt. Inge hatte, schweren Herzens und natürlich weit unter Wert - sie war nicht in der Situation bei einem windigen Hinterhof-Pfandhaus einen fairen Preis zu verhandeln – die wunderschöne Korallenkette von Tante Dotti zu Geld machen müssen. Welche Geschichte sie dazu ihrer Mutter erzählen würde, daran hatte sie noch keinen Gedanken verschwendet.
Für diesen Samstag musste sie sich bereits eine glaubhafte Ausrede für die Fahrt in die Landeshauptstadt einfallen lassen. 'Fred hat eine Überraschung für mich. Ich glaube er will mich zum Italiener ausführen. Die haben die besten Calamari', fiel Inge spontan ein. 'Na fein. Sehr großzügig vom Herrn Lehrling. Viel Spaß.' Rosemarie akzeptierte diese Erklärung überraschend schnell und ohne weiteres Nachfragen.

'Da seid ihr ja endlich.' Wie gewohnt warf die Engelmacherin erst einen kurzen Blick nach links und rechts in die Gasse. 'Schnell herein, Mädchen! Zeig mir erst dat Geld', empfing die „Problemlöserin“ mit deutschem Akzent und rauchiger Stimme ihre vor Angst und Kälte zitternde Kundin. Die Frau hatte ein unerwartet hübsches Gesicht, blasse, beinah durchscheinende Haut, streng nach hinten geknotetes strohblondes Haar, trug eine blütenweiße Schürze und sah so gar nicht nach der Arbeit aus, der sie, nebenher und offensichtlich häufiger, nachging. Sie war dezent geschminkt und trug um Ihren Hals eine silberne Kette, an der eine moderne rote Brille baumelte. Ihr Alter war schwer einzuschätzen. 'Soso, dat ist also der Vater, na jut.' Über den Rand ihrer Brille musterte sie Fred von oben bis unten, zog kurz an ihrer Zigarette, die in einer Jugendstil-Spitze aus ziseliertem Silber steckte und fügte hinzu: 'Du wartest! Komm in einer Stunde wieder hierher, läute dreimal kurz, dann wees ik, dass du es bist.', sprachs, hüstelte, zog Inge mit einem Ruck zu sich in den dunklen Eingang und knallte Fred mit Schwung die Tür vor der Nase zu.

Fred wanderte ziellos durch die Innenstadt. Er war froh, dass der Plan heute wie vorgesehen geklappt hat. Knut hatte ihn kurz nach eins gehen lassen, nachdem Fred noch schneller, aber auch gründlicher als sonst aufgeräumt und sauber gemacht hatte. Diesmal war er es, der Harald ständig antrieb. 'Mensch, gib mal ein wenig Gas, ich habe heute noch was Wichtiges vor', sagte er gleich kurz nach Ladenschluss und in der darauffolgenden halben Stunde weitere dreimal zu seinem Kollegen. Der war wie immer bemüht, Fred zu gefallen und es ihm recht zu machen und putzte, als ginge es um sein Leben. Fred war nach wie vor erstaunt, wie selbstbewusst Harald neuerdings Knut gegenüber auftrat, der auch aufgehört hatte, den Lehrling zu hänseln.
'Was hast du bloß mit dem Alten angestellt?', fragte Fred seinen Kollegen beim Aufkehren. 'Hast du ihm einen blasen müssen und jetzt hat er Angst, dass du ihn verpfeifst?'
'Schwachsinn!', war Haralds knappe Antwort. 'Er ist halt einfach zur Vernunft gekommen. Glaub ich.', zog die Augenbrauen hoch und zuckte mit den Schultern.

'Aha', Fred zweifelte. 'Was ich dich übrigens schon längst fragen wollte: Warum hast du dich vor ein paar Wochen mit meinem Bruder Sigi getroffen? Ich habe euch gesehen. In der Mittagspause auf der anderen Straßenseite. Wusste nicht einmal, dass ihr euch kennt.'
'Hast du? Du kennst deinen Bruder auch nicht besonders gut, oder?' Harald sprach in Rätseln. 'Sagen wir mal so: Er schuldete mir noch einen kleinen Gefallen. Mehr musst du nicht wissen.', drehte sich weg und kehrte weiter die Haare vom Boden.
'Moment, so einfach kommst du mir nicht davon.' Fred fasste mit einer Hand den Besen und mit der anderen Haralds Ellenbogen. 'Was heißt da: Er schuldete dir einen Gefallen? Also, sprich schon, als Freund und Kollege. Es bleibt unter uns', fügte Fred mit gesenktem Kopf und etwas leiser hinzu.
'Ok, na gut, du Nervensäge', ließ Harald sich breitschlagen und sprach nun leise: 'Also, ja, ich kenne deinen Bruder besser als du denkst und ich habe ihm vor einiger Zeit in der „Eagle-Bar“ so ziemlich alles erzählt, was unser Chef in den letzten Jahren so von sich gegeben hat. Dass er ein sadistischer Arsch ist und mich ständig heruntermacht und so, naja, du weißt.'
'Mein Bruder und du?!' Fred konnte nicht fassen, was er da hörte. 'Sag bloß ihr beiden habt auch..?'
'Wie gesagt, du musst nicht alles wissen. Okay, da gab es mal was, aber das tut nichts zur Sache.', winkte Harald ab. 'Wichtig ist', setzte er fort, 'dass er dem Alten eine Abreibung verpasst hat. Das hat mir sehr, sehr gutgetan. Sigi hat sich Knut angeboten und dann, als es wohl zu etwas mehr gekommen ist, oder auch nicht, keine Ahnung, hat er ihm ohne große Worte zu verstehen gegeben, was von ihm zu halten ist. Knut wird darüber nie ein Sterbenswörtchen verlieren, soviel ist klar.', schloss Harald mit einem selbstsicheren Grinsen.

'Seid ihr bald mal fertig?', rief Knut aus der Küche. Er schenkte sich eine Tasse Kaffee ein und setzte sich zur Kassa, um die Abrechnung zu machen. 'Das Wochenende beginnt erst, wenn alles blitzblank ist, das solltet ihr mittlerweile wissen. Also meine Herren, Gas geben!' Knut war inzwischen wiederhergestellt. Von den Flecken waren nur noch ein paar grüngraue Schatten geblieben, die Narbe würde auch bald kaum noch zu bemerken sein und den fehlenden Zahn hat ein Provisorium ersetzt, der neue würde in Kürze eingesetzt. Er hatte kein Wort mehr über seinen „Sportunfall" verloren, aber er benahm sich immer noch ein wenig merkwürdig und eher reserviert, was Fred allerdings ganz und gar nicht störte, besonders nachdem er nun den tatsächlichen Hergang der Geschichte kannte. Nach einigen Minuten rief Knut überraschend launig: 'Burschen, hierher! So, für jeden von euch ausnahmsweise noch einen Fünfziger extra. Gott sei Dank ist der Januar und Februar vorbei und die Leute haben wieder ein wenig Geld in der Tasche, war ja auch grad der Erste. Versauft es aber nicht gleich wieder beim Winkler. Haut schon ab! Ich seh' euch am Dienstag!', den Blick in Haralds Augen vermied er allerdings.

Fred schlenderte ziellos durch die Gassen. In der Landeshauptstadt war es erstaunlich ruhig. Die Geschäfte hatten bereits seit Mittag geschlossen und es waren einige Angestellte oder Geschäftsinhaber zu sehen, die jetzt am frühen Nachmittag, nach getaner Arbeit und dem obligaten Putzen, Aufräumen und Abrechnen, aus ihren Läden kamen, diese sorgfältig abschlossen und nach Hause oder in ein nahegelegenes Wirtshaus eilten. Ein Straßenkehrer ging seiner Arbeit nach und entfernte die Spuren des Einkaufsvormittags. Gebrauchte, zusammengeknüllte Papiertaschentücher, ausgespuckte Kaugummis, die bei diesen Temperaturen immerhin nicht am Bürgersteig

festklebten, hunderte Zigarettenstummel und allerlei Papierchen von Bonbons oder Schokoriegeln, die den Weg in die städtischen Mülleimer nicht gefunden hatten. 'Kein Abfall in den Straßen, kein Job für den Straßenkehrer', sinnierte Fred. Aus dem Domwirt kamen gerade einige fröhlich miteinander plaudernde Familien, die dort ihr Mittagessen eingenommen hatten und sich nun auf den Nachhauseweg machten. Kinder hüpften aufgeregt herum und trällerten irgendwelche Liedchen, die Erwachsenen waren in angeregte Gespräche verwickelt, durchsetzt von herzhaftem Gelächter. Hunde kläfften und schnüffelten aufgeregt herum und markierten hektisch Häuserecken und Laternenmasten. Auch die Kaffeehäuser der Innenstadt waren gut besucht. Besonders im Café Altstadt saß man hinter der großen Glasfassade wie im Schaufenster oder besser: wie auf einer Bühne. Dort konnte man sich gekonnt in Szene setzen. Sehen und vor allem gesehen werden. Die Herrschaften, heute meist ältere Damen in eleganten Hüten, die sie auch im Lokal nicht abnahmen, achteten sehr auf ihre Wirkung. Welche Kleidung man trug, wie man saß, mit wem man hier saß und auch was man konsumierte wurde gesehen, wurde beobachtet und hatte manchmal auch das Zeug zum Tagesgespräch.
Er sah die lachenden Gesichter zweier Frauen - Kaschmirpulli, Perlenkette - wie sie am Kaffee nippten und mit der Gabel von ihrer Malakofftorte abstachen. Freds Magen knurrte. Zu solch einem Tortenstück hätte er jetzt auch nicht nein gesagt. 'Was für eine scheinheilige Welt', dachte Fred, wünschte sich in Wahrheit aber nichts inniger, als den Samstagnachmittag ebenso unbelastet dahinplätschernd zu verbringen. Daneben saß ein adrettes junges Pärchen. Die beiden sahen sich händchenhaltend verliebt in die Augen. 'Tja, ihr habt wohl keine Sorgen. Wartet nur, die kommen

schon noch', dachte Fred und es lief ihm kalt über den Rücken, da er sofort an Inge denken musste, deren Schwangerschaft in diesem Moment beendet wurde. Eine dumpfe Schwere senkte sich von seinem Herzen in Richtung Füße, jeder Schritt schmerzte.
Er versuchte, sich den Eingriff vorzustellen. 'Wie das wohl abläuft? Curettage - klingt eigentlich elegant. Auf Französisch klingt eben alles gut und harmlos', dachte er und zuckte mit den Schultern. Was wusste Fred schon über die Details – gar nichts. Außer dem halbseidenen Schwachsinn den Peppo ihm erzählt hatte. Fred zündete sich eine Smart an und blieb vor dem Schaufenster eines Reisebüros stehen, um rasch auf andere Gedanken zu kommen.
Das gesamte Schaufenster präsentierte die Reisedestination Kalifornien. 'Kalifornien! Wer bitte, kann sich eine Reise nach Kalifornien leisten?', dachte Fred sofort und bestaunte Fotos, die in den schillerndsten Farben eine Welt bewarben, die sich offensichtlich auf einem anderen Planeten befinden musste. Bilder vom endlosen Ozean mit Surfern, Palmen, Berge, steile Küsten, San Francisco, Mickey Mouse, Hollywood und vor allem viele lachende, Cocktails schlürfende, braungebrannte, glückliche Menschen, die Fred nur aus Filmen kannte. Er sehnte sich nach dieser anderen Welt, die ihm farbig und lockend aus dem Schaufenster entgegenblickte und in der es anscheinend keine Probleme gab. 'Einmal im Leben da hinzukommen wäre mein Traum' er seufzte. 'Mit einem Kind, jetzt, würde das ein unerreichbarer Traum bleiben.' realisierte Fred. 'Die Entscheidung war goldrichtig', sprach er nun laut aus - wie zur Rechtfertigung für das was gerade passierte - und schnippte seine Zigarettenkippe lässig ins Kanalgitter. Fred wurde unbarmherzig in die Realität der grausamen Gegenwart katapultiert. Ihn fröstelte. Er schaute prüfend auf seine Armbanduhr, drehte sich um und ging flott

in Richtung Engelmacherin wo er pünktlich wieder auftauchen wollte. Fred war ein paar Minuten vor zwei Uhr wieder an der Tür der Hausnummer elf. Sicher ist sicher. Er wollte sich mit dieser Dame keinen unnötigen Ärger einhandeln. Seine Nerven vibrierten wir straff gespannte Saiten eines Instruments.
'Dreimal kurz klingeln', rief er sich in Erinnerung und zögerte. Er fingerte nervös die letzte Smart aus der Packung. 'Eine rauche ich noch', zündete die Zigarette an, sog mit geschlossenen Augen den Rauch ein und blies ihn besonders langsam wieder aus. Vom nahen Dom mahnte die Glocke Pünktlichkeit ein. Wie von einem kurzen Traum aufgeweckt, öffnete Fred seine Augen, trat rasch die kaum gerauchte Zigarette aus, hustete hart und bewegte seine Hand zur Klingel.

'Fred! Fred, hier drüben…', hörte er eine vertraute Stimme hinter sich. Er drehte sich erschrocken um und sah auf der anderen Seite der schmalen Gasse Inge in der dunklen Ecke eines Hauseingangs stehen, den Kopf eingezogen und ihre Hände tief in den Manteltaschen vergraben. Ein Häufchen Elend.
'He, Kleine, hast du es schon hinter dich gebracht? Ich wollte eben anläuten.' Er ging ihr rasch die paar Schritte entgegen. 'Ich hoffe sehr es war nicht allzu schlimm?' Er fasste sie an den Schultern und blickte sie fragend an.
Inge schlug die Augen nieder, vermied den direkten Blickkontakt mit ihrem Liebsten. 'Fred', begann sie kleinlaut: 'Fred. Ich...'
'Ja, was denn, meine Süße?' Fred schaute sie besorgt an.
Sie blickte ihm nun direkt in die blauen Augen: 'Fred, ich konnte es nicht machen!'
Fred trat einen Schritt zurück und starrte sie ungläubig an. Er meinte,

die kalte Klinge eines Dolchs in sein Herz gerammt zu bekommen. 'Es geht einfach nicht! Es ist falsch, so falsch! Ich werde dieses Kind bekommen! Unser Kind.', sagte sie mit fester Stimme und nun voller Überzeugung.
'Das war's dann wohl', brachte Fred kreidebleich heraus. Unter seinen Füßen wurde eben der Boden ruckartig weggezogen. Er hatte Mühe, nicht hinzufallen. 'Adieu, tschüss und goodbye liebe Jugend, Freiheit, Unbeschwertheit und was ich sonst noch werde aufgeben müssen.' Einen Schuss Sarkasmus konnte sich Fred beim besten Willen nicht verkneifen. Inge konnte immer noch keinen klaren Satz formulieren. Sie war zittrig, aufgeregt, voll Angst.
'Was kommt da auf uns zu? Auf uns, Fred? Du stehst doch zu mir Fred, nicht?' Inge wagte es kaum, ihm in die Augen zu sehen. Die Welt, bis eben noch durchsichtig wie Glas, war nun trüb und undurchschaubar.
'Du gefällst mir! Entscheidest dich in letzter Sekunde, entgegen unserer Vereinbarung, plötzlich doch ein Kind bekommen zu wollen! Ohne das mit mir zu besprechen. Was glaubst denn du, wie ich reagieren sollte? Einen Freudentanz aufführen? Du machst mich mit neunzehn zum Vater. Ich bin noch Lehrling, wohne bei meiner Mama und verdiene keine vier Hunderter im Monat. Wie soll das gehen!? Was wird meine Mama dazu sagen? Wie wird vor allem deine Mutter reagieren? Das wird spannend!' Fred steigerte sich zunehmend in seine Visionen der nahen Zukunft.
'Ich weiß, ich weiß...!' Inge rang um Worte. 'Ich muss mir irgendwas ausdenken, was ich meiner Mutter sagen kann. Ich werde es auch nicht mehr lange verheimlichen können.'
In spätestens einer Woche müsste Inge reinen Tisch machen und mit der Wahrheit herausrücken. Bis dahin wollte sie sich noch optimal

auf diese „Beichte“ vorbereiten und Zukunftspläne schmieden. Ganz neue Zukunftspläne. Die bisherigen waren bunt geträumt, nun aber grau und unerfüllt im Mülleimer gelandet.
'Wir sind gegen vier zurück und haben dann ja noch ein paar Stunden bevor du zuhause sein sollst. Du kommst mit zu mir, dann können wir reden, wie es weitergehen soll mit uns.' Fred hatte sich etwas beruhigt. 'Und', fiel ihm noch ein, 'meine Mutter hat ihre Kartenrunde mit Freundinnen und das geht immer so bis sechs. Dann haben wir sturmfreie Bude bevor ich dich dann nach Hause begleite.'

In der kleinen, ehemaligen Dienstwohnung des verstorbenen Vaters von Fred, die Mutter durfte dort als Witwe auf Lebzeiten verbleiben, war es zwar bieder, aber gemütlich und vor allem „städtischer“ als in Inges umgebautem Schweinestall. Es roch nach einer Mischung aus Kölnisch Wasser und dem Ölofen, der angenehme Wärme spendete. Inge lag auf der Couch, Fred hatte ihr einen Kaffee gemacht und sie versuchte einfach das Geschehene zu verarbeiten und sich vor allem mit den Konsequenzen anzufreunden. 'Ich muss in zwei Stunden mental fit genug sein, um meiner Mutter gegenüberzutreten', nahm sie sich vor. 'Niemals werde ich irgendjemanden erzählen, was heute Nachmittag geschehen ist, was ich vorhatte. Niemals.', schwor sie sich und schloss die Augen.
'Fred!', Inge erinnerte sich an etwas äußerst Wichtiges. 'Ich muss unbedingt die Korallenkette wieder aus dem Pfandhaus holen! Ich brauche die sofort zurück!'
'Beruhige dich Inge, ich mach das, heute ist ja schon geschlossen. Gleich am Montag geh ich hin und löse die Kette wieder aus, keine Sorge.' Fred hatte der „Frau Doktor“ letztlich nur hundert Schilling als Aufwandsentschädigung geben müssen und den Großteil

zurückbekommen.
Plötzlich fiel eine Tür ins Schloss und jemand sagte: 'Fred, bist du schon da? Wie war es in der Stadt?' Es war Angelika. 'Scheiße!', dachte Fred, 'was macht denn die schon hier? Es ist ja erst fünf!', lies Inges Hand los und ging rasch ins Vorzimmer, um seine Mutter zu empfangen. 'Hallo Mama! Bist früh zurück heute. War's heute nicht lustig mit deiner Kartenrunde?' 'Oja, doch, wie sonst auch', erwiderte Angelika während sie den schweren Lodenmantel auszog, Hut, Handschuhe und Schal ablegte und ihre Winterstiefel auf ein Bodentuch stellte, das die Reste vom schmelzenden Schnee aufnehmen sollte. 'Bei Ella gibt's immer einen herrlichen Nusskuchen, alleine dafür lohnt es sich schon. Aber natürlich haben wir auch immer etwas zu lachen. Heute mussten wir nur etwas früher Schluss machen weil sich ihre Tochter mit Familie zum Abendessen angesagt hat.' 'Mama', sagte Fred schnell, bevor seine Mutter die Wohnzimmertür öffnen konnte. 'Die Inge ist auch noch da. Wir sind vor einer halben Stunde aus der Stadt gekommen und wir wollten nur noch ein wenig aufwärmen und quatschen bevor ich sie nach Hause begleite', bot Fred seiner Mutter als Information an.
'Ja Bub, warum sagst du das nicht gleich!', gab Angelika zurück. Fred war erleichtert, wie freundlich seine Mutter Inge willkommen hieß und ihr gleich ein Stück Kuchen zum Kaffee anbot. 'Es ist ja wirklich noch sehr kalt für Anfang März. Der Winter dauert mir schon viel zu lange. Je älter ich werde, umso unliebsamer und länger werden mir diese Monate. Ich hoffe dir ist nicht mehr kalt Inge?', klang Angelika besorgt und drehte den Regler ihres Ölofens von Stufe eins auf drei.
'Sehr freundlich von Ihnen, vielen Dank. Es ist sehr angenehm bei ihnen hier.', wollte Inge besonders höflich sein. 'Ich denke ich sollte jetzt aber los, meine Mutter beginnt sich sonst Sorgen zu machen.

Vielen Dank nochmals'. Fred und Inge brachen einige Minuten später auf, nachdem sich die beiden Frauen etwas steif, aber freundlich voneinander verabschiedet hatten. 'Naja, dann sehe ich dich wohl in Kürze wieder, nicht wahr?' Angelika zog eine Augenbraue hoch und lächelt sanft. 'Sehr gut möglich. Danke nochmals für Ihre Gastfreundschaft.', erwiderte Inge und dachte: 'Das war eine Generalprobe. Genauso locker muss ich auch meiner eigenen Mutter gegenübertreten', nahm sie sich vor und ihr Magen krampfte sich bei dem Gedanken zusammen.

Bedenkzeit

Rosemarie war an Inge keinerlei Veränderung aufgefallen. Sie war in den vergangenen Wochen mit all ihren Pflichten und Sorgen für die Familie ganz offensichtlich überlastet. Inge kannte ihre Mutter so gar nicht. Noch nie wurde sie von ihr auf diese Art ignoriert. Natürlich war es ihr in dieser speziellen Situation mehr als recht. In der letzten Woche war Inge vollends damit beschäftigt, eine perfekte Fassade aufrecht zu erhalten und dieses große Geheimnis für sich zu behalten. An allen Fronten. Zuhause, in der Schule, im Freundeskreis. Inge war am Ende eines jeden einzelnen Tages so erschöpft, dass sie von der Sekunde in der sie ins Bett fiel, bis zum Läuten ihres Weckers durchschlief wie ein Stein. Wahrscheinlich hatte sie sich in der Nacht nicht einmal umgedreht. Sie wusste, dass sie schwanger war, Fred wusste, dass sie schwanger war. Niemand sonst. In den nächsten Tagen würde sie einen geeigneten Zeitpunkt finden müssen und ihre Mutter einweihen. Inge fürchtete sich vor diesem Moment.

Dienstagfrüh. Inge stand im Bad und putzte sich die Zähne. In fünfzehn Minuten musste sie los. 'Englisch-Schularbeit. Sollte kein Problem sein', dachte sie und ging im Gedanken mögliche Fragen aus dem Stoff der letzten Wochen durch.
'Inge.' Rosemarie stand plötzlich, wie ein Flaschengeist aus dem Badezimmerdampf aufgetaucht, hinter ihr. Inge stieß einen spitzen Schrei aus und warf die Zahnbürste ins Waschbecken.
'Mama! Hast du mich vielleicht geschockt! Mach das bitte nicht!'
'Na, na, wer wird denn so schreckhaft sein. Aber sag mal, was ich dich fragen wollte, hättest du nicht schon deine Tage haben sollen? Was ist los mit dir? Wir haben doch vereinbart, dass du mit mir

sprichst, sobald es Neues gibt, richtig?', insistierte Rosemarie und warf Inge einen durchdringenden Blick zu.
'Dann ist jetzt wohl der Augenblick der Wahrheit gekommen', dachte Inge bestürzt und fühlte sich wie ein zur Schlachtbank geführtes Lamm. Sie drehte sich langsam zu ihrer Mutter um, blickte zu Boden und begann: 'Mama, ich glaube... ich bin ziemlich sicher…', stammelte sie.
'...Dass du tatsächlich schwanger bist, willst du sagen', half Rosemarie ihr aus, fasste ihre Tochter sanft am Kinn, hob ihren Kopf und schaute ihr direkt in die Augen.
Inge konnte nicht aus. 'Mama, es tut mir so leid! Du weißt ja, ich wollte auf keinen Fall...'
'Ruhig. Still mein Kind. Schluss mit dem Gestammel. Alles gut. Schau mich an.' Ihre Blicke begegneten sich und Inge blickte in gütige, verständnisvolle Augen ihrer Mutter. 'Wie?', dachte sie, 'Hat sie jetzt plötzlich kein Problem mehr damit?' Inge war verwirrt.
'Schau mal mein Kind. Das ist eine schwere Zeit jetzt für dich, das ist mir klar. Lass mich dir sagen, dass ich dich nur zu gut verstehe. Ich war in einer sehr ähnlichen Situation als ich mit Anna schwanger wurde, ich war auch erst siebzehn. Da hatte ich niemanden. Mein Vater hat mich mehr oder weniger vom Hof verbannt und hätte ich nicht deinen Papa gehabt, meinen Hermann, dann weiß ich nicht, was damals geschehen wäre. Er stand zu mir, von der ersten Minute. Wir haben ein gemeinsames Leben aufgebaut. Gut, es ist in den letzten Jahren nicht alles nach Wunsch gelaufen, aber da gebe ich dem verdammten Krieg die Schuld und diesem Teufel Alkohol. Was hat dieser schreckliche Krieg nur aus deinem Papa gemacht? Aber damals war er ein guter Ehemann und Vater und hat alles dafür getan, dass es uns als Familie gut geht.'

Inge konnte kaum glauben, was sie da hörte. 'Mutter zeigt plötzlich größtes Verständnis! Die ganze Sorge war völlig fehl am Platz.' Inge war unglaublich erleichtert, wie sich diese Situation, vor der sie so große Angst hatte, nun in Wohlgefallen auflöste. Froh und dankbar umarmte sie Rosemarie: 'Danke Mama! Das bedeutet mir so viel! Danke!'
'Und, der Erzeuger, dieser Fred, ist hoffentlich Manns genug zu seinem Kind und zu dir zu stehen?' Rosemaries presste die Lippen zusammen, ihre Miene wurde ernst.
'Er ist im Moment einfach sehr durcheinander, hat mich gebeten, ein wenig darüber nachdenken zu können bevor wir über eine mögliche gemeinsame Zukunft sprechen. Zwei, drei Wochen vielleicht.', erklärte Inge.
'Pläne müssen jedenfalls gemacht werden, das ist klar. Es wird eine große Herausforderung für euch und auch für uns alle werden. Wovon wollt ihr leben? Wo wollt ihr wohnen? Da muss eine ganze Menge vorher besprochen und geklärt werden.' Praktisch und realistisch wie immer – typisch Rosemarie. 'Wenn er sich aber drücken sollte, was ich nicht hoffe, dann werden wir das trotzdem schaffen. Gemeinsam! Egal, was die Leute reden. Das verspreche ich dir mein Kind.'
Inge hätte an diesem Morgen gar nicht glücklicher sein können und sang auf dem halbstündigen Weg in die Schule die ganze Hitparade rauf und runter.

Fred hat sie erst in der Woche darauf wieder getroffen. Sie wollte ihm die „Bedenkzeit“ geben, die er sich erbat, um zu einer Entscheidung zu kommen. Es war wieder ein Samstag am frühen Nachmittag. Inge wartete vor dem Friseurladen auf Fred. 'Na, geht es dir gut? Ist alles so weit in Ordnung?' Fred tat besorgt.

'Meine Mutter weiß es!', platzte Inge heraus und erzählte ihm auch gleich wie Rosemarie dazu stand und dass es „freie Fahrt“ für eine gemeinsame Zukunft gäbe. 'Sie würde dich gerne besser kennenlernen und hofft, für mich und unser Kind, dass du auch zu deiner Vaterschaft stehst', redete Inge auf Fred ein.
'Wow. Moment. Das geht mir alles echt zu schnell. Ich sagte doch, ich muss da erstmal mit mir klarkommen, versteh das bitte.', versuchte Fred zu argumentieren. 'Übrigens hat der Peppo mit der Ulla Schluss gemacht. Sie hat anscheinend einen anderen, sagt er', wechselte Fred das Thema.
'Aha, was hat das jetzt bitte mit uns zu tun? Warum lenkst du ab, Fred, bitte. Rede doch mit mir über uns!', flehte Inge. 'Die beiden sind mir wirklich egal! Total egal! Es wundert mich gar nicht, dass die sich getrennt haben wenn du es wissen willst, okay? Ich weiß eh nicht, was du an diesem Peppo findest. Der ist doch ein echter Arsch', ärgerte sich Inge. 'Also sag', wie machen wir weiter? Ich brauche von dir was Greifbares! Wir werden ein Kind haben, versteh doch, es geht um unsere Zukunft!', drängte Inge.
Fred hatte sorgsam gewählte Worte zwischen den Lippen: 'Genau. Zukunft. Und die Zukunft ist jetzt eben eine ganz andere. Das muss bei mir erst sickern. Alles wird jetzt neu. Alles.'
'Oh!' Inge schoss ein Gedanke. 'Was ganz anderes Fred, beinahe hätte ich das schon wieder vergessen. Warst du im Pfandhaus wegen der Korallenkette? Hast du sie dabei? Mama weiß davon natürlich nichts.' Inge drängte.
'Achja, gut, dass du mich erinnerst.' Fred fasste in seine Jeansjacke und grinste. Er zog dreihundert Schilling hervor und gab sie Inge. Sie starrte ihn ungläubig an. 'Aber, die Kette?! Wo ist die Kette?', ihr wurde heiß.

'Ich war da gestern, aber jemand hat die anscheinend vor einigen Tagen gekauft – sorry.' Fred zuckte mit den Schultern.
'Wie, gestern? Du hättest da letzten Montag bereits sofort in der Früh hingehen sollen! Das hattest du mir versprochen, weißt du nicht mehr? Das ist eine Katastrophe!' Inge war sauer. 'Auf dich ist einfach kein Verlass! Was mache ich jetzt bloß? Ich muss mir eine Lüge für meine Mutter ausdenken. Ich hoffe sie fragt mich nicht nach der Kette.'
'OK, sorry, echt. Aber dafür hast du ja das Geld wieder', erwiderte Fred kleinlaut. 'Ich muss jetzt los, habe mir für später mit Peppo was ausgemacht. Ich denke über unsere Situation nach, ehrlich. Ich brauche noch ein paar Tage, dann machen wir Nägel mit Köpfen, versprochen!' Er schaute sie Mitleid heischend, mit schief gelegtem Kopf und seinem berühmten Lächeln an.
'Ok Fred. Ich lass dir noch eine Woche Zeit. Eine Woche, keinen Tag länger. Treffen wir uns nächsten Samstag, dann brauche ich eine konkrete Antwort', stellte Inge ihm ein Ultimatum.
Sie verabschiedeten sich mit einem Kuss. Ein leidenschaftlicher Kuss, wie noch vor einigen Wochen, war es jetzt gewiss nicht mehr gewesen. Eher ein flüchtiges, freundschaftliches Küsschen. Eins links, eins rechts.
Es war einfach nicht mehr so wie zuvor. Beide schienen in einem Wirbel von Fragen und Vorwürfen gefangen. Die Ereignisse der letzten Wochen, dieser massive Einschnitt, vor allem in Inges Leben, hat eine große Veränderung in die Beziehung der beiden gebracht. Konnte man überhaupt von einer Beziehung sprechen? War es nicht mehr nur eine einfache Liebelei gewesen? Ein erotisches Abenteuer mit ungewünschtem Ergebnis? Aber da war doch mehr da? Mehr an Gefühlen, mehr an Gemeinsamkeiten, mehr an Zukunft? Das gemeinsame Kind! All diese warmen und wohligen Gefühle die die

beiden erlebt hatten, schienen wie ein süßer Traum aus längst vergangenen Tagen. Inge war gewiss nicht mehr dieselbe. Beide waren nicht mehr dieselben.

Inge wachte gegen vier Uhr morgens mit wahnsinnigen, krampfartigen Schmerzen auf. Ihr Leintuch war nass. 'Was ist das, oh Gott? Habe ich so stark geschwitzt oder gar ins Bett gepinkelt und es nicht gemerkt?', fragte sie sich panisch. Sie hörte, wie Anna tief und gleichmäßig atmete. 'Gut. Die schläft wie ein Murmeltier.' Sie schlich sich im Dunkeln ins kleine Badezimmer und schnappte sich dort ein großes Badetuch, um sich trocken zu wischen. Sie fühlte die Nässe an der Innenseite ihrer Oberschenkel, warm und klebrig. Sie drehte das Licht an und blickte mit halb zugekniffenen Augen an sich herab. Das weiße Badetuch war rot. 'Blut?! Blut!', realisiert sie und war plötzlich hellwach. 'Überall Blut! Oh Gott, ich verblute!' Ihr Körper schauerte bis in die nackten Zehen. 'Mama, Mama, Hilfe, bitte!', schrie sie jetzt ihre Angst hinaus.

Fleisch

Inge liegt auf einer Strohmatte, ihre Arme hängen, kalt und erstarrt, wie abgestorben, an ihrem Körper herab, rundherum Kerzen, die sie nur sehr verschwommen wahrnimmt. Sie spürt eine Hand auf ihren Bauch, sanft, mit leicht kreisenden Bewegungen. Sie kann ihre Arme nicht bewegen, will etwas sagen doch es kommen nur leise, gedämpfte Klagelaute aus ihrem Mund. Sie ist geknebelt, kann sich nicht verständlich machen. Sie blickt an sich herab, versucht auszumachen, wer sie denn da anfasst. Sie sieht einen riesigen Bauch vor ihren Augen aufragen, darauf eine Hand. Eine vertraute Hand? 'Ist das Fred?', denkt sie und will seinen Namen rufen.
Ihr Rufen wird zu einem unhörbaren, vom Stoff erstickten Murmeln. Jetzt sieht sie sein Gesicht. Er lächelt sie sanft an, zieht die Augenbrauen hoch und legt seinen Zeigefinger auf gespitzte Lippen, um ihr zu signalisieren Ruhe zu bewahren. Alles wird gut. 'Was passiert hier, wo bin ich?', kann sie nur denken. Sie schließt kurz die Augen um über diese unselige Situation nachzudenken in der sie sich befindet. Als sie die Augen aufschlägt, sieht sie ein großes Messer über sich aufblitzen, so eines wie es der Fleischer verwendet, um die Knochen vom Fleisch zu befreien, lang, mit schlanker, rasiermesserscharfer Klinge.
Ergriffen von fressender Angst blickt sie Fred an. 'Fred! Was machst du da? Fred? Das ist ja gar nicht Fred! Es ist: Bruder Alois!? Oh Gott, was hat er vor!' Ihr wird schwindlig. Sein Blick greift nach ihr. Mit hasserfüllter Fratze und weit aufgerissenen, rot leuchtenden Augen schreit er: 'Du Hure!! Verdammt seist du in alle Ewigkeit! Dieses Kind ist des Teufels und ich werde es dir nehmen!' Speicheltröpfchen spritzten aus seinem Mund und in ihr Gesicht. Ekel durchdringt ihren

ganzen Körper. Mit großer Kraft rammt er ihr das Messer in die rechte Seite Ihres Bauches und zieht es, wie ein Metzger, mit Schwung nach links... Inge blickt leer und stumm in die zitternden Lichter.

'Inge, Inge, mein Kind, ich bin ja da. Alles ist gut', hörte sie die vertraute Stimme eines Engels aus der Ferne an ihr Ohr dringen. 'Inge!' Es war Rosemarie, ihre Mutter, die bei Inge am Krankenbett saß und ihr mit beiden Händen die Hand hielt. 'Still mein Mädchen, alles wird wieder gut.' Inge zitterte am ganzen Körper und weinte bitterlich. Die Neonlichtröhre über ihr flackerte.

April 1966

Carl?

Es war ein wunderschöner Frühlingsnachmittag. Seit ein paar Wochen war nun endlich auch der letzte Rest der lückenhaft gewordenen Schneedecke weggeschmolzen. Dieser Sonntag Anfang April war mild, zaghaft zeigten sich die ersten Knospen auf den Bäumen, die Weidenkätzchen waren prall und seidig glänzend und das Gras machte sich mit einem ersten Hauch von Grün bemerkbar, alles roch frisch. Es war Palmsonntag, der Beginn der Karwoche, und am Vormittag war Inges gesamte Familie bereits in der Kirche gewesen.

Alle. Auch Papa Hermann und die Oma. Tommi hatte sich in einer Bank zwei Reihen hinter den anderen hingesetzt. Mit dem Vater hatte er seit Wochen kaum ein Wort gewechselt. Er beobachtete ihn aus dem Augenwinkel von schräg hinten. Hermann hielt das „Gotteslob" in leicht zitternden Händen. Er hatte ein Hemd mit Manschetten gewählt, diese aber nicht umgeschlagen, damit sie länger unter dem Ärmel seines braunen Trachtensakkos hervorragten. So verdeckten sie perfekt die noch frischen, roten Narbenwülste. Während Tommi seinen Vater so von der Seite ansah, gingen ihm wieder einmal alle möglichen alten Geschichten durch den Kopf. Er muss so zehn Jahre alt gewesen sein, als Papa einmal im Jahr die Hasen aus eigener Zucht geschlachtet hat. Tommis Lieblingshase hieß „Hoppel" und Papa hatte ihm hoch und heilig versprochen, dass Hoppel niemals geschlachtet würde. Das Versprechen wurde am zweiten Adventsonntag gebrochen. Hoppel landete auf dem Mittagstisch und Tommi hatte sich den ganzen Nachmittag die Augen

ausgeweint. Hasenbraten hatte er danach nie wieder angerührt. Sein Vater hatte sich dann noch lange darüber lustig gemacht und Tommi als verweichlicht hingestellt.
Ein andermal, es war im Sommer, rief er Tommi zu sich in den Geräteschuppen. Hermann hielt einen alten Arbeitsstiefel in Händen. 'Schau mal Bub was ich da habe!', raunte er. Tommi konnte nur den alten Stiefel sehen. 'Komm her! Schau! Da hat sich eine Maus hineinverirrt. Die lassen wir jetzt nicht mehr raus.', und drückt mit den Handballen und den Daumen stärker auf den vorderen Teil des Stiefels. Tommi lugte neugierig in den Stiefelschaft und sah ein Stück eines Mäuseschwänzchens. 'Papa, was machst du da? Die kleine Maus kann ja sterben!' Tommi war außer sich.
'Ja, genau! Sie soll auch sterben mein Junge. Ein Quälgeist weniger', und drückte jetzt mit den Daumen kräftiger zu. 'Nein!', rief Tommi und wollte dem Vater dazwischengehen. Die Maus quiekte im Schraubstock der Todesangst. Hermann drehte sich ein wenig zur Seite: 'Ist gleich vorbei für den Kleinen, wirst sehen', und drückte noch ein wenig fester. Tommi war verzweifelt: 'Du, du Mörder!', schrie er in stammelnder Verzweiflung hinaus und lief weinend davon. Hermanns lockert den Todesgriff seiner Hände, das Mäuschen gab kein Lebenszeichen mehr von sich. Hermann sah seinem Sohn nach, schüttelte den Kopf und lachte kehlig: 'Du musst noch viel lernen im Leben, Bub!'
Eine Erinnerung, die Tommi fest wie ein Angelhaken im Gehirn saß.

Es war Hermanns erster öffentlicher Auftritt nach seinem Selbstmordversuch. Alle im Dorf wussten natürlich davon. Die Entscheidung sich in der Kirche zu zeigen, hatte er spontan getroffen. Er musste demonstrieren, dass man ihn noch nicht abschreiben durfte.

Er lächelte gequält in die teils erstaunten Gesichter und tauschte mit diversen Verwandten und Bekannten Belanglosigkeiten aus. Sein persönliches Drama wurde ausgespart, als hätte es nicht stattgefunden. Andere wiederum tuschelten in sicherer Entfernung oder wandten sich gar von ihm ab. Sich selbst das Leben nehmen zu wollen war nun einmal eine Todsünde.
An diesem Palmsonntag, dem Beginn der Osterwoche, wurden vom Pfarrer auch die traditionellen „Palmbuschen" geweiht. Die Palmbuschen hatten keine Zweige aus Palmen, wie dereinst beim Einzug Jesu in Jerusalem, es waren Weidekätzchen, die hierzulande zum adäquaten Ersatz wurden. Und damit sie auch ein wenig an Palmen erinnern, obwohl sie mit diesen so gar nichts gemeinsam hatten, nannte man sie statt Weidenkätzchen eben Palmkätzchen. Die Bauern bemühten sich alljährlich besonders prächtige Palmbuschen oder Palmbesen zu gestalten. Dabei wurden um einen daumendicken Haselnussstock die Weidekätzchen dicht gebunden. Dazu kamen oft noch Buchsbaum, Wacholderzweige, Eibe, Erika oder auch Zeder und Thuje. Meist wurden dann noch bunte Eier daran gehängt und hübsche Bänder eingeflochten. Je größer der Bauer umso größer auch die Palmbuschen. Nach der Prozession und Weihe wurden sie in die Felder gesteckt, um eine reiche Ernte zu erbitten. Einer von vielen heidnischen Bräuchen, die die katholische Kirche wohl aus dramaturgischen Gründen in ihre Liturgie übernommen hatte. All diese kirchlichen Traditionen wurden von der Dorfgemeinschaft akribisch eingehalten und mit viel Engagement rituell gepflegt.

Der Gemeindepfarrer Pflienzl war an diesem wichtigen Tag erkrankt und wurde vertreten. Von niemand anderem als Bruder Alois. Inge war geschockt als sie ihn sah und musste sofort an ihren schrecklichen Albtraum vor zwei Wochen im Krankenhaus denken. Die Erinnerung hatte sich derart festgesetzt, dass sie die Szenen nicht und nicht aus dem Kopf bekommen konnte. 'Nun schaut mir Bruder Alois mit seinem stechenden Blick auch noch genau in die Augen. Oh Gott! Als wenn er es wüsste!' Ihre Vermutung stürzte schwindlig ins Bodenlose. 'Moment mal.' Inge stutzte und sah genauer hin. 'Lächelt er mich etwa an?' Sie wich seinem Blick aus, schaute verlegen zur Seite und begann in den Chorus der Gemeinde einzustimmen. Gotteslob 802,7: „Mein Heiland, Herr und Meister".

Die letzten hartnäckigen Reste der Schneedecke hatten sich also der Frühlingssonne ergeben, der Wind jagte eilig weiße Wölkchen über den Himmel. Teppiche von Schneeglöckchen reichten bis zum Horizont. Bunte Krokusse und Märzenbecher ergänzten das Naturschauspiel und waren eine Wohltat für Auge und Seele. Der sanfte Duft der Natur zog über die Landschaft. Das kleine Bächlein am Waldrand, im Sommer ein Rinnsal, gluckste und gurgelte, eisbefreit und von Schmelzwasser gespeist als stolzer Bach dahin. Ein langer, kalter und besonders bitterer Winter war so gut wie vorüber. Inge stand nur da, sog diese so unwirklich erscheinende Schönheit minutenlang ein. Der Bach, die Wiese, der Wald, die Blumen und die vielen Vögel, die gut gelaunt ihre Melodien vortrugen, wussten nichts von ihrem Martyrium der letzten Wochen. 'Die Glücklichen', dachte Inge und rang sich ein gequältes Lächeln ab. Sie war nach der Kirche und dem Mittagessen ganz allein auf diesen langen Spaziergang aufgebrochen.

Sie wollte mit sich und ihren Gedanken ungestört sein. Nach ihrem Krankenhausaufenthalt, sie war immerhin eine ganze Woche einbehalten worden, musste sie sich erst langsam wieder an das

normale Leben gewöhnen. Ihre Mutter war traurig, dass sie ihr erstes Enkelkind auf diese Weise verlieren musste. Niemand durfte je von der Schwangerschaft und der Fehlgeburt erfahren, darüber waren sich Rosemarie und Inge einig.
Es wusste nicht einmal die Familie. Eine außergewöhnlich starke Monatsblutung, hatten sie unisono erzählt. Gepaart mit einem Schwächesyndrom, bedingt durch den hohen Blutverlust. Daher musste Inge im Krankenhaus bleiben, um rasch aufgepäppelt zu werden und auch um sicherzustellen, dass alles wieder hundertprozentig in Ordnung sei. Ganz so einfach war es für Inge allerdings nicht gewesen.

Am zweiten Tag ihres Krankenhausaufenthalts, es war ein Samstag, steckte kurz nach Beginn der Besuchszeit Fred seinen Kopf vorsichtig durch die Tür. Er klopfte zaghaft zweimal an, bis Inge ihm ihren Blick zuwandte und trat dann mit einem gequält wirkenden Lächeln die paar Schritte an ihr Bett heran. In der linken Hand hielt er einen hübschen Strauß mit bunten Blumen, den er im kleinen Laden am Eingang zum Krankenhaus besorgt hatte, und sagte dann endlich, nachdem er sich geräuspert hatte: 'Hallo Inge. Was ist den bloß passiert? Ich habe gestern von Susanne gehört, dass du im Krankenhaus bist. Die ganze Schule weiß das. Du hättest wohl irgendeine „Frauensache“. Akut zwar, aber nichts wirklich Schlimmes.'
'Ja, meine Mutter hat in der Schule angerufen und mich entschuldigt und hat wohl sowas ähnliches gesagt.', antwortete Inge noch mit dünner Stimme. Sie sah sichtlich mitgenommen und schwach aus, blass im Gesicht, ungeschminkt, ihre kurzen Haare sahen leblos und klebrig aus. So hatte Fred sie noch nie gesehen.

'Die Leute wissen hoffentlich nicht, was genau dein Problem war, oder?', fragte er sichtlich besorgt nach.
'Mein Problem... Wie komisch du das sagst. Es war doch wohl unser Problem, oder? Man könnte auch sagen', Inge sprach jetzt noch leiser, 'Unser Kind.', und schaute ihn dabei mit zusammengepressten Lippen eindringlich, ohne zu zwinkern, an.
'Ja, doch, hast eh recht', gab er rasch zurück. 'Aber jetzt ist alles wieder okay, richtig?', fragte Fred zögerlich nach.
'Sieh mich an, sehe ich vielleicht so aus, als wäre alles okay? Ich habe unser Kind verloren! Ich wollte es wirklich bekommen, mit oder ohne deinen Segen.' Inge war entsetzt über Freds Naivität.
'Bitte beruhige dich. Du musst dich sicher schonen. In Kürze bist du wieder ganz die Alte, wirst sehen' versuchte er zu beschwichtigen und war sich dabei nicht sicher, ob es in Kürze noch ein Fred & Inge geben würde.
'Am Montag habe ich ein Gespräch mit dem Oberarzt.', ergänzte Inge nun sachlich, 'dann werde ich sehen, wie sehr ich wieder die Alte bin. Lass mich jetzt bitte alleine, ich muss ein wenig schlafen', und fügte bemüht, als wolle sie sich von ihm im Guten trennen, an: 'Es war wirklich lieb, dass du extra gekommen bist, das freut mich echt. Danke für die Blümchen. Mach dir halt keine Sorgen. Hab ein schönes Wochenende und grüße mir die Freunde alle. In ein paar Tagen bin ich hier wieder draußen.' Sie schenkte ihm unter erheblicher Anstrengung ihr freundlichstes Gesicht.
Er gab ihr einen Kuss auf die Stirn, lächelte sie an und sagte: 'Werde schnell wieder gesund.' und wollte noch hinzufügen: 'Ich mag dich wirklich, vielleicht hat das ja eine Zukunft mit uns', verkniff es sich aber in letzter Sekunde um ihr nicht zu früh falsche Hoffnungen zu machen. Dabei kamen ihm Bilder vom Wochenende davor in den

Kopf als er beim Winkler erstmals der dunkelhaarigen Melissa ein wenig näherkam und er aufgeregt war, wie zuletzt im Kino mit Inge. In einem Anflug von schlechtem Gewissen verdrängte er schnell den Gedanken, präsentierte Inge im Krankenbett sein bekannt charmantes Lächeln und drehte sich Richtung Tür, die im selben Moment geöffnet wurde. Sein Lächeln fror zu Eis.
Rosemarie und Anna kamen zur Tür herein. Es war die erste Begegnung zwischen der Mutter und dem jungen Mann, der ihre Tochter geschwängert hatte. Anna kannte Fred natürlich aus der Stadt und ihr rutsche umgehend ein 'Hallo Fred' heraus. Rosemarie kam der junge Mann aber auch irgendwie bekannt vor. 'Wo habe ich dich schon einmal gesehen?' sie kramte in ihrer Erinnerung. 'In der Stadt irgendwo, vielleicht beim Einkaufen oder im Sommer am See? Völlig egal. Du bist also der Kindesvater?', dachte sie und musterte ihn von oben nach unten. 'Du bist ja selbst noch ein Kind! Hast mein Mädchen verantwortungslos geschwängert und sie dann in ihrer Verzweiflung alleine gelassen, du Schuft', hätte sie ihm gerne an den Kopf geworfen. Stattdessen bedachte sie ihn mit einem harten Blick, fixierte ihn für zwei Sekunden, die sich für Fred wie eine kleine Ewigkeit anfühlten, um sich dann mit Schwung von ihm abzuwenden, ohne auch nur ein Wort gesagt zu haben. Er hätte sich nicht gewundert, wenn sie ihm noch vor die Füße gespuckt hätte.

Inge hatte sich ihren Mantel ausgezogen - die Frühlingssonne wärmte bereits stärker als erwartet - diesen von innen nach außen gewendet und vorsichtig auf das noch feuchte junge Gras gelegt, um sich darauf zu setzen. Sie genoss es sichtlich der Natur beim Erwachen zuzusehen. Der Kreislauf der Jahreszeiten faszinierte sie immer wieder. Sie befand sich in einem Wechselbad ihrer Gefühle. Es durchzuckte sie ein Schmerz, eine unendliche Trauer ob der Ereignisse in den letzten Wochen. Jetzt, wo überall um sie herum das Leben erwachte, wurde ihr einmal mehr bewusst, dass sie selbst erst vor kurzer Zeit ein erwachendes Leben verloren hatte. War es gar die verdiente Strafe gewesen? Dieses winzige Leben, dass sie bereit gewesen war aus Egoismus zu beenden und das ihr dann doch genommen wurde? Sie dachte jetzt mehr denn je an „das Kind“ das sie hätte haben können.

Was ihr in diesen schweren Tagen ein wenig neuen Mut und Zuversicht gegeben hatte war jedenfalls der Besuch von Tante Dotti im Krankenhaus gewesen. Sie war kurz nach Mama, Anna und Fred aufgetaucht. Wie hatte Inge sie in den zwei Monaten vermisst, in denen die Tante irgendwo in Finnland und Schweden im Schnee mit ihren Abenteurer-Freunden unterwegs gewesen war. In wenigen Minuten war es ihrer Tante gelungen, Inge Trost zu spenden und sie neue Hoffnung schöpfen zu lassen. Und dann hatte die gute Dotti noch eine große Überraschung für Inge parat.
'Achja, bevor ich es vergesse', sie setzte sich auf und zog die Augenbrauen hoch. Dann rückte sie Inge das Kissen im Rücken zurecht und strich ihr zärtlich eine Haarsträhne aus der Stirn. 'Was denn?', fragte Inge vorsichtig und blickte gespannt. Tante Dotti fasste mit der linken Hand in ihren Rucksack und fischte einen kleinen Lederbeutel hervor. 'Schau mal, ich glaube das hier gehört dir.' Tante Dotti zwinkerte verschmitzt und zog aus dem Täschchen die Korallenkette hervor. Inge bedeckte reflexartig ihren Mund mit der Hand, schloss die Augen und fiel ihrer Patentante um den Hals.

Wenn es ein Mädchen geworden wäre, hätte sie es auf jeden Fall nach

Tante Dotti genannt. Statt Dorothea aber Dorothée, die französische Version. Und wenn es ein Bub geworden wäre, dann hätte er den Namen des Urgroßvaters bekommen. Er war einst Bahnhofsvorstand der kaiserlich-königlichen Staatsbahn und so blieb ihm auch der Kriegsdienst erspart. Ihre Oma hatte ihr von ihm so viele schöne und eindrucksvolle Geschichten erzählt. Er musste ein großzügiger, liebevoller und herzlicher Mensch gewesen sein.
Inge war sieben Jahre alt als er mit fünfundachtzig an einem Herzinfarkt starb, sie hatte nur noch ein sehr vages, aber warmes und schönes Bild von ihm in ihrer Erinnerung. Sein gütiges Lachen, seine klugen Augen und immer roch er so schön sauber, nach Seife und gestärkten Hemden, ganz anders als alle anderen in der Familie. Er war für sie immer ein leuchtendes Beispiel für einen guten Vater und Ehemann, für einen guten Menschen gewesen. Ihr großer Held. Ja, wenn es ein Bub geworden wäre, hätte er definitiv seinen Namen getragen: Carl.
Sie blickte, in ihren Gedanken versunken, über die Wiesen und Felder, blinzelte vorsichtig in die Sonne und seufzte tief. Voll des Schmerzes erinnerte sie sich an das Gespräch mit dem Oberarzt am vorletzten Montag. Es war neun Uhr als der Oberarzt in Begleitung von zwei Jungärzten und einer Schwester auf seiner Visiten-Runde bei Inge vor dem Bett stand. Umgeben von Bedauern, Blumen und Ärzten erklärte der Oberarzt Inge im Detail und anhand einer Schautafel des weiblichen Uterus, wie es zur Fehlgeburt gekommen war. Es wäre leider nicht so ungewöhnlich und betrifft vielen jungen Frauen immer wieder, meistens zwischen der neunten und zehnten Schwangerschaftswoche. 'Es gibt da eine Reihe von Ursachen, warum das passiert. Durch eine Infektion zum Beispiel, bakteriell oder viral, kann es sein, dass sich der Embryo nicht in der Gebärmutterwand

einnistet.', erklärte der Arzt geduldig. 'Verstehst du das alles mein Kind? Es tut mir sehr leid, dass dir das passiert ist.'
'Ja, danke Herr Doktor' erwiderte Inge kleinlaut und nickte dem Oberarzt zu, obwohl sie ihm kaum zugehört hatte.
'Inge' sprach der Oberarzt sie jetzt ernst an, nahm beide ihre Hände in die seinen und schaute ihr sanft und mittfühlend in die Augen. 'Inge, du musst wissen, du bist gesund, alles ist wieder in bester Ordnung und du wirst wieder Kinder haben können. Schon sehr bald - und so viele du möchtest!'

Inge stand auf und wischte sich die Tränen aus dem Gesicht. Sie nahm ihren Mantel vom Boden, schüttelte ihn kräftig aus, zog ihn an und strich ihn glatt. Sie stand aufrecht da, legte den Kopf in den Nacken, blinzelte an diesem ersten milden Frühlingstag, diesem Palmsonntag, in den stahlblauen Himmel über ihr und sagte mit leiser, gebrochener Stimme: 'In meinem Herzen wirst du immer einen Platz haben. Deine ungeborene Seele ist jetzt irgendwo da oben, im Frieden und muss sich ein bisschen erholen. Eines Tages kommst du zu mir zurück. Ich freue mich darauf Carl.' Inge lächelte in die Mittagssonne.

Teil 2

„Verhängnisvolle Urne, die mein Schicksal enthält,
fort hinweg von mir, du versuchst mich umsonst!“

(Don Carlo, „La forza del destino“)

Ende September 1980

Carl

'Hast du mein Mathematik-Übungsheft dabei?', fragte Carl seinen Freund Olli. 'Heute Nachmittag müssen wir unbedingt für den Test am Donnerstag büffeln.'
'Ach!' Olli schlug sich mit der flachen Hand auf die Stirn. 'Habe ich doch tatsächlich liegen lassen! Warte hier, bin gleich wieder da.' Er machte sich auf den Weg in den zweiten Stock, zurück in die Klasse. Carl seufzte und schüttelte mit gespieltem Ärger den Kopf: 'Immer muss ich ihn an alles erinnern – nichts kann er sich merken.' Carl sah sich am schwarzen Brett noch flüchtig einige Verlautbarungen der Direktion an und schlenderte dann Richtung Ausgang, wo er vor dem Gebäude auf Olli warten wollte.
'Carl?! Carl, warte kurz, ich muss mit dir reden!', hörte er den Musikprofessor erleichtert über den Flur rufen. Peter Hadder kam im Laufschritt auf Carl zu.
'Na der hat's aber eilig? Was kann denn so wichtig sein?', wunderte sich Carl. Vor allem seit Carl nicht mehr im Chor war – und das war seit April des Vorjahres – sah er Professor Hadder nur noch einmal in der Woche im Musikunterricht.

Peter Hadder war ein genialer Musiklehrer. Er spielte Klavier, Geige, Cello, Gitarre, Saxophon und Klarinette, war mit einer phantastischen Bariton-Stimme gesegnet, leitete einen höchst erfolgreichen und angesehenen Schulchor und konnte Musik in all ihren Facetten professionell und kurzweilig vermitteln. Er wurde von allen Schülern respektiert und war entsprechend beliebt. Hadder war knapp über

Dreißig, groß, schlank, stets leicht gebeugte Haltung, trug die meiste Zeit schwarz und er schaute immer mit einem leicht besorgt wirkendem, anteilnehmenden Blick in die Welt. Durch seine dicke runde Brille schienen seine Augen winzig, die Augenfarbe war nicht auszumachen. Sein brünettes Haar war lockig und bedurfte keines Stylings, es war naturwild.

'Carl, so ein Glück, dass ich dich noch erwische!', der Professor erreichte Carl und fasste seinen Unterarm, so als wolle er ihn nicht gleich wieder gehen lassen.
'Guten Tag Herr Professor Hadder. Ja, ich warte nur auf den Olli, der hat was in der Klasse vergessen, sonst wäre ich schon weg.' Carl deutete mit dem Kopf zur Tür.
'Hör mal Carl, ich bin ein bisschen in der Bredouille. Naja, genau genommen, ganz gewaltig in der Bredouille! Du kennst ja den Adrian von der 4C.'
'Klar, der Adrian ist ja der neue Superstar im Chor!', ein Anflug von Sarkasmus in Carls Stimme war nicht zu überhören.
'Jaja. Also, der Adrian ist mir heute ausgefallen. Eigentlich gerade erst vor einer Stunde! Ich habe von seiner Mutter erfahren, dass er eine böse Zyste auf den Stimmbändern hat. In den letzten Chorproben hatte es leider schon ein paar Probleme gegeben. Deshalb habe ich ihm Schonung auferlegt und seine Mutter gedrängt, die Stimmbänder rasch untersuchen zu lassen. Leider haben sie beide das nicht ernst genug genommen. Und jetzt das!', erzählte Peter Hadder aufgeregt.
'Das ist ja schrecklich!', zeigte sich Carl nun doch besorgt. 'Muss er das jetzt operieren lassen?'
'Natürlich. Leider. Seine Mutter war auch ganz verzweifelt, denn es könnte durchaus sein, dass er danach dauerhafte Schwierigkeiten

haben wird. Nicht nur beim Singen, auch beim Sprechen.' Peter Hadder legte die Stirn in Falten.
'Oh nein, der Arme! Das ist ganz schön blöd, nicht?'
'Carl, du hast es erfasst. Saublöd ist das sogar.' Professor Hadder brachte es auf den Punkt. 'Es ist zum Haareraufen! Ich brauche dich Carl. Du musst mir einspringen, bitte. Mir fehlt eine starke Stimme, die vor allem die Solo-Partien übernehmen kann. Sonst hätte ich entweder den Herbert oder den Clemens fragen müssen. Aber die wären beide nur, unter uns gesagt, zweite Wahl gewesen.' Hadder stand die Verzweiflung ins Gesicht geschrieben. 'Es ist wirklich eine Entscheidung in letzter Sekunde. Du weißt ja, Mitte Dezember sind wir beim großen internationalen Chor-Festival in Cambridge dabei. Wir müssen bis morgen die Anmeldungen und Hotelreservierungen finalisieren, mit allen Namen der Teilnehmer. Ich stehe enorm unter Zeitdruck. Wir proben auch schon seit einiger Zeit und haben gerade noch acht Wochen für ein riesiges Programm. Du bist meine letzte Hoffnung – sonst musste ich das gesamte Repertoire grundlegend umbauen. Was ein großes Glück, dass ich dich jetzt noch angetroffen habe!'
'Aber Herr Professor, das kommt jetzt wirklich sehr überraschend für mich. Ich bin doch schon ganz aus der Übung, das hole ich doch niemals auf, und sie wissen doch auch, warum ich letztes Jahr den Chor schweren Herzens verlassen musste.' Carl schaute verzwickt.

Carl war in der ersten und zweiten Klasse im Chor gewesen und er war der erklärte Liebling von Peter Hadder. Carls engelhafte Stimme war wie aus einer anderen Welt. Auch sein feines Gespür und seine Auffassungsgabe für die unterschiedlichsten Musik-Stile war einzigartig. Und dann, in der dritten Klasse, letztes Jahr, kam das unerwartete Aus. Carls Eltern hatten sich Anfang des Jahres scheiden lassen, der Großvater war verstorben, die Schulnoten wurden zusehends schlechter, die zeitraubenden Chorproben waren kaum noch unterzubringen und so lief im Leben von Carl irgendwie alles aus dem Ruder. Seine Mutter Inge gab ihm auf: 'Jetzt aber volle Konzentration auf die Schule! Und so wenig Ablenkung wie möglich.' Sie konnte zudem das Geld für die Reisen nicht aufbringen und so musste Carl mit dreizehn aus seinem geliebten Chor ausscheiden.

'Ja, das ist mir schon klar Carl. Aber ich habe eben mit dem Herrn Direktor gesprochen und wir haben einen Plan, wie wir dich optimal unterstützen können. Deine Noten waren Ende des letzten Schuljahres schon sehr in Ordnung und die gute Nachricht ist auch: Wir haben einen Sponsor, der sämtliche Einsätze des Chors außerhalb der Schule finanziert. Alles! Reisekosten, Aufenthalt, Taschengeld! Ist doch phantastisch, oder?!' Hadder war begeistert. 'Carl? Was denkst du? Kann ich deine Mutter anrufen? Habe ich dein OK?', der Professor blickte Carl erwartungsvoll an.
Carl war überwältigt von diesen Neuigkeiten. Natürlich wollte er in den Chor zurück. 'Was wird die Mama sagen? Wird sie es erlauben? Kann ich das alles überhaupt schaffen?' Seine Gedanken überschlugen sich.
'Hab's gefunden!' Olli wedelte mit dem Mathe-Übungsheft und kam mit sportlich federndem Schritt den Gang entlang auf die beiden zu. 'Hallo Herr Professor Hadder.'
Hadder erwiderte ein knappes 'Hallo Olli', um sich sofort wieder an Carl zu wenden. 'Also? Bekomme ich ein Ja?'
'Einverstanden, ich bin dabei. Sie können meine Mutter anrufen!',

entschied Carl in der Sekunde.
'Wunderbar!' Hadder umarmte Carl spontan. Steif wie ein Brett und leicht peinlich berührt ließ Carl diesen Gefühlsausbruch seines Chorleiters über sich ergehen.
Hadder fügte an: 'Ich telefoniere jetzt sofort mit deiner Mutter! Wir sehen uns dann hoffentlich morgen um 14 Uhr in der Probe!', während er sich im Laufschritt in Richtung Direktion entfernte.

Peter Hadder war ein Mann der Tat und konnte seine Schüler beinah für jedes neue Projekt begeistern. Sein Chor galt immerhin als einer der besten im ganzen Land. Regelmäßig nahm man an internationalen Festivals teil, hatte schon etliche Preise gewonnen und trug so ganz besonders zur guten Reputation des gesamten Gymnasiums bei. Beim Direktor hatte er nicht zuletzt deshalb einen Stein im Brett. So gut wie jeder Wunsch wurde ihm erfüllt. So wurde, zu seiner großen Freude, erst vor Kurzem ein nagelneuer Bösendorfer Konzertflügel angeschafft, co-finanziert vom großzügigen Sponsor Baumeister Dornberger.

'Was war denn das eben?' Olli schaute dem aufgeregten Professor verdutzt nach um sich dann mit einem fragenden Blick wieder Carl zuzuwenden. 'Also? Erzähl mal, Charly!'
'Ich bin wieder im Chor, so sieht's aus!' Carl konnte es selbst kaum glauben.
'Mann, das sind ja Neuigkeiten! Freust du dich? Dann ist das wohl ein Glück, dass ich das Mathe-Heft im Klassenzimmer vergessen habe, oder?' Olli zwinkerte Carl zu und grinste ihn schelmisch an. In Carls Magengrube zuckte ein kleiner, heißer Blitz. Wie schon oft zuvor, wenn Olli ihn so ansah. Sein verschmitztes Lächeln das ihm

sekundenlang im Gesicht festsaß. Sportlich, drahtig, smaragdgrüne Augen und braun gelocktes Haar, immer ungekämmt, das war Olli. Er war unglaublich belesen und deutlich reifer, geistig wie körperlich, als seine gleichaltrigen Schulkollegen. Carl fühlte sich zu seinem besten Freund sehr hingezogen, konnte aber seine Empfindungen zu ihm nicht genau einordnen. Auf dem Weg zum Bahnhof fragte Olli seinem Schulfreund Löcher in den Bauch.

Inge war anfangs von der Idee nicht sonderlich begeistert. Carl hatte das letzte Jahr, das so viele Veränderungen in ihr Leben gebracht hatte, so recht und schlecht durchtaucht. Er war tapfer an ihrer Seite gewesen. Seine Schulnoten waren nun auch wieder besser geworden und er schien auf einem guten Weg zu sein. Nach der Scheidung von Fred war sie mit ihren beiden Buben, Carl und dem zehnjährigen Georg, in eine Wohnung gezogen. Das Haus war verkauft und vom mageren Erlös blieb, nach Abzug der Schulden, kaum genug, um die neue Wohnung ordentlich einzurichten.
Als wenn die Scheidung alleine nicht genug gewesen wäre, verstarb auch noch Inges Vater Hermann. Eigentlich könnte man sagen: Er ist ertrunken – im Alkohol. Fast vierzig Jahre lang hatte er gesoffen und nicht nur Inge wunderte sich, dass er überhaupt so lange überlebt hatte. Inges Mutter Rosemarie war endlich frei. Laut wollte sie das nicht sagen, schon klar. Aber gedacht und gefühlt hat sie das seit dem Tag als der Sarg ihres Mannes in die kühle Erde hinabgelassen wurde. Sie war in den letzten Monaten regelrecht aufgeblüht.
Wenn nun Carl wieder im Chor aktiv werden würde, bedeutete es auch für Inge eine Umstellung in der Organisation ihres Alltags. Carl kümmerte sich nach der Schule um das Mittagessen für sich und Georg und er half seinem kleinen Bruder auch bei den Hausaufgaben,

bevor er seine eigenen in Angriff nahm. Inge kam meist erst am Abend aus ihrer Arbeit. Als Büroleiterin in einer Anwaltskanzlei hatte sie einen sicheren und gut bezahlten Job, in den sie allerdings auch an die sechzig Stunden pro Woche investierte. Manchmal musste sie aber für einen Ihren Buben früher aus der Arbeit oder auch zu Hause bleiben, wenn einer der beiden krank das Bett hüten musste. Mutterpflichten eben. Ihr Chef, er hatte selbst drei Kinder, brachte meist das nötige Verständnis auf, obwohl es ihm lieber gewesen wäre, Inge wäre ihm vierundzwanzig Stunden am Tag zur Verfügung gestanden. Wenn Carl nun künftig weniger zu Hause wäre, würde es Inge jedenfalls vor neue Herausforderungen stellen. Aber sie wusste auch, wie sehr Carl es liebte zu singen. Es war seine große Leidenschaft. Inge gab dem Musikprofessor noch während des Telefonats ihre Zustimmung. Sie wollte ihrem Sohn keine Steine mehr in seinen Weg legen.

Inge konnte sich auf Carl immer hundertprozentig verlassen. Er war für seine vierzehn Jahre erfreulich erwachsen gewesen. Vernünftig, besonnen, höflich und mit einem hohen Grad an Verantwortungsbewusstsein. Manchmal fragte sich Inge, ob unter Umständen in seinen Teenager-Jahren der Spaß zu kurz kommen könnte. Sie lies ihm jedenfalls ausreichend Freiraum und wenn er sich in sein Zimmer zurückzog, störte sie ihn auch nie. Carl war vor allem auch ein ausnehmend hübscher Junge, da kam er ganz nach Inge und Fred. Eine Freundin hatte er bis dato noch nie vorgestellt. Inge war nicht ganz unglücklich darüber: 'Das kommt schon noch früh genug.' Meistens verbrachte er seine Freizeit mit Musik, manchmal hatte er Besuch von seinem Schulfreund Olli. Carl war für sein Alter groß - überragte Inge bereits - und schlank. Seine hypnotisierenden wasserblauen Augen hatte er eindeutig von seinem Vater Fred, dichtes dunkelbraunes Haar, immer sauber gescheitelt. Carl legte großen Wert auf gute Kleidung, völlig untypisch für sein Alter. Es mussten körperbetonte Lacoste-Polos und Hosen sein. Wie sein Vater, liebte es auch Carl gepflegt zu riechen. Im Frühling hatte er sich einen neuen Duft zugelegt: Eau Sauvage von Christian Dior, kreiert im Geburtsjahr von Carl. Es sollte für den Rest seines Lebens eines seiner liebsten Parfums bleiben. Carl schlurfte auch nicht wie ein pubertierender Junge, sondern bewegte sich erstaunlich erwachsen und selbstbewusst. Seine Oma Angelika hatte ihm schon von klein auf immer zu aufrechter Haltung ermahnt. 'Sitz gerade! Geh nicht so schlampig. Bauch rein, Brust raus!'

Die kommenden Wochen strömten nur so vorüber. Carl war wie ausgewechselt. Drei Nachmittage in der Woche waren Chorproben angesetzt. Es galt ein Monsterprogramm einzustudieren. Die Lieder mussten der Reputation des Chores gerecht werden und sollten das Publikum auch überraschen. So waren für das Pflichtprogramm acht Stücke vorgesehen und für die „Kür" nochmals drei. Sollten sie gar gewinnen, dann wären noch zwei weitere Stücke als Zugaben geplant. Dreizehn Lieder! Mehr als die Hälfte davon waren ganz neu im Programm. Auf Deutsch, im lokalen Dialekt, auf Slowenisch, Französisch, Englisch, Spanisch, Latein und Russisch musste gesungen werden. Professor Hadder wollte sich wohl selbst übertreffen. Kirchenmusik, Jazz, Weltmusik, Folklore, Gospel und Pop waren dabei. Sehr ambitioniert.
Carl war begeistert. Er würde gleich in mehreren Liedern eine Solo-Partie bestreiten. Er lernte die Stücke innerhalb weniger Tage, büffelte die Texte, übte auch zu Hause und an den Wochenenden und

fand dennoch Zeit, auch dem regulären Unterricht besser als erwartet zu folgen. Hausaufgaben, Schularbeiten, Referate: Alles ging sich plötzlich spielend aus. Inge konnte es kaum glauben, wie euphorisch und positiv Carl an die neue Herausforderung heranging und sie erkannte sich in ihrem Sohn oft selbst wieder.

'Sag mal mein Schatz', fragte Inge, 'hast du deinen Vater schon angerufen? Er wollte ja mit euch beiden am Sonntag einen Ausflug nach Italien unternehmen?' Der Heimatort lag in Grenznähe und es war ein Leichtes, für einen Cappuccino oder einen Badetag an der Adria, einen Abstecher nach Bella Italia zu machen. Ultrakurzurlaub sozusagen.
'Scheibe! Habe ich total verschwitzt!', schoss es Carl. Scheibe war Inges jugendfreie Version von Scheiße. Schimpfwörter waren in der Familie verpönt und besonders bei den Großmüttern Rosemarie und Angelika hätte man nie fluchen dürfen. Somit verwendete nebst Inge auch Carl diese abgemilderte Variante gerne und oft, was besonders bei seinem Freund Olli immer schmunzelndes Kopfschütteln auslöste.
'Ich habe eigentlich wenig Lust, aber Georg freut sich schon total darauf. Sobald es Pizza und Eis gibt, ist er nicht zu halten, weißt du doch.'
'Schaffst du das zeitlich? Mit deinem vielen Üben? Aber vielleicht tut es dir auch ganz gut, mal einen Tag auf andere Gedanken zu kommen. Und, naja, dein Vater freut sich natürlich auch.'
'Ich weiß doch nie, was ich mit ihm reden soll. Er fragt auch nie, wie es mir geht, es scheint ihn gar nicht zu interessieren. Ich hoffe nur, seine neue Frau kommt nicht mit. Die ist ja sowas von langweilig.'
'Freundin, nicht Frau. Noch nicht', korrigiert ihn Inge. 'Du wirst dich wahrscheinlich an sie gewöhnen müssen. Scheint ja was Ernstes zu

sein.'
'Mama, diese Erika ist bitte dreiundzwanzig Jahre alt und arbeitet als Verkäuferin! Die wird er ja wohl hoffentlich nicht heiraten wollen?!'
'Egal jetzt. Du wirst es auch nicht verhindern können. Ruf ihn an und vereinbare eine Uhrzeit für Sonntag. Er soll nicht später als um neun auftauchen, sonst wird das alles wieder eine Hetzerei. Ich will auch, dass er euch um spätestens 18 Uhr wieder hier abliefert, klar?', sagte Inge bestimmt.
Der Ausflug begann ernüchternd, wie schon etliche Male zuvor. Fred kam am Sonntag kurz vor zehn, um seine Söhne abzuholen. Carl hasste Unpünktlichkeit. Sein Vater war die Unpünktlichkeit in Person. Beinahe schien Fred stolz darauf zu sein, dass es 'nur' eine Stunde Verspätung wurde. Georg und Carl nahmen im neuen, dunkelblauen Ford Taunus auf der Rückbank Platz, vorne am Beifahrersitz saß Erika. 'Na wunderbar, das kann ja was werden', war Carl schon genervt bevor es losging. Der Tag war, zusammengefasst, enttäuschend. Immerhin gab es Pizza und Eis, was zumindest Georg zufrieden stellte. Fred kommentierte, wie so oft, das Weltgeschehen aus seiner provinziellen Sicht: 'Da stirbt einer meiner Lieblingsschauspieler und ein drittklassiger Cowboy wird amerikanischer Präsident! Die Welt steht nicht mehr lang!' Carl rollte mit den Augen. Er wusste, dass sein Vater ein riesiger Steve McQueen-Fan war und vom Schauspieler Ronald Reagan herzlich wenig hielt.
Leider gab es auch unzählige infantile Fragen von Erika, die damit ihr weitreichendes Nichtwissen erneut eindrucksvoll unter Beweis stellte. Es kam wenig Substantielles von Fred und, wie erwartet, wieder einmal nichts Persönliches. Carl versuchte es mit: 'Papa, ich bin seit drei Wochen zurück im Chor. Wir sind im Advent bei einem

Chor-Festival in England dabei, stell dir vor! Ist das nicht großartig?' 'Ach ja? Wow, nicht schlecht. Hoffe, deine schulischen Leistungen leiden da nicht darunter? Du weißt doch, Schule geht vor. Erika, willst du hier vorne eine Pause einlegen und auf einen Espresso gehen?', wechselte er fliegend das Thema, deutete mit dem Kopf nach vorne rechts wo ein kleines Café zu erkennen war und sah seine Freundin fragend an.

Kaffee- Pinkel- und Rauchpause. Dreimal, viermal. Gute zweihundert Kilometer gefahren. Eine Menge belangloses Zeug geredet, Wetter wechselhaft, wie die Stimmung. Plötzlich, sie waren bereits wieder auf österreichischem Staatsgebiet, überholte ein schwarzer Audi in hohem Tempo und bremste sich vor Freds Wagen ein.

'So ein Idiot! Was muss mich der gerade hier überholen!', regte sich Fred auf. Das vordere Fahrzeug wurde nun deutlich langsamer und aus dem sich öffnenden Fenster erschien eine rot blinkende Polizei-Kelle mit dem Wort „Halt“. Was danach folgte bedeutete auch das frühe Ende des Tagesausflugs. Laut des Polizeibeamten in zivil war man Fred die letzten zehn Kilometer, direkt ab der Grenze, gefolgt und es kamen mehr als fünf Vergehen zusammen. Permanent überhöhte Geschwindigkeit, überholen im Überholverbot, überfahren doppelter Sperrlinie, bei einer Stopp-Tafel nicht angehalten und ähnliches. Der Polizist wollte den netten „Familienausflug“ nicht gänzlich ruinieren und bot eine Strafzahlung an Ort und Stelle von entgegen-kommenden tausend Schilling an – ansonsten gäbe es eine Anzeige und dann würde es, so leid es ihm täte, richtig teuer. Fred räumte seine Geldbörse leer.

Es gab keinen weiteren Kaffee- und Kuchenstopp mehr, Erika und Fred stritten auf der verbleibenden Strecke und Carl und Georg versuchten sich die Zeit mit „Wer erkennt am schnellsten die Auto-Marke“ zu vertreiben. Sie wurden von ihrem Vater bereits um fünf Uhr wortkarg am Ende eines sehr teuren Tagesausflugs zu Hause abgesetzt. Carl graute es schon vor dem nächsten „Papa-Tag“.

Imagine

Der Tag der Abreise zum Festival in Cambridge rückte näher. Das Programm des Chors saß perfekt. Es konnte eigentlich gar nichts schief gehen – zumindest solange niemand mehr ausfällt oder krank wird. Professor Hadder war bereits jetzt unglaublich stolz auf „seine“ Buben. Bei einer der letzten Proben in der großen Turnhalle waren auch die meisten Eltern der Chormitglieder anwesend, auch Inge, sowie der Herr Direktor und interessierte Mitschüler. Sogar das nationale Fernsehen war anwesend, es sollte ein kleiner Vorbericht entstehen.
Am anderen Ende der Turnhalle lehnte ein interessierter Zuhörer in der dunklen Ecke an einer Sprossenwand. Es war Adrian, der mit wütenden Augen die Probe verfolgte. Eine Träne lief ihm übers Gesicht: 'Das ist mein Lied! Mein Solo! Ich sollte dort stehen', flüsterte er mit heißerer Stimme.

Adrian war der jüngste von drei Söhnen des Herrn Bürgermeisters, der auch einer der größten Bauunternehmer des Landes war. Ein Umstand, den der Vierzehnjährige nicht müde wurde zu betonen, wann immer sich die Gelegenheit dazu ergab – oder wann immer es ihm wichtig erschien. Aber: Der blonde Junge sah nicht nur aus wie ein Engel, er sang auch so. Seit seinem dritten Lebensjahr sang er. Im Kindergarten, im Kirchenchor, im Schulchor in einer Pop-Band. Alle kannten den singenden Adrian. Egal ob ein Barock-Choral von Claudio Monteverdi oder „If you leave me now“ von Chicago, seine wunderbare Stimme schien für jedes Genre perfekt und sie war Adrians ganzer Stolz. Und dann die Katastrophe.
Bereits seit mehreren Monaten war seine Stimme ständig rau und

belegt gewesen. Seine Singstimme wurde tiefer, ermüdete sehr schnell und war heiser. Stimmbruch? 'Natürlich, was sonst.', war sich Adrian sicher. 'Nein, die Symptome sind nicht üblich für den Stimmbruch, glaub mir', hatte Professor Hadder mehrfach angemerkt. 'Du solltest dir das bei einem HNO mal genauer ansehen lassen. Rasch, denn in diesem Zustand kann ich dich nicht zum Festival mitnehmen, das ist dir doch klar?' Das war vor ein paar Wochen. In den Tagen darauf hatte der Facharzt bei Adrian eine böse Stimmlippenzyste festgestellt, die 'besser heute als morgen' operiert werden sollte. Die Operation fand in der Folgewoche statt und nach einigen Tagen war Adrian wieder zu Hause. Alles war gut gegangen, die Zyste war entfernt worden, die Stimme sollte, langsam aber sicher, in zwei, drei Wochen wieder 'da' sein. Die Sprechstimme zumindest. Von einer wiederhergestellten Singstimme konnte keine Rede sein. Noch nicht.

Die Cambridge-Reise konnte sich Adrian jedenfalls abschminken, soviel war sicher. Sein Vater war mehr als enttäuscht. 'Als ob ich an dieser blöden Zyste Schuld gehabt hätte? Und nun fährt dieser Niemand statt mir nach England. Carl! Dass ich nicht lache! Glaubt der wirklich, dass er meinen Platz im Chor einnehmen kann?' Adrians Wut flammte erneut auf, wusste er doch, dass Carl sein einziger ernstzunehmender Konkurrent war. 'Hadder hat ihn in den Chor zurückgeholt! Ausgerechnet ihn! Ich hasse Hadder!'

Der auberginefarbene Alfasud TI begann plötzlich in der langgezogenen Linkskurve zu poltern, war nicht mehr unter Kontrolle zu bringen. Er schlingerte über das Schotterbankett hinweg und rutschte, einige kleine Sträucher niederwalzend, gute zwanzig,

dreißig Meter schräg einen Hang hinunter, der direkt an der Eisenbahntrasse endete.
Dort prallte der Wagen mit großer Wucht mit der Beifahrertür voran gegen einen Betonmasten der Oberleitung und kam zu einem abrupten Stillstand. Es war nebelig, nieselte leicht an diesem frühen Donnerstagabend Anfang Dezember, knapp über null Grad. Grimmig.
Der Kranwagen der Feuerwehr zog das Fahrzeug aus dem Straßengraben. Totalschaden. Im Rettungswagen wurde ein Mann erstversorgt, der nach dem Unfall aus dem Wagen geklettert und auf allen Vieren den Hang hinaufgekrabbelt war.
'Da haben Sie aber großes Glück gehabt, guter Mann', merkte der Notfallsanitäter an, als er Peter Hadders Wunde am Kopf in Augenschein nahm. Der saß mit schmerzverzerrtem Gesicht da, die Arme über dem Brustkorb verschränkt, gerade so als müsse er ihn zusammenhalten. Das Blut tropfte von Nase und Kinn auf den grauen Linoleumboden des Krankenwagens. 'Das hier muss jedenfalls rasch genäht werden – ich mache das erstmal sauber und lege einen Druckverband an, okay? Kann auch nicht sagen, ob Ihre Rippen gebrochen oder nur geprellt sind. In zehn Minuten sind wir im Krankenhaus, dann kann das geröntgt werden.'
'Autsch!', stöhnte Peter Hadder und zuckte zur Seite als der Sanitäter die Rissquetschwunde mit Desinfektionsmittel abtupfte. Beim Einatmen durchzuckte ein brennender Schmerz seinen gesamten Oberkörper. 'Wie konnte das verdammt nochmal passieren?!', dachte er sich und versuchte die letzten Minuten seiner Fahrt zu rekonstruieren. 'Ich bin doch hier täglich unterwegs. War auch nicht schneller als sonst. Gab es gar Glatteis?', er hatte keine Erklärung.

Mit einer Taschenlampe in der Hand kam der Polizist von Hadders

Alfa Romeo - der mittlerweile auf die Ladefläche eines Abschleppwagens gehievt worden war - zum Krankenwagen gestapft. 'Sagen Sie mal Herr…', er schaute nochmals prüfend auf den Führerschein des Musiklehrers und las '... Peter Hadder. Sagen Sie, haben sie Feinde?'
'Was? Was meinen Sie?', fragte Peter Hadder verdutzt und tat sich schwer durch seine gebrochenen Brillengläser den Inspektor zu erkennen.
'Naja. Ich kann ihnen sagen, dass ihr rechter vorderer Reifen ganz offensichtlich mit einem Messer angeritzt wurde', erklärte der Polizist.
'Aber, aber…', stotterte Hadder 'das ist doch völlig unmöglich?! Wer sollte denn so etwas machen?', fragte er mit entsetztem Blick.
'Naja, wie auch immer. Sie haben ein Riesenglück gehabt Herr Hadder. Wenn der Masten Ihren Wagen nicht aufgefangen hätte, wären Sie entweder direkt auf den Gleisen gelandet oder drei Meter weiter. Und dann…', der Polizist leuchtete, während er sprach, langsam mit der Taschenlampe den Hang hinunter zum Bahndamm und dem unmittelbar dahinter liegenden, schwarzglänzenden Wasser des Sees.

Drei Tage später, am dritten Adventsonntag, brach der Schulchor nach Großbritannien auf. Es war die letzte Woche vor Weihnachten. 38 Buben zwischen elf und siebzehn Jahren gemeinsam mit acht Begleitpersonen, drei Lehrern, dem Herr Direktor, drei Elternvertretern sowie Musikprofessor und Chorleiter Peter Hadder. Unter dem dick aufgetragenen Make-Up waren seine Wangenknochen und der Bereich um die Augen veilchenfarben und angeschwollen. Die genähte Wunde auf der Stirn war von einem Pflaster verdeckt und unter dem schwarzen Rollkragenpullover trug er, unsichtbar für die

anderen, eine Schulter- und Rippenbandage. Schwere Prellungen, nichts war gebrochen.
Er wollte nicht glauben, dass es irgendjemanden da draußen gab, der ihm das angetan haben könnte. Wenn er nur daran dachte, wurde ihm schwindlig. In seinem Handgepäck fanden sich auch zwei Schachteln Tabletten von denen er drei bis vier am Tag gegen die starken Schmerzen nehmen musste. Carl war geschockt, dass seinem Lieblingslehrer so etwas Schreckliches passiert war. So kurz vor dieser wichtigen Reise. Nicht auszudenken, hätte er seine Teilnahme am Festival absagen müssen. Carl wusste nichts über die näheren Umstände des Unfalls und schon gar nichts darüber, warum der Wagen von der Straße abgekommen war. Darüber wollte der Musiklehrer nie wieder ein Wort verlieren. Durch seine dicke Reservebrille sah Hadder seine Buben an und sagte: 'Wir haben etwas ganz Großes vor uns meine Lieben. Wir werden besser sein als die anderen und wir werden viel Spaß haben. Jeder einzelne von euch ist ein hervorragender Sänger und unser Repertoire für dieses Chor-Festival ist einzigartig! Lasst uns zu einer unvergesslichen Reise aufbrechen!'
Die Jungs johlten euphorische Zustimmung.

Die Reise des Schulchors wurde ein fulminanter Erfolg. Der Bewerb zog sich fast über eine ganze Woche. Alle siebenundzwanzig teilnehmenden Chöre aus ganz Europa waren auf einem ähnlich hohen Niveau. Letztlich war es das glückliche Händchen des jeweiligen Chorleiters bei der Auswahl der Stücke. Da es keine Absprache zwischen den Chorleitern im Vorfeld des Festivals gab, bestand immer auch die Gefahr, dass zu viele Chöre dieselben Musikstücke planten. Peter Hadder hatte ganz klar Fingerspitzen-

gefühl bewiesen und mit seiner Erfahrung und der nötigen Portion Glück eine exzellente Mischung zusammengestellt die sowohl bei der Fachjury, dem Publikum als auch bei den anderen Chören großen Anklang fand. Dennoch waren Peter Hadder und „seine Buben“ dann doch etwas überrascht, als Ihnen am Donnerstagnachmittag im großen Auditorium des Cambridge Corn Exchange, unter tosendem Applaus von gut 1.500 anwesenden Chormitgliedern und Gästen, vom Jury-Vorsitzenden der riesige Sieger-Pokal und Urkunden für alle Buben überreicht wurden. Als eine der beiden Zugaben hatten sie zur großen Überraschung aller Anwesenden „Imagine“ von John Lennon gegeben, der nur einige Tage davor von einem Irren erschossen worden war. Im Publikum wurden bei diesem allerletzten Lied des Festivals viele Taschentücher aus den Jacken und Handtaschen gezogen.
Carl war überglücklich mit dem Erreichten und er war auch mit sich selbst sehr zufrieden. Alle seine Soli waren ihm nach seiner Vorstellung gelungen. Noch nie hatte er einen Auftritt, hatte er das Rampenlicht so genossen wie in jenen Tagen.
Die verbleibenden drei Tage vergingen viel zu schnell. Wie in Trance erlebten die Buben London im Schnelldurchlauf. Ein Abarbeiten der Sightseeing-Liste im Eilzugstempo mit frühem Aufstehen und dichtem Programm bis spätabends. Ein echtes Highlight war das Covent Garden Opernhaus wo es am Freitag „Les Contes d'Hoffmann“ von Jaques Offenbach zu erleben gab. Carl war fasziniert vom Tenor Plácido Domingo als Hoffmann. Die Kurtisane Giulietta wurde von Agnes Baltsa gegeben, es dirigierte George Prêtre. An diesem Abend wusste Carl, dass ihn sein Weg eines Tages auf diese Opernbühne, auf alle Opernbühnen der Welt, führen würde.

Musik, Musik und immer wieder Musik

Carl hatte im Frühling 1985 an seinem Gymnasium maturiert. Die Noten waren guter Durchschnitt. Zuviel Zeit ging in den letzten Jahren für das Singen im Chor drauf. Es war zu Carls Lebensinhalt geworden. Er hatte ein klares Ziel vor Augen und nichts sollte ihn von seinem eingeschlagenen Weg abbringen. Selbst durch den Stimmbruch hindurch hatte er nicht aufgehört, im Gegenteil. Der Übergang von seiner Knaben-Alt-Stimme zum Tenor gelang ihm erstaunlich rasch. Carl bekam mit viel Disziplin und Übung seine Stimmbänder immer besser unter Kontrolle und mit achtzehn konnte er eine glasklare, sichere und herzerwärmende Tenor-Stimme sein Eigen nennen.
Die Schularbeiten und das Lernen waren in diesen vier Jahren nebenher passiert. Die Erfahrungen mit dem anderen Geschlecht waren so eine Sache und passierten auch eher nebenher. Mit einer rothaarigen Susanne aus der Nachbarschaft und später einer bereits sehr erfahrenen Ute, einem Mädchen aus dem Freundeskreis, gab es die ersten erotischen Erfahrungen. Die Mädchen waren ganz verrückt nach ihm. Carl hatte leidlich Spaß daran, aber irgendwie war es auch unspektakulär gewesen, er hatte sich darauf eingelassen um sich selbst etwas zu beweisen. 'Ich weiß gar nicht, warum die alle so ein Theater darum machen, ehrlich', dachte er sich dann. Für Carl waren es allesamt keine sonderlich einschneidenden Erlebnisse gewesen. Die vielzitierten Schmetterlinge im Bauch waren ausgeblieben. Dann gab es da noch zwei, drei erotische Erlebnisse mit seinem besten Freund Olli zu dem er sich immer schon hingezogen fühlte. Irgendwie hat sich das bei einem Wochenendausflug in die Berge so ergeben. Das hatte Carl mehr Vergnügen bereitet, ihn emotional tiefer

erreicht.
Olli war immer schon ein hübscher Junge gewesen und nun zu einem schönen, sportlichen jungen Mann geworden. Dank Olli, der ihn immer wieder anspornte mit ihm das Fitness-Studio aufzusuchen, war Carl nun auch deutlich sportlicher und muskulöser geworden und auf den Straßen drehten sich Frauen wie Männer gleichermaßen nach ihm um. Er machte sich in dieser Lebensphase nicht besonders viele Gedanken über seine Gefühlswelten und konnte sich auch ganz ausgezeichnet mit sich selbst beschäftigen und ohne Zeit- und Leistungsdruck Befriedigung finden. Die wenigen Male mit den Mädchen, die im Anschluss an ein erotisches Erlebnis immer mehr von Carl zu erwarten schienen, hatten ihm vorerst einmal gereicht. Eine Beziehung stand für ihn keinesfalls zur Diskussion.
Musik, Musik und immer wieder Musik füllte seine Freizeit fast zur Gänze aus. Er investierte beinah sein gesamtes Taschengeld, Geburtstags- und Weihnachtsgeld in Schallplatten. Seine Sammlung umfasste an die zweihundert Alben. Auf der hochwertigen Stereoanlage seiner Mutter hatte er alle schon viele Male angehört. Entweder ganz laut – in original Opernhaus-Lautstärke – oder mit den Kopfhörern, um seine Mutter aber vor allem die Nachbarn nicht zu stören. Er hörte, er sang mit, er studierte, er analysierte. Er kannte alle Texte, die Unterschiede der großen Tenöre seiner Zeit. Alle verfügbaren Referenzaufnahmen waren Teil seiner Sammlung. „Pagliacci“ aus 1904 oder „Die Macht des Schicksals“ aus 1908 mit Enrico Caruso. Trotz der minderen Qualität dieser beiden beinahe 80 Jahre alten Aufnahmen liebte es Carl, die einzigartige Stimme Carusos zu erforschen, zu fühlen und in allen Nuancen in sich aufzunehmen. Caruso soll einmal gesagt haben: 'Zu einem erfolgreichen Sänger gehören ein großer Brustkorb, ein großer Mund,

neunzig Prozent Gedächtnis, zehn Prozent Verstand, eine Menge harter Arbeit und etwas im Herzen.' Carl dachte immer wieder über die Aussage des Jahrhunderttenors nach, vor allem aber über die sich ständig verändernden Anteile der jeweiligen Zutaten dieses Erfolgsrezeptes.

Carl war mit seinen gerade einmal achtzehn Jahren zu einem echten Experten geworden. Dass für Carl sofort nach der Matura die Gesangsausbildung an der Universität in Wien auf dem Programm stand, war in Stein gemeißelt.

Einspringer

Frühling 1990

'Ja! So soll sich das anhören, genauso. Bravo Carl!' Professor Lars Friksson klatschte anerkennend und langsam viermal in die Hände. 'Habt ihr den Unterschied gehört meine Herren?', er wandte sich an die Meisterklasse, blickte über den Rand seiner Lesebrille und zog fragend die Augenbrauen hoch. Seine Stimme überschlug sich beinah: 'So stelle ich mir gesungene Emotion und Verzweiflung vor, so hat es Leoncavallo komponiert!'

Für den Königlich schwedischen Hofsänger Friksson, der nach Ende seiner aktiven Laufbahn mit seiner Frau in ihre alte Heimat Wien gezogen war, zählten Gefühlsausbrüche zu den eher raren Ereignissen. Seine meist knochentrockene Art wurde selten von euphorischen Anwandlungen gestört. Nun aber riss er die Arme in die Höhe, als würde er nach etwas greifen wollen und sein Gesicht war rot vor freudiger Erregung. Die restlichen Studenten im Raum nickten anerkennend, so als müssten sie das Urteil des Professors bestätigen. Alle wussten natürlich, dass Carl der mit Abstand talentierteste des Jahrgangs, ja der letzten zehn, zwanzig Jahrgänge war. Er war eine Ausnahme-erscheinung. Seine Stimmfärbung, seine Stimmführung suchten ihresgleichen. Er sang, als hätte er sein ganzes junges Leben lang nichts anderes gemacht. Den Herzschmerz und die Harmonien der Übergänge dieser vom Professor eben so hochgepriesenen, verzweifelten Arie „Vesti la giubba“ aus der Oper Bajazzo bot niemand sonst so göttlich, so berührend dar. Pavarotti vielleicht.

'In wenigen Wochen werdet ihr hier hinausmarschieren und ich werde euch vielleicht nie wieder sehen. Naja, auf der Bühne oder im Fernsehen hoffentlich. Dann beginnt der Ernst des Künstlerlebens', fügte Professor Friksson an und schaute, stirnrunzelnd, über die Lesebrille in die Runde. Sein Blick blieb an Carl haften.
Jetzt, in der Meisterklasse und so kurz vor Ende des Studiums, war sich Carl sehr wohl bewusst, dass es bald ernst werden würde. Der Kampf um die schönen und großen Rollen auf den Bühnen der Opernwelt würde beginnen.

Und der Ernst begann eher als gedacht. Nicht zuletzt auf Professor Frikssons Empfehlung hin wurde Carl bereits im ersten Sommer für eine kleinere Rolle bei den Salzburger Festspielen als Einspringer gebucht. Dem ursprünglich geplanten Tenor musste wegen eines Vertragsbruchs kurzfristig abgesagt werden. Die Proben für Carl hatten daher unmittelbar nach Ende seines letzten Semesters begonnen. Eine exzellente Möglichkeit sich einem größeren Publikum erstmalig zu präsentieren. Carl gab an vier Abenden im August den namenlosen Italienischen Sänger in der Oper „Capriccio“ von Richard Strauss. Das durchwegs exzellente Ensemble wurde wie zu erwarten mit positiven Kritiken belohnt, aber für Carl fanden die Kulturjournalisten, speziell ein ganz bestimmter, besonders überschwängliche und lobende Worte. Zuletzt hätte wohl nur Fritz Wunderlich in einer Aufnahme von 1964 eine ähnlich formidable Performance geboten. Carl fühlte sich wie ein Fisch im Wasser. Er war tatsächlich in seiner Welt, seiner Zukunft angekommen.

Wie hatte sich Axel Sprunk schon seit Wochen auf seinen aktuellen

Lieblingstenor Frederic Stoud gefreut. Am Nachmittag kam dann die Information vom Pressesprecher der Festivalleitung, dass der dreißigjährige australische Opernstar aus „sehr persönlichen Gründen“ nicht auftreten könne. Und dann das: Carl Kollas, ein absoluter Nobody und Frischling von der Uni, ohne jegliche Bühnenerfahrung. Und dann diese Darbietung, diese Leistung! Axel Sprunk blieb der Mund offenstehen. Wie war das nur möglich? Von welcher Wolke war dieser junge Mann gefallen?

Seit mehr als drei Jahrzehnten war Axel Sprunk der unumstritten bekannteste Musikkritiker des Landes - und weit über die Grenzen hinaus. Er schrieb für den konservativen meinungsbildenden „Tagesmerkur“ sowie für ein monatlich erscheinendes Kulturmagazin, war gerngesehener wie gefürchteter Teilnehmer an Diskussionsrunden und er konnte mit seiner auf Charme geschminkten, inquisitorischen Art der Interviewführung selbst Superstars zu Schweißausbrüchen bringen. Seine Kritiken konnten Karrieren fördern oder vernichten - von Sängerinnen, Sängern und von Regisseuren - und sie konnten die Reputation, selbst großer, renommierter Orchester, erheblich beeinflussen. Seine Einschätzungen wurden oft im Wortlaut übernommen, nie wurden sie in Zweifel gezogen. Was Sprunk schrieb war Gesetz.
Axel Sprunk durchleuchtete die Jahre in seiner Erinnerung wie mit einem Suchscheinwerfer, um ein ähnlich beeindruckendes Debut eines Tenors aufzufinden.
'Pavarotti. Ja, Pavarotti als Rodolfo in La Boheme, London 1961', hatte Sprunk als erstes ausgehoben. Sofort als nächstes stieß er auf ein noch früheres Ereignis, seinen ersten Bayreuth-Besuch im Jahr 1958. Damals war er mit neunundzwanzig Jahren gerade zum

Ressortleiter Kultur ernannt worden. 'Jon Vickers! Ein genialer Siegmund! Oder nein, vielleicht doch der Schreier? Dresden, '59 in Fidelio? Eine Sternstunde!' Sprunk überlegte krampfhaft weiter. Ein virtuoses Stimmengewirr fegte durch seine Erinnerungen. 'Ach ja! Auch im selben Jahr: Covent Garden... Alfredo Kraus mit Joan Sutherland in Lucia di Lammermoor! Unvergesslich!'
In seinem Kopf sangen diese Jahrhunderttenöre um die Wette. Eine Stimme stach jedoch hervor. 'Moment…', Sprunk kniff die Augen zusammen, senkte den Kopf, um noch besser in sich hineinhören zu können. Engelsgleich überflügelte diese Stimme alle anderen. Es war die unglaubliche und einzigartige Stimme dieses 24-jährigen Jungen, der erstmals heute Abend und aus dem Nichts, wie gottgesandt, über Sprunks Welt hereingebrochen war wie eine Flutwelle.

Axel Sprunks Kritik im „Tagesmerkur" fiel so überschwänglich, so euphorisch aus, dass unzählige Medien im Inland wie im Ausland aus ihr zitierten und Carl unisono als der wahrscheinlich neue Stern im Olymp der großen Tenöre bezeichnet wurde. Als die Zukunftshoffnung, vielleicht die legitime und würdige Nachfolge eines Pavarotti, eines Domingo. Man fieberte bereits seinen nächsten, größeren Rollen entgegen. Die kurzfristige Absage von Frederic Stoud, dem Liebling der Kritiker und Opernbesucher in den letzten drei, vier Jahren, wurde förmlich als Glücksfall betrachtet. Journalistenkollegen von Sprunk konnten sich an keine so ausführliche wie lobpreisende Debutanten-Kritik des Grandseigneurs erinnern. 'Ob er wohl Altersmilde wird?', wunderte sich der eine oder andere.
Axel Sprunk selbst war erstaunt, wie sehr die Stimme Carls sein stets gut verschlossenes Innerstes erreichte und berührte. Sie löste in dem

knochentrockenen, analytischen Musikkenner eine Woge an Emotion und Rührung aus, die seinen Körper bis in die nackten Zehen durchströmte. Gefühle, mit denen er nicht umzugehen wusste, machten ihm immer ein wenig Angst. Sprunk war jahrelang von Opernhaus zu Opernhaus und von Konzerthalle zu Konzerthalle gepilgert, rund um den Erdball. Er war klein, nicht mehr als einssiebzig, hager und unscheinbar und steckte meist in einem schwarzen Rollkragenpullover und dem immer gleichen, ausgebeulten, dunkelgrauen Anzug. Seine schwarzen Schuhe waren zwar handgemacht aber mindestens zwanzig Jahre alt. Eine runde Nickelbrille à la Schubert trug das ihre zu seinem intellektuellen Erscheinungsbild bei. Sein Haar war schneeweiß - er war bereits Anfang dreißig ergraut - und ließ ihn deutlich älter erscheinen als einundsechzig.
Er sprach nebst Deutsch und Englisch auch noch Französisch, Italienisch, Spanisch und Russisch, zudem versuchte er sich noch, speziell für seine Tokio-Besuche, Japanisch anzueignen. Er war ein Besessener, ein Perfektionist und erinnerte ein wenig an Woody Allen. Auch wenn er bei seinen regelmäßigen Auftritten im Fernsehen eloquent und selbstbewusst wahrgenommen wurde, hasste er das Rampenlicht, hasste diese Form der Aufmerksamkeit und es bedurfte jedes Mal größter Anstrengungen und Konzentration, diese Auftritte zu seiner eigenen Zufriedenheit über die Bühne zu bringen.
In seinem unzugänglichen Innersten allerdings steht er gern im Rampenlicht. Auf den Bühnen der Opernwelt. Alle jubeln ihm zu, alle lieben und verehren ihn. Die schönsten Frauen liegen ihm zu Füßen. Ein Leben, das Axel Sprunk nicht vergönnt war. Er durfte lediglich darüber berichten. In seinem Leben gab es keine Frau, keinen Mann, keine Liebe. Er wusste selbst nicht, warum er nie jemanden anderen

Zutritt zu seinem Herzen gewährt hatte. Er nannte eine kleine, biedere Zweizimmerwohnung in der Innenstadt sein Eigen, lebte nur für eine einzige Leidenschaft: die Musik. Sie hielt ihn in diesem jämmerlichen Leben und machte es erträglich. Sie war es, die ihn immer wieder aufrichtete, ihn weitermachen ließ. Dieser eine Abend in Salzburg hatte ihm erneut Recht gegeben. Es lohnte sich doch, zu leben!

Sydney

Frederic Stoud knallte den Sydney Morning Herald in die Ecke. Was er da lesen musste, nahm im beinahe die Luft. Jeder Satz, jedes Lob fühlte sich wie ein Stich ins Herz an:

„Sein musikalischer Instinkt..., die bemerkenswerte Technik..., betörende Verführungskunst..., erreicht scheint's spielend stratosphärische Höhen..., die glasklare Brillanz und Schönheit der Stimme..., der zarte Schmelz des hellen Tenors..., sein schier unendlicher Atem..., erreicht Spitzentöne mit ungehörter Elastizität..., die eleganten Phrasierungen, die rhythmische Dynamik..., seine Leidenschaft und Vitalität..., ein fabelhafter Belcanto, wohl nur mit Caruso oder Pavarotti vergleichbar..."

Er starrte fassungslos aus dem Fenster seiner Suite in der 32. Etage des brandneuen Sydney Harbor Dermott Hotels. 'Was zur Hölle?!' Stoud war außer sich. 'Wer ist dieser Emporkömmling? Ein Niemand, ein Nichts! Taucht auf, schnappt mir meine Rolle weg und wird zum neuen König gekrönt und all das nur, weil diese Idioten der Meinung sind, ich hätte meinen Vertrag gebrochen, nur weil ich nicht schon vor einem Monat zu den Proben angereist bin! Die sehen mich nie wieder! Ich werde Salzburg ab sofort meiden. Ich brauche die nicht, die brauchen mich!', steigerte er sich hinein und leerte seine Espressotasse mit einem Schluck.

'Aber mein Liebling, beruhige dich doch. Diese Rolle war ohnehin viel zu klein für dich.', versuchte Eleana auf Frederic beschwichtigend einzuwirken. 'Zwei Wochen Proben dafür, das ist

doch lächerlich! Vergiss das Ganze einfach und komm wieder zu mir ins Bett', sie winkte ihn zu sich.
'Das wird jedenfalls ein Nachspiel haben, ich werde Eddie anrufen', Frederic hatte sich noch nicht wieder gefangen.
'Deinen Agenten erreichst du vor 11 Uhr sowieso nicht, nun komm schon mein Schätzchen', sie lächelte verführerisch und schlug einladend die große Decke zurück. Frederic seufzte einmal tief durch, stellte die Kaffeetasse auf den Couchtisch, auf dem von letzter Nacht noch eine leere Flasche Roederer Cristal kopfüber in einem silbernen Champagnerkübel steckte. Er ging zwei Schritte auf das Bett zu, fuhr sich mit der Zunge genüßlich über die Oberlippe, atmete tief durch, grinste und lies seinen Morgenmantel auf den Boden fallen.

Olli

Carl hatte Olli nach der Matura für eine Zeitlang ein wenig aus den Augen verloren. Carl war nach Wien zum Studium aufgebrochen, Olli studierte in einer anderen Stadt Wirtschaft und Publizistik. In den Sommermonaten hatten sie sich einige Male in der Heimat getroffen, ihre Erlebnisse ausgetauscht und alte Zeiten wieder aufleben lassen. Die Verbindung zwischen den beiden war nach wie vor intensiv, sie verstanden sich auf einer sehr persönlichen, tieferen Ebene. Olli hatte seit zwei Jahren eine Freundin und sprach auch von Heirat und Familie. 'Schön für dich', dachte Carl. Erst vor einigen Monaten hatte Olli bei einer großen Werbeagentur in Wien zu arbeiten begonnen und nachdem der Kontakt mit Carl wiederhergestellt war, trafen sich die beiden wieder regelmäßiger auf einen Drink und einen Gedankenaustausch. Carl hatte auch die Freundin Ollis, Brigitte, kennengelernt. Er mochte die schlanke, humorvolle Blonde auf Anhieb und befand, sie wäre die Richtige für seinen Freund. Obwohl, wenn die beiden in seinem Beisein miteinander scherzten und sich zärtlich berührten, verzeichnete Carl jedes Mal ein leichtes Zucken in der Magengegend. Carl schlug Olli vor, ihn doch nach Salzburg zu begleiten und ihm bei diesem ersten Engagement ein wenig zur Seite zu stehen. Olli sagte spontan und gerne zu. Ein gesellschaftliches Ereignis erster Güte, das auch seiner eigenen beruflichen Zukunft beim neuen Arbeitgeber zuträglich sein könnte.

'Mensch Charly', rief Olli als er frühmorgens, es war zwei Tage nach der Premiere von „Capriccio“, nach einem Spaziergang wieder ins Hotelzimmer trat, ‘das ist doch der absolute Hammer! Hast du schon die Kritiken gelesen?'

'Jawoll, alle gelesen - mehrmals!' Carl deutete auf das Nachtkästchen des kleinen Zweibettzimmers, wo bereits fünf Tageszeitungen lagen, aufgeschlagen auf der Kulturseite.
'Und hier kommt gleich noch eine - druckfrisch!' Olli wedelte mit der aktuellen Ausgabe des „Salzburger Boten". Er war sichtlich erleichtert und glücklich über Carls sensationelles Debut.
'Gib gleich her', antwortete Carl mit stolzem Unterton und schnappte sich die Zeitung von Olli.

Bei einem Cocktailempfang am selben Abend stellte sich Olli als bester Freund und Agent Carls vor und lachte gleichzeitig, um dieser Selbstbeschreibung von vornherein die Ernsthaftigkeit zu nehmen. Dennoch erhielt er an die zwanzig Visitenkarten von Journalisten, Plattenlabels, Künstleragenten und neuen Fans von Carl.

'Ich würde gerne ein exklusives Interview mit dem Italienischen Sänger führen, was sagen Sie?' Der Mann hatte ihm seine Karte gereicht und lugte abwartend über die runde Nickelbrille. Olli sah verdattert auf das rechteckige Stück Papier in seiner Hand: „Der Tagesmerkur", Dr. Axel Sprunk, Ressortleiter Kultur stand da zu lesen. Olli blickte sich hilfesuchend nach Carl um, den er in einiger Entfernung und in angeregter Unterhaltung mit dem Bürgermeister entdeckte. 'Mist', dachte Olli.
'Passt morgen Nachmittag?', setzte Sprunk umgehend nach. 'Um 14 Uhr in der Lobby im Goldenen Hirschen. Richten sie ihm aus, ich freue mich auf das Kennenlernen. Jetzt muss ich los, es ist schon sehr spät und ich muss noch eine Rezension nach Wien faxen. Auf Wiedersehen, bis morgen.' Sprunk machte am Absatz kehrt und war aus der Tür. 'Sprunk', dämmerte es Olli, 'der legendäre Kulturkritiker!

Seine Kritik von „Capriccio“ war genial gewesen! Gott, hab ich dämlich reagiert', ärgerte er sich über sein stümperhaftes Verhalten, schüttelte den Kopf, steckte die Karte zu den anderen in sein Sakko und eilte zu Carl.

'Du, Olli', sagte Carl nachdenklich. Die beiden lagen in ihren Betten und waren todmüde. Es war weit nach Mitternacht. 'Was gibt's Carl? Bist du noch nicht müde?', antworte Olli schlaftrunken.
'Nachdem mich in den letzten Tagen – und ganz besonders heute Abend - mehrere Leute auf meinen Agenten angesprochen und sich dabei offensichtlich auf dich bezogen haben, frage ich dich ganz direkt und offiziell, ob du nicht tatsächlich mein Agent oder besser, mein Manager sein willst? Was meinst du?' Carl fiel Olli mit der Tür ins Haus.
'Ernsthaft?' Olli war schlagartig hellwach. 'Das traust du mir zu? Wieviel zahlst du mir?' Olli lachte auf.
'Kein Spaß, wirklich. Du kennst mich in- und auswendig. Dir vertraue ich. Du hast die beste Ausbildung, kannst gut mit Menschen umgehen und wir kommen auch viel rum. Na, bist du dabei?' Carl war von der Idee überzeugt.
'Klingt echt verlockend mein Lieber', antwortete Olli nachdenklich. 'Aber wie bringe ich das Brigitte bei? Sie wird nicht sehr glücklich sein, wenn ich vielleicht das halbe Jahr irgendwo unterwegs bin.', er haderte.
'Ich verstehe das. Sprich erst mit ihr. Wir beide sind ein gutes Team, waren es immer schon. Es würde mir sehr viel bedeuten Olli, wirklich.' Nach einigen schweigsamen Minuten streckte Carl seinen linken Arm langsam und vorsichtig in die Dunkelheit. Plötzlich berührte er die Finger von Ollis Hand, der seinen Arm zeitgleich

ausgestreckt hatte. Beide zuckten kurz zurück. Dann fassten sie zaghaft die jeweils andere Hand, drückten sie und schliefen ein, ohne ein weiteres Wort gewechselt zu haben.

Am nächsten Tag nahmen Carl und Olli gegen Mittag den Zug nach Wien. Bis zur nächsten Vorstellung hatten sie vier Tage Zeit zu Hause. Olli wollte jedenfalls mit seiner Brigitte über Carls Angebot sprechen und dann musste er auch mit seinem Chef klären, ob und wie sich eine solche Möglichkeit mit seiner Arbeit vereinbaren, oder besser noch, verknüpfen ließe. Carl sollte am Abend in einer Kultursendung im Radio zu Gast sein und über sein Debut sprechen. 'Irgendwie muss ich mich für heute Abend ein wenig vorbereiten. Es soll ja fundiert und klug sein, was ich da von mir gebe - und kein sinnloses Blabla', dachte Carl laut und schaute mit leerem Blick auf die vorbeifliegenden Felder.
'Wie? Ach ja, hattest du ja erwähnt - heute im Radio.' Olli blickte langsam von seinem Magazin auf und starrte nun Carl mit offenem Mund an. 'Oh nein!', rief er, schaute auf seine Uhr und zog aus seinem Sakko eine handvoll Visitenkarten. Carl drehte sich langsam zu ihm hin und blickte erwartungsvoll. Olli fingerte hektisch eine Karte aus dem Stapel heraus und reichte sie mit zittriger Hand Carl. 'Scheiße! Ich habe das total vergessen. Ich Idiot! Es ist fast 15 Uhr! Um 14 Uhr hättest du mit ihm…', Olli tippt mit dem Finger hektisch auf die Karte in Carls Hand, '...mit ihm da ein Interview haben sollen, im Hirschen!' er fasste sich mit den Händen an die Schläfen.
'Mit dem Sprunk? Was?! Und du hast vergessen mir das zu sagen?' Carl konnte es kaum fassen. 'Der Sprunk. Axel Sprunk. Weißt du überhaupt, wer dieser Mann ist und welche Macht er hat?! Er wollte mich exklusiv interviewen und du hast es vermasselt? Danke! Vielen

Dank! Und dich soll ich zu meinem Manager machen. Du bekommst ja nicht mal einen einzigen, simplen Termin hin.' Carl war außer sich vor Ärger und hätte Olli am liebsten eine geknallt.
'Oh Gott. Es tut mir unendlich leid Carl, ehrlich. Das wollte ich nicht, du musst mir glauben. Es war gestern schon so spät und all die vielen Leute. Ich hab das echt einfach verschwitzt. Ich mache das wieder gut, ich verspreche es dir. Ich rufe ihn sofort an, wenn wir in Wien sind.', versuchte Olli alles, seinen Fehler wieder gut zu machen.

Carl hatte wenig Zeit über diesen fatalen Fauxpas nachzudenken. Bei seinen mehrmaligen Anrufen während der nächsten Tage in der Kulturabteilung des „Tagesmerkur“ war Herr Sprunk nie zu erreichen gewesen. Auslandsreise, Redaktionssitzung oder ähnliches. Er würde sich beizeiten bei Carl zurückmelden, hieß es. Carl musste seine geplante Rechtfertigung und Entschuldigung erstmal aufschieben.

Für Carl war dieses erste halbe Jahr seines Tenor-Lebens das Jahr des spontanen Einspringens geworden. Die Opernhäuser und auch sämtliche Festivals hatten ihre Künstler immer schon Monate oder Jahre im Vorhinein vertraglich gebunden. Die Namen standen in den Programmen und waren, je nach Bekanntheitsgrad, oft maßgeblich für den Kartenverkauf und ein Garant für ausverkaufte Vorstellungen. Gerade aber durch diesen Umstand der langfristigen Vorausplanung kam es hin und wieder auch zu unerwarteten Ausfällen von Künstlern. Das war dann die Stunde der verfügbaren und flexiblen Einspringer. Carl konnte es kaum glauben, dass unmittelbar nach Salzburg sofort das nächste Festival bei ihm anklopfte. Glyndebourne in England. Hier wurde händeringend ein „Ferrando“ für Mozart's Così fan tutte gesucht. Man fand einen willigen Carl. Er verfestigte die ihm sehr

bekannte Rolle in wenigen Wochen und konnte nach nur drei Proben mit großem Selbstvertrauen die Partie übernehmen. Der Erfolg war überwältigend.
Das Jahr war irgendwie an Carl vorbeigejagt, er konnte es kaum fassen, dass es bereits Weihnachten war. Olli hatte er natürlich nach dem Vorfall mit dem vergessenen Interview rasch verziehen. Von Axel Sprunk hatte er seither nichts mehr gehört. Selbst nach Glyndebourne war er dieses Jahr nicht gekommen. Ob er Carl noch böse war, dass er ihn in Salzburg versetzt hatte? Es gab genügend andere Kulturjournalisten, die sich mit ihren Kritiken und Kommentaren über Carl gegenseitig zu übertreffen versuchten. Brigitte hatte hinsichtlich der neuen Möglichkeiten für ihren Olli unerwartet enthusiastisch reagiert und ihm „grünes Licht“ gegeben. Mit seinem Arbeitgeber hatte Olli einen besonderen Deal vereinbart. Die Agentur sicherte sich vertraglich das Recht, langfristig die Werbe- und Marketingaktivitäten für Carl zu übernehmen. Bei den prognostizierten, guten Erfolgsaussichten für Carl, könnte dieser für die Agentur zum lukrativen Kunden werden. Olli wurde zum Teilzeitmitarbeiter und betreute den „Kunden Carl Kollas“ ab Herbst 1990 exklusiv. Somit konnte er auch nebenher, als selbständiger Unternehmer, wie geplant das Management seines Freundes übernehmen. Alles schien nach Plan zu laufen.

Frederic Stoud

Januar 1991

Frederic Stoud's British Airways Flug landete im dichten Schneegestöber, nach einem dreistündigen Flug aus London kommend, am Flughafen JFK in New York. Die Concorde setzte mit einem dumpfen Poltern auf der Piste auf und begann unmittelbar mit einem scharfen Bremsmanöver. Die Triebwerke heulten, die Maschine, rutschte merklich, bebte und vibrierte und kam nach zwei Minuten, die sich wie eine kleine Ewigkeit anfühlten, zum herbeigesehnten Stillstand. Eleana löste langsam ihre Finger von Frederics Unterarm, in dem sie sich die letzten fünfzehn Minuten festgekrallt hatten und atmete tief aus. 'Was für ein schreckliches Wetter! Ich hasse fliegen', macht sie ihrem Ärger Luft und rollte dabei das „r“ intensiver als üblich.
'Nana, mein Darling, das hatten wir doch schon öfters. Ganz besonders in diesem einzigartigen Flugzeug brauchen wir aber wirklich keine Angst zu haben. Und, fliegen ist generell immer noch die mit Abstand sicherste Art zu Reisen, das weißt du doch', gab Frederic den Statistiker wollte aber nicht zugeben, dass auch er froh war, gelandet zu sein.
'Das hilft mir im Moment gar nicht, danke. Hauptsache wir sind endlich hier. Die Fahrt nach Manhattan wird sicher der nächste Albtraum', jammerte Eleana.

Frederic Stoud war mit seinem Manager Eddie und seiner Kollegin und Geliebten, der Opernsängerin Eleana, für einige Tage nach New York gereist, um hier an der Metropolitan Opera einen Vertrag zu unterschreiben, der ihm Engagements am renommiertesten Opernhaus der Vereinigten Staaten für die kommenden fünf Jahre sichern sollte. Es ging um rund sechzig Auftritte und 2,2 Millionen Dollar. Beim zweitägigen Zwischenstopp in London hatte er mit dem Royal Opera House ebenfalls für die nächsten Saisonen und zwanzig Auftritte unterzeichnet. Eine Woche ganz nach Frederics Geschmack. Eleana Oronescu war eine der drei großen Sopranstimmen der Opernwelt. Die Rumänin, aus einfachsten Verhältnissen stammend, hatte sich in den letzten zwanzig Jahren in die höchsten Höhen emporgesungen und stand am Höhepunkt ihrer Karriere. Die schwarzhaarige, temperamentvolle Mittvierzigerin war eine imposante Erscheinung mit wulstigen Lippen und einer voluminösen Oberweite. Ihr lautes Lachen knallte wie der Korken aus einer Champagnerflasche und zog stets die Aufmerksamkeit ihrer Umwelt auf sich. Sie liebte es, sich mit jungen, erfolgreichen Männern zu umgeben und war seit geraumer Zeit mit Frederic liiert, der sich abgöttisch in die weltgewandte Diva verliebt hatte.

In den vergangenen Jahren fanden eine ganze Reihe hübscher Sänger, je hübscher umso eher, den Weg in ihr Schlafgemach. Frederic war groß und schlank und seine strohblonden Haare und die blauen Augen - körperliche Attribute, die er wohl seinen norwegischen Vorfahren zu verdanken hatte - schienen eine besonders starke Anziehungskraft auf Eleana auszuüben. Anders wäre es nicht zu erklären, dass sie nach bald einem Jahr immer noch an seiner Seite war. Bereits bei der ersten Zusammenarbeit der beiden war der Funke übergesprungen und Eleana musste nach dem charmanten, bübischen Flirtversuch von Frederic bei der After-Party nicht zweimal gebeten werden. Sie übernahm die Initiative und ihn kurz darauf im Schlepptau mit ins

Hotelzimmer. Frederics Erfahrungen mit dem anderen Geschlecht waren äußerst mager. Umso mehr erregte und begeisterte es ihn, in Eleana eine Lehrmeisterin gefunden zu haben. Zwei weitere Male hatte sie danach noch mit Frederic auf der Opernbühne gestanden und sie war erleichtert, dass gemeinsame Auftritte nach wie vor harmonisch funktionierten. Er wiederum setzte alles daran, dass er Engagements parallel zu Eleana bekam, damit er sie in seiner Nähe wusste. Ein weiterer Grund dieser New York Reise.

Am nächsten Morgen präsentierte sich Manhattan als Winter Wonderland. Von ihrer Suite im Plaza hatten sie einen atemberaubenden Blick auf die Millionenstadt, die unter ihren Füßen pulsierte. Im verschneiten Central Park zogen Kinder auf dem zugefrorenen Teich ihre Runden am Eis. Menschen hetzten in dicken Jacken und Hauben die 5th Avenue und die 59. Straße entlang und sahen aus der obersten Etage wie bunte Ameisen aus. 'Der perfekte Tag um diesen Millionendeal abzuschließen', dachte sich Frederic lächelnd, schlürfte den Schaum von seinem Cappuccino und blickte nach oben, wo sich einige wenige weiße Wölkchen über einen stahlblauen Himmel jagten.
Eleana war im Badezimmer und nahm ein morgendliches Bad. Sie hatte keine Notwendigkeit, heute in die MET mitzugehen. Vor zwei Jahren gab sie hier zwölf umjubelte Vorstellungen als „Carmen“ und wurde von Greg Stein umgehend für diesen November für „Così fan Tutte“ verpflichtet. Auch Frederic sollte bereits in der nächsten Wintersaison mit der „Così“ seine Serie beginnen und an ihrer Seite stehen, wenn heute alle reibungslos klappte. Diesen kurzen New York Aufenthalt, bei dem sie lediglich ihren blonden Startenor zu begleiten hatte, wollte sie in vollen Zügen genießen. Den heutigen Tag hatte sie

mehr oder weniger ganz für sich allein. Sie hatte sich das Guggenheim vorgenommen, einen Friseurtermin und eine Massage gebucht und würde definitiv mehrere Stunden bei Bergdorf Goodman verbringen. 'Ein ganzer Tag nur für mich, phantastisch. Genau, was ich im Moment brauche', dachte Eleana in Vorfreude. Frederic war ihr in den letzten Wochen beinah ein wenig zu anhänglich geworden. Das Telefon am Schreibtisch brummte sonor. 'Stoud, ja bitte?'
'Einen wunderschönen guten Morgen', begrüßte ihn sein ungewöhnlich munterer und gut gelaunt klingender Manager.
'Na, du bist aber erstaunlich wach Eddie. Es ist ja grad erst neun Uhr', wunderte sich Frederic.
'Aber bitte mein Bester! Heute ist der große Tag, großer Vertrag, großes Geld – aber Hallo!' Eddie war nicht wiederzuerkennen.
'Ach ja, habe ja ganz vergessen, dass damit auch deine Gage steigt', witzelte Frederic.
'Naja, wer bitte schmeißt denn den ganzen „Stoud-Laden“, hä?', parierte Eddie. 'Ich erwarte dich in der Lobby in zwanzig Minuten, ich habe einen Wagen bestellt', er wurde wieder geschäftlich.
'Alles klar, ich sehe dich in Kürze. Auto brauchen wir allerdings keines. Wir gehen da zu Fuß hin, du fauler Sack. Du wirst ja wohl eine Meile schaffen! Etwas Bewegung kann dir sicher nicht schaden. Also, bis gleich.', und legte den Hörer auf.

Frederic stand vor dem großen Spiegel und war zufrieden mit dem was er sah. Einen knapp zweiunddreißigjährigen, bestaussehenden, sportlichen Star-Tenor der kurz davor stand den Olymp der klassischen Musik zu erklimmen. Er war frisch rasiert, trug seinen Lieblingsduft, Égoïste von Chanel, kämmte sich die blonden Haare sauber zur Seite und zupfte sich sein weißes Stecktuch im

dunkelblauen Brioni-Anzug zurecht. Das weiße Hemd mit kleinem Stehkragen hatte an den Manschetten die Buchstaben FS in dunkelblau eingestickt, darunter blitzte seine elegante Vacheron Constantin Patrimony hervor, die er sich vor einigen Wochen in Zürich gegönnt hatte. Seine für den Termin vorgesehenen feinen Lederschuhe musste er witterungsbedingt gegen Budapester mit dicker Wintersohle tauschen. Das Spiegelbild nickte ihn lächelnd an – ja, Frederic war sehr zufrieden mit dem was er sah.
'Elli Darling!', rief er ins Badezimmer 'Ich bin dann unterwegs! Hab einen schönen Tag, viel Spaß beim Shoppen, wir sehen uns spätestens zum Dinner. Wünsch mir Glück! Liebe Dich!', schnappte sich seine Geldbörse, den Montblanc Füller, den Zimmerschlüssel, den Mantel und war aus der Tür. Eleana rief noch: 'Ja, viel Glück, alles Gute! Grüß' mir den Stein! Bis zum Abend', schloss die Augen und tauchte in ihrem nach bulgarischer Damaszener-Rose duftenden Badewasser ab.

Auf dem Weg

Mitte Oktober 1991

Im abgelaufenen halben Jahr konnte Olli für Carl einige Engagements ab der Saison 91/92 und für die darauffolgenden drei Jahre fixieren. Darunter waren Berlin, Stockholm, München, Madrid, Aix-en-Provence, Wien, Dublin, Warschau, nochmals Glyndebourne, Salzburg, Baden-Baden oder Zürich. Carls internationaler Ruf wurde von Auftritt zu Auftritt besser, sein Name war im vergangenen Jahr einer der meistgenannten und meistdiskutierten der Opernwelt. Carl beschäftigte sich Tag und Nacht mit seiner Musik, seinen Rollen, studierte, übte, feilte an seinem Ausdruck. Er besuchte nach wie vor und wann immer er es einrichten konnte Professor Lars Friksson. Zusätzlich mussten mehr und mehr Medientermine abgearbeitet werden. Organisatorisch hatte Olli mittlerweile alles fest im Griff. Ihm war nie wieder ein derartiger Lapsus passiert wie im Jahr davor mit Axel Sprunk. Ollis Fähigkeiten Verträge zu verhandeln, Kontakte herzustellen und zu pflegen, sämtliche Termine zu koordinieren und die kaufmännischen Details stets im Blick zu haben waren von unschätzbarem Wert für Carl und sie hielten ihm den Rücken frei für seine Musik. Er konnte Olli blind vertrauen.

Carl beschäftigte sich immer wieder mit seinen großen Idolen und all den Aufnahmen, die es von ihnen gab. Ob Gigli als „André Chenier“, Pavarotti als Rodolfo in „La Boheme“, Fritz Wunderlich, der im Jahr von Carls Geburt gestorben war und über eine glasklare, zwei Oktaven umfassende Stimme verfügte oder Nicolai Gedda, dessen Belmonte aus Mozarts „Entführung aus dem Serail“ unvergesslich

war. Carls geliebter Professor Friksson stand 1966 gemeinsam mit seinem damaligen Kollegen Gedda in Stockholm auf der Bühne und erzählte immer wieder die eine oder andere wertvolle Anekdote. Jenes Jahr war dann auch noch das Jahr in dem die große Karriere des vielseitigen Plácido Domingo begann, den er damals, während der denkwürdigen Chorreise, in London als Hoffmann gesehen und der in Carl so viel ausgelöst hatte. Besonders Domingos „Othello" hatte es ihm angetan. Er schwärmte auch für den sympathischen und einfühlsamen Maestro Zubin Mehta und studierte oft die von ihm dirigierte „Tosca" mit Domingo und Leontyne Price von 1973.
Carl verehrte sie alle. Hatte sie hunderte Male angehört, manchmal Tag und Nacht. Nie aber versuchte er die Stimmfarben seiner Vorbilder zu kopieren. Er hatte sein eigenes Timbre. Unverwechselbar und einzigartig. Carl wollte nur immer wieder eintauchen in das Meer dieser gottgegebenen Stimmen und sich von ihnen inspirieren lassen.
Trotz seiner vielen Verpflichtungen schaffte es Carl mehrmals seine Familie in der Heimat zu besuchen. Er hatte sich erst vor kurzem einen roten Lancia Delta HF Integrale geleistet. Mit 200 Pferdchen unter der Motorhaube schaffte er es in weniger als drei Stunden von Wien in seine Heimatstadt im Süden.

Carls Mutter Inge war unglaublich stolz auf ihren Sohn. Ein paar Vorstellungen hatte sie schon besucht und natürlich jeden Zeitungsartikel ausgeschnitten, jede Radio- oder Fernsehsendung aufgezeichnet. Sie lebte alleine in einer hübschen Wohnung mit Blick auf den See und die Berge und fühlte sich seit Ihrer Scheidung erstmals richtig frei und unabhängig. In den letzten Jahren hatte sie ein paar wenige, kaum erwähnenswerte Affären. Sie wollte nicht,

dass ihre Buben viel von den Männern mitbekamen. Inge hatte für sich den Entschluss gefasst, nie wieder zu heiraten. Finito. Ihren Verehrern machte sie das auch von der ersten Minute an klar. Und so ging es natürlich in erster Linie um erotische Abenteuer, abendliches Ausgehen und einige abwechslungsreiche Wochen oder maximal Monate, bis Inge den Männern wieder den Laufpass gab.
Das funktionierte erstaunlich gut. Da kann man mal sehen, was eine klar ausgesprochene Haltung ausmacht. Beide wissen woran sie sind, es gibt keine Missverständnisse, alles kann ungezwungen angegangen werden. Einmal nur, es war wohl im Jahr davor gewesen, hat es einer der Herren nicht so ganz kapiert. Der wollte eindeutig mehr von Inge. Kategorie charmanter Herzensbrecher. Er tauchte mit riesigen Blumensträußen und Geschenken auf, kniete regelmäßig vor ihr um ihr den Hof zu machen, rezitierte inbrünstig Gedichte von Rilke oder Heine, lud zu teuren Restaurantbesuchen, kurz, er nervte unglaublich. Carl und Georg versuchten immer jegliche Begegnung mit den aktuellen Partnern ihrer Mutter zu vermeiden. Meist gelang das, denn Inge war es auch eher unangenehm, wenn sie ihre Männer den Buben vorstellen musste. Den Brüdern war es letztendlich egal, sie gönnten es ihrer Mutter von Herzen, wussten sie doch, dass die Jahre zuvor mit ihrem Vater keine Jubeljahre gewesen waren, um es höflich auszudrücken. Diesen letzten Cavaliere in der Reihe der Verehrer musste Inge regelrecht vor die Tür setzten. Der gute Mann war gekränkt, konnte es nicht fassen, dass er abgewiesen wurde. Er hatte einfach das Kleingedruckte ignoriert.
Großmutter Rosemarie war natürlich auch ein großer Fan von Carl und sie konnte nur schwer begreifen, dass ihr kleiner Carli plötzlich ein berühmter Mann war. Opa Hermann verstarb zwölf Jahre zuvor und hinterließ eine erleichterte und befreite Rosemarie, die seit

damals viel und gerne reiste und ihre Zeit der Pension mit vielen Hobbys ausfüllte, die für sie in den Jahren zuvor undenkbar gewesen wären. Sie war mit ihren knapp zweiundsechzig Jahren einer Bauchtanzgruppe beigetreten, hatte mit Bogenschießen begonnen und entdeckte zudem den Ski-Langlauf für sich. Langweilig wurde ihr ganz bestimmt nicht.
Hermanns Mutter, die Uroma war vor drei Jahren im Alter von achtundachtzig verstorben. Der schmerzlichste Verlust für Carl aber war der Tod seiner Oma Angelika im Jahr 1989 gewesen. Ihr Krebs hatte sich entschieden zurückzukehren. Er gewährte ihr lediglich noch ein paar Monate. Carl fuhr so oft es möglich war während seines Studiums von Wien in die Heimat, um sie im Krankenhaus zu besuchen. Drei Tage bevor sie verstarb, legte sie Carl wortlos ihre dünne goldene Kette mit dem kleinen Kruzifix um den Hals und küsste ihn auf die Stirn. Vom großen Erfolg ihres Lieblings-Enkels hatte sie nichts mehr mitbekommen. Mit all ihren fünf Söhne war sie zuletzt auch im Frieden, speziell mit Sigi, der ihr ein Leben lang große Sorgen bereitet hatte. Carls Vater Fred hatte den Friseursalon übernommen und ihn zum Besten der Stadt gemacht.

Für Carl war bei jedem Heimatbesuch zumindest ein ausgiebiger Abend mit seinem Bruder Georg ein Pflichttermin. Meist gingen sie in eine Bar in der Heimatstadt wo die beiden immer wieder auch auf alte Freunde und Schulkollegen trafen, wo es coole, aber nicht zu laute Musik gab und vor allem wo auch nicht zu viel geraucht wurde. Carl war Zigarettenrauch verhasst und es war zudem Gift für seine Stimme. Oft sprachen die beiden über die Familie, den Umgang mit Vater Fred und seiner Erika und in letzter Zeit vermehrt wieder über den Verlust der Uroma und von Oma Angelika. An diesem Abend

aber standen andere Themen am Programm.
'Sag mal mein Großer, du bist also jetzt ein Superstar der Opernwelt oder so ähnlich, stimmt das?' Georg schaute Carl zweifelnd an. Sie saßen im „Manhatten“ auf Barhockern direkt am Tresen.
'Naja, einige sagen das. Ich sage nur, ich bin ein Tenor und hatte in den letzten zwölf Monaten sagenhaftes Glück mehrfach bei wirklich wichtigen Festivals und tollen Opern einspringen zu können. Und: Ich habe es nicht verkackt' war Carl ehrlich. 'Zumindest sehen das die Kritiker und auch das Publikum so – Gott sein Dank', fügte er augenzwinkernd an.
'Nicht Gott sein Dank. Das hast du schon dir selbst zu verdanken! Lass uns darauf trinken und vor allem, dass es auch so glatt weiterläuft!' Georg freute sich.
Die beiden stießen mit einem Glas Sekt an. Carl wollte eigentlich einen Champagner bestellen, hätte aber eine ganze Flasche nehmen müssen. Der alternative Sekt war nicht kalt genug, nicht prickelnd genug dafür jedoch außerordentlich mittelmäßig. Nach einem kräftigen Schluck verzogen beide gleichzeitig ihr Gesicht und lachten drauflos. 'Dieter, bring uns schnell zwei große Bier bitte, extra kalt!', rief Georg dem Barmann zu.
'Du, noch was', fragte Georg aus kleinen Augen blickend. 'Der Olli, dein alter Schulfreund, der ist ja jetzt auch dein Manager. Genialer Coup übrigens, macht wirklich Sinn. Kennt dich ja keiner so gut wie er. Hat der Olli eigentlich eine Freundin?'
'Ja, hat er. Brigitte. Tolle Frau. Warum fragst du so komisch?' Carl stellte sein Bierglas auf den Tresen.
'Irgendwie hatte ich immer das Gefühl, dass er und du, dass ihr beide, naja, du weißt schon, dass ihr etwas miteinander habt. Versteh mich nicht falsch.' Georg wirkte, als wäre ihm die Frage etwas peinlich.

'Schon gut, kein Problem. Hast Recht, da hat es die eine oder andere jugendliche Blödheit gegeben, weißt schon, so erste Erfahrungen. Aber nein, mehr ist da nicht. Er ist nicht schwul, wenn du das meinst', klärte Carl auf. Georg sah seinen Bruder fragend an.
'Was?' Carl war verwirrt. 'Meinst du, meinst du etwa ich...? Nein, ich bin auch nicht schwul, glaube ich... Ich weiß nicht so recht, was ich bin. Vielleicht mag ich ja Männer und Frauen? Jedenfalls habe ich ohnehin keine Zeit für eine Beziehung und mache mir auch herzlich wenig Gedanken darüber. Mach dir jedenfalls keine Sorgen.'
'Alles cool. Wie auch immer, das ist für mich total okay und du musst mir auch nichts erklären. Geht auch sonst niemanden was an. Du bist mein großer Bruder. Schwul, hetero, beides oder gar nichts, ist mir wurscht, alles klar?' Georg nahm sein Bierglas in die Hand. 'Auf uns und auf die Zukunft!'

New York

'Carl, aufwachen! Telefon!' Inge klopfte am nächsten Morgen an Carls Zimmertür. 'Es ist Olli. Er sagt es wäre sehr dringend.'
'Danke Mama! Sag ihm ich bin in zwei Minuten am Telefon', erwiderte Carl mit kratziger Stimme, mitten aus einem wirren Traum gerissen. Sein Schädel brummte – der letzte Abend dauerte länger als geplant. Er schwang sich aus dem Bett und schaute mit kleinen Augen auf die Uhr: 'Bitte was, 6:25 Uhr? Was um alles in der Welt kann so wichtig sein? Ich fahre ohnehin heute nach Wien zurück', dachte er, schlüpfte in seinen Morgenmantel und die Hausschuhe und eilte ins Wohnzimmer zum Telefon. 'Olli, was zum Henker?', Carls Morgenstimme klang noch sehr verschlafen.
'He Charly! Guten Morgen du Schlafmütze. Hast du mit Georg einen drauf gemacht, wie? Aber ich komme gleich zur Sache mein Lieber', Olli war hellwach und hörbar aufgeregt.
Carl wurde stutzig: 'Leg los. Das muss ja was besonders Wichtiges sein, wenn du mich extra früh aus dem Bett holst.'
'Du glaubst mir das gleich nicht. Rat mal, wer mich vor einer halben Stunde angerufen hat?' Olli spannte ihn auf die Folter.
'Pavarotti?' Carl hatte keine Lust auf Spielchen.
'Haha, sehr witzig! Nein, der Stein hat mich angerufen. Greg Stein von der MET!' Ollis Stimme überschlug sich beinah.
'Oh, aha? Es ist doch schon nach Mitternacht in New York, was war denn so wichtig?' Carls Neugier war geweckt.
'Also, er hat dich vor ein paar Wochen beim Glyndebourne Festival als Ferrando in „Così fan tutte“ gesehen und war ausnehmend beeindruckt von dem, was er gehört hat. Aber jetzt kommt's: Die MET feiert heuer ihr fünfundzwanzigstes Jubiläum am Lincoln

Center und wer kann die Premiere dort nicht singen, weil er eine schwere Kehlkopfentzündung hat, na?'
'Nein, verdammt! Frederic Stoud natürlich!', wusste Carl, der sämtliche Saisonprogramme der großen Häuser im Kopf hatte.
'Ganz genau! Und der Stein will dich als Einspringer. Er bekniet uns förmlich! Du hast den Ferrando ja gerade eben erst höchst erfolgreich gegeben. Du bist Ferrando! Das ist eine gewaltige Chance für dich!' Olli war völlig aus dem Häuschen.
Carl konnte nicht fassen, was hier gerade passierte. Er sollte in nicht einmal zwei Wochen in New York auf der Bühne stehen und sollte für Frederic Stoud einspringen – schon wieder. So viel Glück schien verboten. 'Aber wie viele Vorstellungen sind es exakt?' Carl dachte weiter.
'Achtmal insgesamt. Zwischen 7. November und 7. Dezember', informierte Olli ihn. 'Das geht sich gut aus, wir haben sonst nichts am Programm außer einigen Medienterminen, dann in Wien im Advent eine Weihnachtssendung und im Januar geht's dann wieder los mit dem Renato in „Manon Lescaut" in Berlin. Mach dich auf den Weg! Ich rufe gleich Greg Stein zurück. Der sitzt sicher neben seinem Telefon und kaut an den Fingernägeln. Komm so schnell du kannst nach Wien, ich buche die Flugtickets und erledige die Formalitäten. Auf nach New York!' Olli war bereit.
'Mein Gott, das kann ja alles nur ein Traum sein. Ich brauche jetzt erstmal einen sehr starken Kaffee bevor ich hier losdüse.' Carl schielte auf seine Uhr: 06:37 Uhr. 'Okay, gegen 11 Uhr sollte ich in meiner Wohnung sein. Komm dann gleich vorbei Olli. Ciao!' Carl legte wie in Trance den Hörer auf die Gabel und hörte Olli noch leise 'Perfekt! Bis später, gute Fahrt', am anderen Ende sagen.

Reihe 52, Sitz E. Mittelplatz. Axel Sprunk war sauer. Obwohl er vom Herausgeber des „Tagesmerkur“, einem adeligen Großindustriellen, das Pouvoir für ein erkleckliches Reisebudget zu haben schien, musste er dennoch in der Economy-Klasse fliegen, egal wohin die Reise auch ging. „Business“ war lediglich dem Chefredakteur gestattet. Damit hatte sich Sprunk zwar schon vor Jahren zähneknirschend abgefunden, ärgerte sich aber jedes Mal auf's Neue, sobald er eine Maschine nach Übersee bestieg. Er nippte an seinem Bier aus einem Plastikbecher, eingequetscht zwischen einem redseligen, lauten amerikanischen Pärchen, das von einer Europareise auf dem Weg zurück in die Staaten war und ihre Reiseeindrücke in den buntesten Beschreibungen Revue passieren ließen und einem Geschäftsreisenden, der einen Berg an Tabellen vor sich ausgebreitet hatte und auf einem Taschenrechner hektische Berechnungen anstellte als ginge es um sein Leben. Die Stewardess hatte ihm bereits den vierten oder fünften doppelten Whisky gebracht.
'Mein knausriger Herr Baron erwartet sich stets hochwertigen Qualitätsjournalismus pur, aber ein Business-Class Ticket ist anscheinend nicht möglich. Ärsche, allesamt präpotente Ärsche!', dachte sich Sprunk, warf dem amerikanischen Pärchen einen verächtlichen Blick zu und kippte den halben Becher lauwarmen Biers in einem Zug hinunter.
Er war auf dem Weg nach New York, um die beim Glyndebourne Festival verpasste Performance von Carl nun an der MET nachzuholen. Die Premiere war erst in zehn Tagen und Sprunk hatte ein Marathon-Programm vorab geplant. Einige Konzerte in der Carnegie Hall, Ausstellungen im Guggenheim, Broadway-Shows und ein wenig Sightseeing. Das Highlight jedoch erwartete ihn mit „Così“. Erneut wunderte sich Sprunk über die Glückstreffer, die dieser

außergewöhnliche Junge landete. Einen nach dem anderen. Wie war das möglich? Sprunk wusste, dass sowohl Carl als auch dieser Olli Busch mehrfach versucht hatten ihn zu erreichen. Er wollte sie zappeln lassen. Einen Axel Sprunk versetzt man eben nicht so einfach. Unabsichtlich oder nicht. Das gehörte bestraft. Die Gefühle, die in Sprunk aufkamen wenn er an Carl und seinen Auftritt in Salzburg dachte, waren verwirrend und fast beängstigend. Irgendwie fühlte er sich dem jungen Mann auf eine gewisse Art verbunden, seelisch. Er fühlte sich aber auch auf seltsame Weise zu ihm hingezogen. Zu seiner Stimme, seinem Äußeren, seinem ganzen Wesen. Sprunk hatte keine Erklärung dafür. Aber Sprunk hasste ihn auch. Er hasst ihn dafür, dass er erreicht hatte, was Sprunk immer für sein eigenes Leben erträumte. Dass Carl mit einer Leichtigkeit und ehrlichen Fröhlichkeit, beinah mit einer unbedarften Naivität, an die Aufgaben heranging und sie bravourös bewältigte, als hätte er nie etwas anderes gemacht. Dafür hasste er Carl. Wann immer Axel Sprunk über seine Gefühle für Carl Kollas nachzudenken begann, musste er sich nach einiger Zeit dazu zwingen, diese Gedanken zu verdrängen. Er war zu zerrissen, es trieb ihn beinah in den Wahnsinn. Er erkannte sich selbst nicht wieder.
'Ich werde ihm eine zweite Chance geben. Er muss mich nochmals so verzaubern wie im Sommer. Dann gebe ich ihm eine neue Möglichkeit zu einem persönlichen Interview.', dachte Sprunk und wünschte sich insgeheim nichts sehnlicher als das.
Er drückte den Rufknopf für die Stewardess und bestellte bei ihr einen Chivas Regal. Die Flugbegleiterin brachte kurz darauf einen großen Plastikbecher mit viel Eis und reichte ihm gleich drei von den kleinen Whisky-Fläschchen. 'Der Flug dauert noch eine ganze Weile', raunte sie lächelnd und fügte augenzwinkernd hinzu: 'Sie werden es

brauchen, Sir.'

Neunundvierzig Reihen weiter vorne schenkte der Chefsteward noch etwas eiskalten Dom Perignon nach. 'Darf ich Ihnen noch etwas Kaviar nachlegen?', erkundigte sich der überaus höfliche Flugbegleiter bei Carl und Olli. 'Dankeschön. Alles bestens bei uns', erwidert Carl mit charmantem Lächeln.
Olli hob sein Glas: 'So mein Lieber. Erstmal „Alles Gute zum Geburtstag“. Wie fühlt sich so ein Vierteljahrhundert an? Ich hab' ja noch drei Monate Galgenfrist.' Er grinste.
'Danke, gar nicht so übel muss ich sagen.' Carl stieß mit Olli an. 'Dachte nur nicht, dass ich diesen Tag im Flugzeug verbringe – aber unter diesen besonderen Umständen kann ich das verkraften.'
'Na bitte, das meine ich aber wohl auch! First Class mit deinem besten Freund und auf dem Weg an die MET! Das würde ich sogar als Geburtstagsgeschenk erster Sahne bezeichnen!' Olli kippte seinen Champagner runter und fügte an: 'Und, ich habe für dich übrigens die Gage von Stoud gefordert, auf einen Zuschlag habe ich großzügig verzichtet. Wir würden die Notsituation der MET nicht ausnützen wollen, habe ich Stein erklärt. Er war selig!'
'Obwohl, die hätten da sicher auch was draufgelegt, aber du hast recht, wir wollen ja nicht gierig erscheinen.', stimmte Carl ihm zu.
'Mach dir mal keine Sorgen mein Lieber, es ist immer noch fünfmal mehr als letztens.' Olli grinste breit wie ein Laubfrosch. Carl machte große Augen und war sprachlos.
'Es gilt aber noch eine kleine Hürde zu meistern', gibt sich Olli kryptisch.
Carl sah ihn fragend an.
'Der Regisseur, Franco Morati. Wir arbeiten da mit einem Superstar

der Opernregie. Er ist derzeit der Gefragteste unter den Seinen und mindestens so eine Diva wie dein weibliches Pendant als Fiordiligi, Eleana Oronescu. Jedefalls wird er seinem Ruf gerecht. Stein hat mir gesteckt, Morati wäre stinksauer, hätte einen riesigen Wirbel geschlagen als er von Frederics Absage erfuhr. Alles war wohl auf Herrn Stoud abgestimmt, die ersten Proben hatten ja auch mit ihm stattgefunden, und nun müsse „alles“ umgeworfen werden. Grande catastrofe! Der Typ hasst uns wahrscheinlich schon jetzt. Aber du kannst ihn sicher um den Finger wickeln. Wahrscheinlich musst du eher aufpassen, dass er sich nicht in dich verschaut…'. Olli war wieder einmal sehr direkt.
'Ich mache mir keine Sorgen um meinen Ferrando, ehrlich. Eher um den Renato im Januar in Berlin, da muss ich noch ordentlich ran, keine Ahnung, wann ich den einstudieren soll.', grübelte Carl.
'Das schaffst du! Wir fliegen ja am 10. Dezember zurück nach Hause und den Renato kannst du ja auch in den Tagen dazwischen in New York bereits proben.', gibt sich Olli zuversichtlich.
'Und was meint der Dirigent zum kurzfristigen Wechsel?', fragte Carl nach.
'Ach, Stein sagt, dass sich James Levine schon sehr auf dich freut! Also, kein Problem seitens künstlerischer Leitung. Übrigens, Stoud wird wohl auch da sein. Er ist in New York in Behandlung und seine, naja, Freundin, die Oronescu, ist ja immerhin deine Bühnenpartnerin. Frederic wird sicher im Publikum sitzen', ergänzte Olli zähneknirschend.
'Oh well, damit werde ich wohl leben müssen. Er wird mich schon nicht umbringen.' Carl nahm einen Schluck vom Champagner.
In der First-Class waren von den acht Plätzen lediglich vier belegt. Carl und Olli genossen die volle Aufmerksamkeit und den

exzellenten Service an Bord. Olli begann einige Notizen in seinem Kalender zu machen und leerte ein Glas des teuren Gesöffs nach dem anderen.
'Du ähm, wir brauchen einen klaren Kopf in New York', ermahnte Carl seinen Freund augenzwinkernd.
'Wir? Du brauchst einen klaren Kopf. Ich muss ja nicht singen', grinste Olli und tätschelte Carl die Hand.
Carl lockerte ein wenig den Gürtel seiner grauen Flanellhose, sprühte sich aus seinem kleinen silbernen Reiseflakon etwas vom Eau Sauvage auf und sog mit geschlossenen Augen den feinen, frischen und zugleich kraftvollen Duft ein, den er so liebte. Er rückte sich das Kopfkissen zurecht und machte es sich für die verbleibenden vier Flugstunden bequem. Er setzte die Kopfhörer seines Sony Discman auf und drückte die Play-Taste. Fabrizio de André. Die neue Live-CD. Carl schloss die Augen.

'Ich fasse es nicht! Schon wieder dieser Kerl!' Frederic Stoud war außer sich. Er nippt an seinem Salbeitee und verzog sein Gesicht. 'Ekelhaft! Ich hasse diesen Geschmack.'
Laryngitis subglottica. Die bereits zweite schwere Kehlkopfentzündung in diesem Jahr und laut seinem behandelnden Arzt die reale Gefahr, dass es chronisch werden könnte, wenn er sich nicht eine längere Auszeit gönnen würde – zumindest drei, besser aber sechs Monate. Frederic Stouds offensichtliche körperliche Schwachstelle brachte ihn erneut um einen Auftritt. Viel schlimmer schien nur die Tatsache, dass er schon wieder von Carl als Einspringer ersetzt werden sollte.
'Du sollst doch nicht sprechen mein Darling', zeigte sich Eleana fürsorglich und rollte dabei wie immer das „r“ in „Darling“ wie eine

schnurrende Katze. 'Nimm deine Antibiotika und jede halbe Stunde einen Löffel von meinem transsylvanischen Gebirgshonig. Ich schwöre darauf! Spül es mit einem Gläschen Tuica runter und du bist bald wieder auf den Beinen, wirst sehen.'
'Du mit deinen lieb gemeinten Ratschlägen - danke. Aber meine Cosí-Vorstellungen sind gelaufen, da hilft mir auch dein Pflaumenschnaps wenig', krächzte Frederic hörbar frustriert zurück und ließ sich auf das breite Sofa fallen. 'Und alleine die Tatsache, dass er jetzt in meiner Rolle mit dir auf der Bühne stehen wird, macht mich rasend! Eddie hat mir zwölf Interview-Termine organisiert von denen nur noch drei aktuell aufrecht sind. Denen hat unsere Information mit meiner krankheits-bedingten Absage anscheinend genügt und schon wollen sie nichts mehr von mir wissen. Einer hält mir wenigstens noch die Stange. Der Sprunk aus Wien. In zwei Stunden treffe ich ihn in der Lobby. Das Wort dieses Mannes hat Gewicht. Erinnere dich an seine Kritiken über meinen „Werther" in Paris vor drei Jahren – das hat meiner Karriere einen richtigen Schub verpasst. Ich weiß gar nicht, was ich dem Mann jetzt erzählen soll...?'

'Du gehst da runter und sprichst mit ihm so wie ein Superstar mit einem Journalisten eben spricht. Lass dich aber zu keinen Aussagen hinreißen, die dir schaden könnten. Und vergiss bitte nicht, ich stehe hier in wenigen Tagen mit diesem Einspringer auf der Bühne und ich brauche jetzt unbedingt eine positive und gute Stimmung dafür. Also, sei gefälligst ein Profi', bläute Eleana ihm ein.
Frederic starrte aus dem Fenster der Suite im Plaza. Vor ihm lag ein graues, nebliges Manhattan, nass, kalt und abweisend. Die Lichter der Autos in den Straßen waren verwischt als wären sie mit Wasserfarbe aufgetragen.

Erst letzten Januar waren die beiden hier nach New York gekommen, um eine glorreiche Zukunft einzutüten die Frederic nun plötzlich in akuter Gefahr sah – nicht nur durch seine Kehlkopfentzündung.

'Mein bedauernswerter Freund.' Sprunk versuchte einen Dackelblick, stellte seine Kaffeetasse ab, erhob sich vom überdimensionierten orangen Sofa im Pseudo-Barock und öffnete einladend seine Arme. Frederic, einen riesigen Missoni-Schal mehrmals um den Hals geschlungen, zwang sich zu einem schiefen Lächeln, breitete seinerseits die Arme aus und begrüßte den Journalisten mit einer halbherzigen Umarmung. Nachdem er sich einen Kräutertee bestellt und mit Sprunk einige Belanglosigkeiten ausgetauscht hatte, ging Frederic in medias res.

'Herr Sprunk, danke, dass sie sich für mich Zeit nehmen. Ich weiß das sehr zu schätzen. Es sind keine einfachen Tage für mich. Sie können sich in etwa vorstellen, was diese Absagen für mich bedeuten. Das ist schlichtweg eine Katastrophe! Meine Reputation, mein Marktwert, mein Selbstvertrauen, alles leidet darunter. Ich bin drauf und dran in der Versenkung zu verschwinden, in der Bedeutungslosigkeit!', zu Frederics Verzweiflung mischte sich ein Hauch von Panik.

'Aber nicht doch, Frederic. So schlimm wird es schon nicht, glauben Sie mir. Sie werden in wenigen Monaten wieder dort anschließen können, wo Sie ihr Publikum zurückgelassen haben. Man wird Sie herzlich und freudig empfangen. Ihre Rückkehr wird einem Triumph gleichkommen.', versuchte Sprunk einen durchaus wohlwollend optimistischen Blick in die Zukunft.

'Das hoffe ich natürlich auch, aber ich weiß gar nicht, wann ich wieder fit genug sein werde. Es könnte laut Ärztemeinung ein halbes Jahr oder sogar mehr werden. Eine halbe Ewigkeit! In dieser Zeit

kann viel passieren. Und sie wissen, die Konkurrenz schläft nicht...' Frederics Blick verfinsterte sich.
'Hören Sie, der Mann hat es noch nicht einmal in Ihre Nähe geschafft. Ein paar Einspringer-Partien die ihm gelungen sind, okay, aber das macht ihn noch keinesfalls zu einem zweiten Stoud.' Der Journalist wusste natürlich auf wen Frederic anspielte, und versuchte seine Bedenken zu zerstreuen.
'Wenn diesem Carl nun aber sein „Ferrandó“ hier an der MET nicht besonders gut gelingt? Das wäre ja durchaus denkbar, nicht wahr?' Frederic sprach seine Worte langsam und abgehackt und blickte nervös zwischen seiner Teetasse und Sprunk hin und her.
Sprunk zog seine linke Augenbraue hoch. 'Wenn er indisponiert ist, vielleicht. Aber Sie wissen genauso gut wie ich, dass die Kritiken seines „Ferrandó“ in Glyndebourne ausnehmend gut waren. Ich habe seinen Auftritt dort allerdings verpasst. Diesmal aber entkommt er mir nicht.' Sprunk hob seinen Zeigefinger.
'Nochmal: Es wäre aber doch gut möglich', Frederic nahm einen Schluck von seinem Kräutertee und räusperte sich, 'dass er diesmal in New York eben nicht ganz auf der Höhe ist. Und sie berichten ja darüber. Jeder wird es lesen. Verstehen sie, worauf ich hinaus will?', setzte er, beinahe ungeduldig, nach.

Sprunk sah Frederic Stoud mit schmalen Augen an, legte seinen Kopf seitlich und sagte langsam und in gedämpfter Lautstärke: 'Herr Stoud, ich verstehe glaube ich ganz gut, was Sie mir da vorschlagen', und setzt bei dem letzten Wort mit seinen Fingern zwei Anführungszeichen in die Luft. 'Sie könnten sich also anscheinend vorstellen, dass ein Axel Sprunk eine nicht ganz so euphorische Kritik über Carl Kollas verfasst. Habe ich das richtig interpretiert?' Sprunk fixierte

Frederic.
'Naja.' Stoud zögerte kurz. Ein 'Ja!' entwich nun, halb gebellt, halb gekrächzt, seinem Mund. 'Aber', setzte er sofort nach, 'es soll nicht zu ihrem Schaden sein Herr Sprunk.' Er blickte hektisch einmal nach links und rechts und fügt nun noch leiser hinzu: 'Zehntausend Dollar bar auf die Hand und wir müssen nie wieder ein Wort darüber verlieren.' Frederic streckte seine Hand über den Kaffeetisch in Richtung Axel Sprunk, bereit einzuschlagen.

Sekundenlang blieb der Arm des Tenors gestreckt, die Finger seiner Hand begannen leicht zu zittern.

Axel Sprunk schaute auf den Tisch, nahm ruhig seine Lesebrille in die Hand, klappte sie zusammen und steckte sie in die Brusttasche seines grauen Sakkos. Er rollte langsam die New York Times zusammen und stand auf. Unvermittelt knallte Sprunk die Zeitung – wie es ein strenger Lehrer mit einem Rohrstock getan hätte – auf den Kaffeetisch, dass die Tassen und Löffel klirrten. Frederic zuckte zusammen. Die Szene zog die Blicke einiger anderer Hotelgäste auf sich. Leise, aber für Frederic klar zu vernehmen sagte er: 'Herr Stoud. Sie haben vollkommen recht, ihre Reputation und Ihr Marktwert werden sehr darunter leiden. Weniger unter dem Mitbewerber als viel mehr unter Ihrem impertinenten, überheblichen, kurzsichtigen und egoistischen Gehabe. Und, lassen Sie mich da ganz deutlich sein: Das Verschwinden in der Versenkung der Bedeutungslosigkeit halte ich nicht für ausgeschlossen. Nicht mehr. Leben Sie wohl Herr Stoud.' Axel Sprunk klemmte sich seine Tageszeitung unter den Arm und marschierte mit erhobenem Haupt quer durch die Lobby in Richtung Aufzüge. Er hinterließ einen blassen und wie versteinert dasitzenden

Startenor.

..und führe mich nicht in Versuchung

'Wieder drei Stunden länger als vorgesehen.' Carl war erledigt. Der Jetlag machte sich bemerkbar und er hätte schon längstens im Bett sein wollen. Er hing Ferrandós grellblaue Uniform mit den riesigen neongelben Epauletten ordentlich auf einen Kleiderbügel, setzte die Perücke auf den Perückenkopf und schenkte sich ein Glas Champagner ein, den sich Carl explizit für seine Garderobe gewünscht hatte. Am Schminktisch lag eine Nachricht von Olli. 'Hi Charly, war um fünf da, wie vereinbart. Man sagte mir, vor acht oder neun brauche ich nicht wiederzukommen. Also erwarte mich gegen 9, dann gehen wir noch eine Kleinigkeit essen. LG, Olli'.
Er setzte sich in der Unterhose vor den Spiegel, wischte sich die Schminke vom Gesicht und ließ die letzten Stunden Revue passieren. Carl war sehr zufrieden mit seiner Leistung. 'Besser als in Glyndebourne, darauf trinken wir', sagte er zu seinem Spiegelbild.
'Mit Eleana zu arbeiten ist zum Glück auch einfacher als erwartet. Vollprofi eben. Gar nicht divenhaft, die Vorwarnungen waren total übertrieben. Allerdings nicht, was Franco betrifft', dachte Carl und holte tief Luft. Eleana hatte die Proben sichtlich genossen. Die vielen Stunden schienen sie ganz und gar nicht zu stören, sie beklagte sich nicht ein einziges Mal. Carl war auf das Schlimmste vorbereitet, wissend, dass diese Frau die Geliebte von Frederic Stoud ist, dem Mann, den er bereits zum zweiten Mal auf der Bühne ersetzte. Aber Eleana war umgänglich, scherzte und schien von der ersten Begegnung an kein Problem mit Carl zu haben. Auch gesanglich harmonierten die beiden ungewöhnlich rasch und ungewöhnlich gut. Franco Morati hingegen war ein eigenes Kapitel. Der italienische Shootingstar der Opernregie war geliebt und gehasst gleichermaßen.

Beim Publikum, bei den Kritikern, bei den Sängern. Er spaltete die Geister. Mit gerade einmal vierunddreißig Jahren war er rotzfrech, beinahe respektlos allem und jedem gegenüber, litt an maßloser Selbstüberschätzung und jede seiner Inszenierungen hatte das Potential, einen mittleren Skandal auszulösen. Er war von sich über die Maßen eingenommen, fand sich unwiderstehlich und spielte mit seinem exaltierten Auftreten jede Diva an die Wand. Dunkler, süditalienischer Typ, schwarzes langes Haar, Dreitagebart, Jesus-Sandalen dazu schlabbrige Leinenhosen und hochgeschlossenes Leinenhemd, beides meist in dunkelblau, keine Uhr, kein Schmuck. Er war aber auch ein gefürchtet penibler Perfektionist. Die Proben dauerten bei ihm ewig, was ihm jedes Mal auch Ärger mit der Künstlergewerkschaft einbrachte. Ein Umstand, der Morati regelmäßig zur Weißglut trieb. Carl war hundemüde. 'Hoffentlich taucht Olli gleich auf, ich muss hier raus.' Er nahm einen ordentlichen Schluck eiskalten Pol Roger.

Es klopfte an der Tür. 'Ah, höchste Zeit, komm rein Olli', rief Carl. Die Tür öffnete sich langsam.
'Darf ich meinen „Ferrandó“ so spät noch stören?' Eleana steckte ihren Kopf zur Tür herein.
Carl verschluckte sich beinahe als er sie im Spiegel erblickte, stellte sein Glas ab und drehte sich zu ihr. 'Eleana!' rief er überrascht. 'Äh, Moment, ich muss mir erst was anziehen, aber komm herein, bitte.' Carl sah sich nach seiner Hose um.
'Aber bitte, wegen mir doch nicht, kein Stress. Ich wollte mich nur kurz verabschieden.'
Carl stand immer noch etwas verloren in seinen Calvin Klein Boxershorts da.

Eleana kam drei Schritte auf ihn zu, umarmte ihn spontan und drückte ihm einen Kuss auf die Wange.
'Ganz wunderbar war das heute Nachmittag, ganz wunderbar. Dankeschön mi Amor. Ich bin sehr überrascht von dir. Du bist gut, richtig gut.' Sie trat einen halben Schritt zurück und schaute ihn langsam und gründlich von oben bis unten an. Carl räusperte sich verlegen. 'Du bist richtig, richtig gut', wiederholte sie langsam und fasste ihm dabei mir ihrer rechten Hand an die Hüfte. Sie schob sich an Carl heran, griff mit der Linken seinen Nacken und zog ihn nah an ihr Gesicht. Er fühlte ihren Atem auf seinen Lippen, heiß und schnell. Eleana öffnete langsam den Mund. 'Eleana, bitte.' Seine Stimme klang plötzlich heißer, sein Herz pochte. Carl drehte seinen Kopf ein wenig auf die Seite und griff ihren Unterarm. 'Eleana, ich glaube das wäre ganz und gar nicht klug. Wir kennen uns erst seit zwei Proben aber vor allem, du bist doch vergeben. Ich will mir keinen Ärger mit einem Kollegen und Vorbild einhandeln, der ohnehin nicht gut auf mich zu sprechen ist. Versteh das bitte'. Eleana sagte nichts, deutete einen schmachtenden Kussmund an und schloß die Augen, als die Tür nach einem kurzen, heftigen Klopfen aufgestossen wurde.

'Carl, bist du fertig?', rief Olli und stand auch schon in der Garderobe. Carl drückte Eleana sanft von sich weg und antwortete hörbar erleichtert 'Ah, Olli, endlich! Ja, bin in zwei Minuten soweit. Übrigens Olli', er räusperte sich, 'darf ich vorstellen: Eleana Oronescu, meine Fiordiligi. Eleana, Olli Busch, mein Manager.'
Die beiden schüttelten die Hände und tauschten ein paar Höflichkeitsfloskeln aus, Eleana strich sich durchs Haar, schaute auf die Uhr, warf Carl einen Kussmund zu und sagte noch beiläufig sie müsse nun loseilen, um nicht zu spät zum Dinner mit Frederic zu

kommen. Olli wünschte ihr etwas betreten einen schönen Abend und sah ihr verdattert nach, wie sie aus Carls Garderobe abging, als würde sie nach dem dritten Vorhang die Bühne verlassen.

'Bleibst du heute in der Unterhose oder willst du dir endlich etwas anziehen und mir vielleicht mal sagen, was da gerade im Gange war?' Olli schaute seinen Freund eindringlich an.
Wie aus einem kurzen Traum erwacht, zwinkerte Carl zweimal, schüttelte den Kopf und griff nach dem Bügel mit seinen Kleidern. 'Geduld, ich erzähle dir gleich alles im Detail beim Essen.' Carl musste selbst erst einmal verarbeiten, was gerade geschehen war.

Bei den folgenden zwei Proben und der Generalprobe war Eleana Carl gegenüber einen Hauch distanzierter aufgetreten und wieder völlig auf die Arbeit konzentriert. Hatte sie ihm seine abweisende Haltung übelgenommen? Carl war über diese, echte oder gespielte, Distanz jedenfalls erfreut, denn ihr unmissverständlicher Annäherungsversuch in der Garderobe war ihm ganz und gar nicht recht gewesen. Er war davon ausgegangen, dass die Beziehung mit Frederic Stoud zu diesem Zeitpunkt aufrecht und intakt war. Die üppige Weiblichkeit Eleanas gepaart mit dem lasziven, fordernden Übergriff fand Carl zu seiner eigenen Überraschung zwar durchaus erregend, wollte sich aber, nach kurzem Nachdenken über die Gesamtsituation, mit einer Frau wie Eleana auf kein erotisches Abenteuer einlassen. Und er wusste genau, er wäre für diese Femme fatale lediglich eine weitere Trophäe in ihrem übervollen Schaukasten geworden.
Eleana beschränkte auch ihren Umgang mit Frederic auf das Notwendigste. Sie müsse sich jetzt vollkommen auf Ihre Rolle

konzentrieren, die Premiere musste ein Triumph werden, war ihre Erklärung für ihr Desinteresse, das sie Frederic in diesen Tagen entgegenbrachte. Eleana hielt ihn ganz offensichtlich auf Distanz.

Frederics Alarmglocken schrillten täglich ein wenig lauter. Er hatte ja bei der Probe gesehen, wie intensiv ihr Spiel mit Carl auf der Bühne gewesen war. 'Ob sie mich etwa mit diesem aufdringlichen „Dauereinspringer" schon betrogen hat?', fragte sich Frederic. 'Ich muss ihm klar machen, dass er die Finger von Eleana zu lassen hat. Ich werde ihn zur Rede stellen', fasste er einen Plan, 'heute Abend noch. Der wird mir sicher keine Hörner aufsetzen!' Er nahm widerwillig einen Löffel von Eleanas penetrant süßen Wunderhonig und bestellte sich beim Zimmerservice eine New England Clam Chowder, die er allein und in Ruhe genießen wollte. Danach wäre er bereit, an Carls Suite anzuklopfen. Eleana hatte für diesen Abend ein Interview bei NBC und wollte danach mit der Chefin ihres Plattenlabels noch auf ein Glas Champagner in der Bar des Waldorf Astoria vorbeischauen.
Im Fernsehen plätscherten die Weltnachrichten an ihm vorüber. Aus Moskau wurde berichtet, dass die kommunistische Partei verboten worden war und die alte UDSSR sich in Auflösung befand. Gorbatschow war anscheinend kurz vor der Ablöse. Frederic, der sich für weltpolitische Ereignisse kaum interessierte, wunderte sich kopfschüttelnd und griff rasch zur Fernbedienung, während er weiter genüsslich seine kräftige Muschelsuppe löffelte und ein kühles Glas Sancerre leerte. Er klickte sich durch die vielen Kanäle mit Talkshows und Werbeblöcken, blieb dann bei den „Golden Girls" hängen. Zwei Folgen und drei Gläser Sauvignon Blanc später, war er bereit, seinem Konkurrenten den dringend nötigen Besuch abzustatten.

„Un'aura amorosa
Del nostro tesoro
Un dolce ristoro...“

Carl stand unter der Dusche und stimmte seine melancholische, sehnsuchtsvolle Arie an. Nach dem langen Probentag fühlte er sich, im heißen Dampf stehend, noch einmal mit geschlossenen Augen in dieses Hohelied an die Liebe hinein.

Ding dong. Plötzlich klingelte es an seiner Zimmertür. Carl stoppte abrupt, drehte den Wasserhahn ab, schnappte sich ein großes Badetuch und rief, während er, noch nass, vom Badezimmer in Richtung der Tür trippelte: 'Ich komm schon Olli, Sekunde noch!' Carl hatte in der Früh mit Olli vereinbart, spätabends noch kurz die wichtigsten Dinge und vor allem die geplanten Pressetermine für den nächsten Tag durchzugehen. Carl öffnete die Tür. Es war nicht Olli. Es war Franco Morati.
'Franco?!' Carl fiel aus allen Wolken. Er wischte sich mit dem Handrücken über sein Kinn, von dem noch das Wasser tropfte und zog sein Badetuch enger. 'Franco! Ich hatte Olli, meinen Manager erwartet. Er wird jeden Moment hier sein.' Carl wirkte fassungslos.

'Mi scusi, tesoro mio, entschuldige, es tut mir leid, dass ich dich so überfalle, so unangekündigt.' Morati blinzelte mit schiefgelegtem Kopf und Welpenblick in die strahlend blauen Augen seines Gegenübers. Er ließ zugleich bewundernde Blicke über Carls Körper wandern.

'Bitte, warum der späte Besuch Franco? Haben wir etwas zu besprechen?' Carl war die Situation zunehmend unangenehm. Am Nachmittag noch hat er Franco bei der Probe wild gestikulierend, schreiend und wie ein Rumpelstilzchen herumhüpfend erlebt. Nun stand dieser selbe Mann vor ihm und schmachtete ihn an?
'Soll ich hier in der Tür stehen bleiben oder willst du mich hineinbitten?' Morati schien keine Zeit vergeuden zu wollen.
'OK, komm rein, aber nur kurz. Olli wird gleich da sein. Nimm Platz, ich ziehe mir nur rasch was an.' Carl drehte sich zur Seite.
Er hörte die Tür ins Schloss fallen und fühlt zugleich eine Hand an seinem Ellenbogen. Morati fasste Carl, drehte ihn zu sich um und riss ihm mit der anderen Hand das Badetuch von den Hüften.
'Che bello!', entfuhr es Franco und er bewegte sich in eindeutiger Absicht auf den entblößten Carl zu.
'Was zum Henker?! Was soll denn das... '

Im selben Moment presste Morati seine Lippen auf Carls Mund und begann ihn wie wild zu küssen. Carl war völlig überrumpelt und ließ sich den leidenschaftlichen Kuss für einen kurzen Augenblick gefallen. Plötzlich sank Morati vor dem nackten Carl auf die Knie und umfasste mit beiden Händen seine Po-Backen. Geschockt setzte Carl einen jähen Schritt nach hinten um Moratis Versuch zu vereiteln. Dabei rutschte er auf dem nassen Marmorboden aus, knallte mit seinem Knie gegen Moratis Nase und landete mit dem Rücken auf dem Perserteppich hinter sich.
Beide stießen gleichzeitig einen Schmerzensschrei aus. Morati taumelte und fiel zur Seite. Mit beiden Händen hielt er sich die blutende Nase. 'Diavolo! Ein Teufel bist du, du, du undankbarer Emporkömmling. Das wirst du bitter bereuen. Du hast mir die Nase

gebrochen! Stronzo!', fluchte er und versuchte dabei wieder auf die Beine zu kommen.
'Was? Wie? Oh nein. Das tut mir leid. Das wollte ich nun wirklich nicht!' Carl lag nach wie vor, leicht benommen, nackt am Rücken und wusste nicht, wie ihm geschah. Er rappelte sich auf, schlang wieder das Badetuch um die Mitte und reichte Franco die Hand um ihm aufzuhelfen. 'Warte, ich hole dir etwas Eis', bot Carl Hilfe an und war gleichzeitig verärgert, dass dieser Morati in seiner anmaßenden und überheblichen Art glaubte er könne sich einfach so und nach eigenem Belieben an ihm vergehen.
'Lass mich gefälligst in Ruhe! Ich brauche weder dein Mitgefühl noch dein Eis!'

Ding dong. Es läutete erneut an der Zimmertür.
'Wer ist das?', fragte Morati besorgt. 'Es darf mich niemand hier sehen und schon gar nicht so.' Er starrte auf seine blutigen Hände.
'Das ist jetzt Olli. Ich hatte dir ja gesagt, dass er noch vorbeikommt. Olli ist mein Manager aber auch mein bester Freund. Vor ihm hast du nichts zu befürchten. Setzte dich hin und halte dir um Himmels Willen endlich etwas Eis an die Nase.'
Carl sah zu Franco - der nun doch eine Handvoll Eiswürfel aus dem Champagnerkübel in eine Serviette einschlug und sich unter leisem fluchen ins Gesicht hielt - öffnete die Tür und sagte, immer noch besorgt zu Morati blickend: 'Olli, wurde aber auch Zeit. Du glaubst nicht was eben passiert ist.'
'So? Was ist denn passiert?', fragte Frederic Stoud, der Carl halbnackt vor sich stehen sah und dahinter, am Sofa sitzend einen Franco Morati mit blutiger Nase.
'Frederic? Frederic Stoud?' Carl wäre am liebsten an Ort und Stelle in

den Marmorboden versunken. 'Das ist alles nicht, wonach es vielleicht aussieht, glauben Sie mir. Ich kann das erklären...'
'Frederic! Mein guter Frederic!' Franco Morati sprang plötzlich vom Sofa auf und eilte auf Stoud zu. 'Ich hoffe es geht dir schon besser und deine Stimme wird schon sehr bald wieder die Welt begeistern – und mich!' Er versuchte seine blutende Nase so gut als möglich hinter der Stoffserviette zu verbergen. 'Ich vermisse dich schon sehr, die Welt vermisst dich!'
'Hallo Franco. Dankeschön. Ich bin nicht sicher, wie sehr du mich vermisst. Das hier sieht ja nicht gerade danach aus. Du solltest Eis auf deine Nase geben, das hilft gegen die Schwellung.' Frederics Besuch bei Carl hatte eine neue, unerwartete Wendung erhalten und verlief völlig anders als gewünscht. Ein Wiedersehen mit Franco Morati stand ganz sicher nicht auf seinem Plan.
'Ich bin ausgerutscht. Glattes Parkett, haha.' Morati zwang sich zu einem gequälten Lachen. Ich wollte mit deinem Einspringer hier noch ein paar wichtige Details für die Premiere durchsprechen, er ist ja noch recht neu in der Opernwelt', er deutete mit dem Kopf und einem abschätzigen Blick in Richtung Carl, der nach wie vor in sein Badetuch gehüllt dastand und nicht so recht wusste, wie ihm geschah.
'Jaja, das sehe ich. Ordentliches und vor allem intensives Proben ist ja das Wichtigste vor einer Premiere, da hast du völlig recht.' Der Sarkasmus in Frederics heißerer Stimme war nicht zu überhören.

'Frederic, ich kann Ihnen versichern, dass hier gar nichts passiert ist, was Anlass zu Spekulationen geben muss. Ich bin ein großer Verehrer von Ihnen und werde morgen mein Bestes geben, Sie würdig zu vertreten, das verspreche ich', war Carl um Schadensbegrenzung bemüht.

In der Tür stand nun auch Olli mit seinem riesigen Filofax unter dem Arm, den Mund offen.
'Olli, endlich!' Carl war erleichtert.
'Così fan tutte…', war alles, was Olli dazu spontan einfiel.

Übermut tut selten gut

Die Premiere war ein riesiger Erfolg. Das Publikum dankte mit minutenlangen Standing Ovations und nicht enden wollenden Bravo-Rufen für die Protagonisten. Alle Sängerinnen und Sänger wurden annähernd gleich warmherzig mit Applaus zugedeckt - Eleana wurden Blumensträuße zugeworfen – und James Levine erntete für sein Dirigat wie fast immer Jubel und Applaus. Aber als Carl dem Publikum mit tiefen Verneigungen höflich seine Referenz erwies, erbebte der Zuschauerraum vor Begeisterung. Der Liebling des Abends war gekürt. Sobald jedoch Franco Morati mit zugeschminkter, dicker Nase – die zum Glück nur geprellt und nicht gebrochen war – die Bühne betrat, kippte die Zustimmung des Publikums unüberhörbar in Ablehnung und die Buh-Rufe und Pfiffe übertönten deutlich die Bravos der wenigen Fans dieser erklärungsbedürftigen, bunten Inszenierung des Italieners.
In der Direktionsloge saß Frederic Stoud mit glasigen Augen, die Hände lagen wie nasse, kalte Fische in seinem Schoß. Er liebte seine Eleana abgöttisch. Er hasste Carl. Er hasste „Così fan Tutte“. Er hasste Franco Morati. Er hasste Axel Sprunk. Er hasste sein Leben. Die Angst vor dem Versagen, die Angst vor der Zukunft durchlief ihn wie ein kalter Schauer. Frederic Stoud sprang auf und verließ fluchtartig die Oper.
Im Parkett saß Axel Sprunk mit nicht minder glasigen Augen. Seine Hände klatschten frenetisch im Chor mit weiteren siebentausend Händen. Sprunk liebte „Così fan Tutte“. Sprunk liebte Carl. 'Was für eine unendlich reiche Künstlerseele in diesem jungen Menschen wohnt.' Sprunk wischte sich rasch eine Träne von der Wange. Er verachtete sein kleines, unbedeutendes Leben und sehnte sich nach

einem Leben wie Carl es in seiner ganzen Pracht und Fülle vor sich hatte. 'Excuse me! Sorry…', er stand auf und drängte sich in gebückter Haltung durch die Sitzreihe an den Applaudierenden vorbei in den Gang. Sprunk hetzte aus dem Zuschauerraum. Minutenlang hörte er noch die „Bravo“ und „Bravissimo“ Rufe nachhallen.
Greg Stein hatte das gesamte Leading Team unmittelbar nach Ende der Vorstellung in seine Räumlichkeiten zu einem Glas Champagner eingeladen. Eine liebgewonnene Tradition des MET-Direktors die kein Künstler je ausschlug. 'Leider konnte es Maestro Morati nicht einrichten vorbeizuschauen. Er fühlt sich nicht besonders wohl. Wünschen wir ihm gute Besserung.' Greg Stein hob sein Glas: 'Auf euch! Auf uns! Auf diesen außergewöhnlichen Abend!' Alle waren erschöpft, aber überglücklich ob der gelungenen Aufführung. James Levine kam auf Carl zu, umarmte ihn herzlich und sagte, so, dass nur er es hören konnte: 'Mein Junge, aus dir wird ein ganz großer Star, daran besteht kein Zweifel. Bleib' dir selbst treu, gehe deinen Weg, er wird dich in die höchsten Höhen führen.'
Carl war sichtlich bewegt, wollte jedoch den Erfolg mit allen Gesangskolleginnen und Kollegen geteilt wissen. 'Ich danke euch allen von ganzem Herzen, es war wunderbar. Mit jedem von euch! Wir haben einen glanzvollen Abend hinter uns und noch sieben weitere vor uns. Möge jeder davon so wunderbar gelingen wie der heutige!' Carl erhob sein Glas und mit ihm alle Anwesenden.

Kurz nach 23 Uhr trafen die Künstler im Hotel ein. Carl wollte sich gerade von der kleinen Runde verabschieden als Eleana vorschlug: 'Lasst uns doch noch einen Nightcap einnehmen, ganz unter uns. Niemand muss jetzt schon ins Bett, wir haben ja immerhin drei Tage

spielfrei.'
'Wartet am Zimmer nicht Frederic auf dich?', fragte Carl. 'Ich habe ihn in der Loge sitzen sehen, aber er war unmittelbar nach dem ersten Vorhang verschwunden.'
'Ach, der fühlt sich nicht so wohl. Das sind sicher diese Medikamente. Er schläft sicher schon, muss sich ja schonen', fand Eleana eine Ausrede. Sie legte ihren Zeigefinger auf die Nasenspitze von Carl und sagte nun in verführerischem Ton: 'Aber wir beide, caro Carlo, wir dürfen doch feiern, nicht?' Carl lächelte leicht verlegen. 'Na gut, einen letzten Drink des Abends Leute', willigte Carl ein. Die kleine Gruppe, mit Olli waren sie zu fünft, nickten zustimmend und fanden sich einen Tisch in der Champagner Bar. Carl hatte alles andere im Sinn als noch mehr Alkohol in sich hineinzuschütten. Er war vom Champagner in Steins Office ohnehin schon leicht beschwipst. Die ganze Anspannung des Premierenabends fiel nun von ihm ab. Er wollte duschen, er wollte etwas essen, er wollte schlafen. Seit er am frühen Nachmittag eine Miniportion Penne all'arrabiata mit Salat ohne großen Appetit gegessen hatte, war sein Magen leer geblieben. Jetzt knurrte er wie ein gereizter Kettenhund. Carl hatte es sich zur Gewohnheit gemacht, immer spätabends nach Proben oder Aufführungen noch einen Happen zu sich zu nehmen, meist allein und in Ruhe am Zimmer.
'Bringen sie uns den besten Cognac des Hauses, doppelte!', bestellte Eleana beim sichtlich erfreuten Kellner, der nach zwei Minuten fünf riesige Kristallschwenker Rémy Martin Louis XIII auf das Marmortischchen stellte. 'Buchen sie es auf Mister Stouds Suite.', wies ihn Eleana an.
'Sagt mal', wollte die Sängerkollegin von Eleana wissen, 'was ist eigentlich mit Franco los? Habt ihr gesehen, wie der von der Bühne

gestürmt ist, nachdem er, als einziger, ausgebuht wurde? Wie von der Tarantel gestochen. Er hat das heute sehr persönlich genommen.'

'Dabei müsste er das ja gewohnt sein, oder nicht?', konterte „Don Alfonso", der Bariton-Kollege. 'Ich meine, wenn einer permanent provozieren will, muss er auch die Reaktionen aushalten können. Ich dachte immer, er liebt die Konfrontation?'

'Habt ihr seine Nase gesehen? Die war heute doppelt so groß wie gestern noch! Hat jemand eine Ahnung, was da passiert ist?', fragte „Despina" in die Runde.

Olli und Carl tauschten einen flüchtigen Blick. 'Anscheinend ist er im Bad ausgerutscht und voll gegen die Wanne geknallt, hat mir zumindest sein Assistent erzählt.', gab sich Olli wissend.

'Naja, ob das stimmt? Egal, er wird's sicher überstehen' Eleana rollte ihr „r" und die Augen, machte eine wegwischende Bewegung mit der Hand und nahm einen kräftigen Schluck aus Ihrem schweren Cognacglas. 'Ich bin dann mal sehr gespannt auf die Kritiken morgen', wechselte sie das Thema.

'Nicht nur du, Eleana! Es waren wohl alle maßgeblichen Kulturjournalisten des Landes anwesend und zusätzlich auch noch fünfzehn internationale akkreditiert, sagt mein Manager.', warf „Don Alfonso" ein. 'Angeblich war auch euer Herr Sprunk aus Wien hier, stimmt's?', er sah Carl fragend an.

In Carls Kopf traf jetzt der Cognac mit dem Champagner von vorhin zusammen. 'Wie? Wer?'

'Der Sprunk. Euer allseits gefürchteter Star-Kritiker', setzte „Don Alfonso" nach.

'Achso, der Herr Sprunk, mein spezieller Liebling. Hört mir doch bitte mit dem auf. Ja, anscheinend soll er auch hier in New York sein. Gesehen habe ich ihn noch nicht, Gott sei Dank. Wie ein Geist taucht der Mann auf, verschwindet wieder, überschüttet dich mit Wohlwollen oder straft dich mit Missachtung und Ignoranz, ganz nach Belieben.' Carl war immer noch gekränkt und fühlte sich seit dem Salzburger faux pas von Sprunk ignoriert.

Als Axel Sprunk seinen Namen hörte, nahm er die Lesebrille ab und legte den silbernen Cross-Kugelschreiber beiseite. Vor sich hatte er drei A-4 Seiten, in kleiner, sauberer Handschrift dicht beschrieben, mit der Kritik der heutigen „Così fan tutte“ Aufführung. In einer Stunde würde er die Blätter in seine Redaktion beim „Tages-merkur“ faxen, seine Mitarbeiterin würde den Text redigieren und umgehend in die Druckerei weitergeben. Morgen schon würde die ganze Nation über die Premiere an der MET lesen können. Axel Sprunk hatte eine gewohnt gestochen scharfe und analytische Reprise geschrieben, die zugleich auch die visionärste seiner Berufslaufbahn sein sollte. Er verkündete nicht weniger als die Geburtsstunde eines neuen Stars, der Millionen von Opernliebhabern auf der ganzen Welt und darüber hinaus wohl für die nächsten zwanzig, dreißig Jahre in seinen Bann ziehen werde. In freundlichen, charmanten, ja blumigen Worten beschrieb er Stimme, Ausdruck und Darbietung von Carl. Mit dieser Kritik würde er ihm, den er seit diesem Abend uneingeschränkt verehrte, einen fruchtbaren Boden für eine Weltkarriere bereitet haben. Sprunks kurzer Absatz über die *„katastrophale, am Thema weit vorbeigesegelte, vor Selbstüberschätzung strotzende“* Inszenierung hingegen, würde das seine dazu beitragen, dem Höhenflug von Franco Morati möglicherweise frühzeitig ein Ende zu setzen.

'Das ist doch die Oronescu?...' Sprunk hörte nun genauer hin, was da

ein paar Meter hinter seinem Rücken gesprochen wurde. Von den Künstlern trennte ihn lediglich die hohe Rückenlehne seines massiven Ohrensessels und ein riesiger Ficus benjamini.
'Ich verachte diesen hässlichen Zwerg.' “Zwerg“ natürlich mit fünf „r“. Eleana hielt sich mit ihrer Meinung über Sprunk nicht zurück. 'Letztes Jahr hat er sich in Zürich bei einem Interview mit mir total überheblich verhalten. Zugleich war er auch vulgär, ja aufdringlich. Er wollte mich provozieren! Keine Manieren hat der Mann!' Eleana kam in Fahrt, die anderen lachten abfällig.
Carl setzte nach: 'Erst schreibt er über mich, bei meinem Debut in Salzburg, eine unglaublich positive Rezension und dann, dann existiere ich plötzlich nicht mehr für ihn. Er ignoriert mich, missachtet mich. Nur, weil wir einmal einen Interview-Termin mit ihm vergessen haben.' Carl musste dabei unweigerlich Olli ansehen, der eine schuldvolle Mine aufsetzte und dabei die Schultern hob. Carl machte eine wegwerfende Handbewegung. 'Schwamm drüber! Der Mann ist es einfach nicht wert. Er glaubt, er ist der Allmächtige. Wie ein Cäsar im Circus Maximus. Daumen rauf, Daumen runter. Man muss sich vor ihm im Staub wälzen, seine Stiefel lecken oder was weiß ich was machen, damit man sich seiner Gunst sicher sein kann. Vor so einem Wurm kann ich keinen Respekt haben. Vergessen wir den Herrn Sprunk einfach. Zum Wohl, auf uns, auf die Zukunft!'
Alle hoben ihr Glas und nahmen den letzten Schluck des edlen Tropfens. 'Ah, perfekter Abschluss eines perfekten Tages! Gute Nacht Ihr „Stars“. Gehabt euch wohl.' Olli stand auf und verbeugte sich tief und dramatisch ausladend vor den Künstlern.

Axel Sprunk starrte in die tausend verschwommenen Lichter des Kristallllusters über sich. In seinen Fäusten zusammengeknülltes

Papier. Er atmete mehrmals tief durch, nahm einige neue Blätter aus seiner Aktenmappe, setzte seine Lesebrille wieder auf und begann zu schreiben.

Hungrig!

Carl stürzte zwei kleine Flaschen Perrier aus der Minibar hinunter. Er war, wie fast immer nach einer Vorstellung, dehydriert und heute zudem noch leicht betrunken. Kopfschmerzen begannen sich schleichend bemerkbar zu machen. Er zog sich aus und legte sich nackt auf sein Bett. 'Du musst jetzt verdammt nochmal erst was essen', sagte er laut zu sich selbst in strengem Befehlston und griff zum Telefon.

'Guten Abend, Kollas hier. Ein Clubsandwich und eine große Kanne Eistee, ungesüßt bitte, in die Park-Suite.', orderte Carl. 'Zehn Minuten? Wunderbar!'

Mittlerweile war es 0.30 Uhr geworden. Carl stand unter der Dusche und ließ sich das heiße Wasser über den Körper laufen. 'Oh, wie habe ich das gebraucht', seufzte er zufrieden. Die Bilder des Abends, das euphorische Publikum, die lobenden Worte, die Glücksgefühle, die er dabei empfunden hatte, all das schwirrte im Moment durch seinen Kopf und versetzte ihn erneut in eine aphrodisierende Stimmung. Er war einfach nur glücklich. Erschöpft, aber glücklich. Morgen würde er ausschlafen können. Olli wollte mit ihm um 11 Uhr auf einen kleinen Brunch gehen, am Nachmittag um 15 Uhr war in der MET eine Teambesprechung mit Morati und den Kollegen geplant und um 19 Uhr Cocktail und Dinner mit den Leuten vom Plattenlabel. Es würde ein angenehmer Tag werden.

Carl hatte es sich auf dem Sofa gemütlich gemacht und wollte gerade den Fernseher einschalten, als es an der Zimmertür läutete.

'Roomservice' hörte Carl von draußen rufen. 'Kommen Sie herein', antwortete Carl, fuhr mit den Fingern durch die Haare und zupfte sich rasch seinen Bademantel zurecht. Ein bildhübscher junger Mann mit

südländischem Aussehen und glatter, bronzefarbener Haut, er war sicher noch keine zwanzig, grüßte höflich und rollte das Serviertischchen in die Suite. 'Wo darf ich abstellen?', er sah sich in der Suite um. 'Äh, gleich hier, hier ist fein.' Carl deutete auf den Couchtisch vor sich. Der junge Mann platzierte die Bestellung fein säuberlich auf dem Tischchen, deckte Serviette, Besteck und Glas ein und nahm dann die silberne Servierglocke vom Teller um das Clubsandwich nebst prallen, riesigen Weintrauben zu präsentieren als würde er dem Papst einen Schwan auftischen. Es fehlte nur der Trommelwirbel. Mit einem breiten, verschmitzten Grinsen sagte er: 'Monsieur. Ihr sehr spätes Dinner ist angerichtet.' Carl ertappte sich dabei, wie er den schlanken Jungen während seines hingebungsvollen Serviervorgangs mit anerkennenden Blicken beobachtete. Auf seinem Namensschild las er: „Esteban“.
'Genießen sie! Darf ich sie noch bitten, hier zu unterschreiben?', er reichte Carl ein ledernes Mäppchen mit dem Beleg und einen Kugelschreiber. Carl nahm das Mäppchen geistesabwesend entgegen.
'Monsieur?', der Junge wartete.
'Esteban. Der „Gekrönte“, vom griechischen Stephanos. Sehr schöner Name junger Mann.' Carl lächelte müde. 'Sorry, ich bin ein wenig langsam heute Abend. Hatte einen anstrengenden Tag und brauche jetzt dringend Entspannung.' Carl blickt kurz auf die Rechnung, schrieb ein großzügiges Trinkgeld dazu und setzte seine Unterschrift auf den Beleg.
'Oh, vielen Dank, Sir.' Esteban grinste verlegen. 'Kann ich sonst noch etwas für sie tun!' Er sah Carl mit seinen großen braunen Augen sehr direkt an und bewegt sich nicht von der Stelle. Carl schnürt seinen Bademantel enger und räuspert sich. 'Ok, Esteban. Dankeschön. Das war's für heute.', und er begann den Zimmerkellner in Richtung Tür

zu begleiten. Auf dem kurzen Weg ergänzte Esteban: 'Danke Sir, wenn sie noch irgendetwas brauchen, egal was, ich habe die ganze Nacht Dienst, zögern sie nicht.', und blickte dabei Carl erneut unverhohlen an.
Carl schloss die Tür hinter dem Zimmerkellner und atmete schwer. Er war erregt und wusste auch, dass er nur ganz knapp davorgestanden hatte, mit diesem Esteban einen Schritt weiterzugehen. 'Essen, jetzt muss ich endlich dieses verdammte Sandwich essen.' Carl lenkte schnell seine Gedanken in eine andere Richtung. Er schnappte sich die Fernbedienung und wollte sich nebenher irgendeine seichte Serie oder Sitcom reinziehen – allein schon, um auf andere Gedanken zu kommen.

Da läutete es erneut. 'Das darf doch wohl nicht wahr sein!' Carl war sauer und eilte zur Tür. 'Das wird jetzt nochmals Esteban sein, hat der was vergessen? Oder will er...? Könnte aber auch Olli sein, obwohl, der hat vor einer halben Stunde „Gute Nacht“ gewünscht...?', schossen die Gedanken durch seine Gehirnwindungen. Carl machte auf und da stand Eleana in einem engen schwarzen Cocktailkleid und roten Laboutains. Sie hatte sich offensichtlich frisch gemacht und umgezogen und hauchte: 'Wolltest du schon schlafen gehen?'
'Eleana, bitte. Wir hatten uns für heute doch schon verabschiedet. Hast du auf die Uhr gesehen? Der Tag war doch wohl lange genug, nicht wahr? Und noch dazu habe ich eben ein Sandwich geliefert bekommen und ich werde es jetzt essen – ich habe einen Bärenhunger.' Carl deutete mit dem Kopf zum angerichteten Mahl. 'Jetzt!', setzte er mit Entschiedenheit nach.
'Ich möchte nur mit dir unter vier Augen ein wenig plaudern, über heute Abend, über uns, über die Zukunft.', gab sich Eleana kryptisch.

'Ach Eleana. Hat das nicht bis morgen Zeit?'
Sie sah ihn mit geneigtem Kopf, Schmollmund und schwerem Lidschlag flehentlich an.
'Mein Gott, ja, na gut, komm rein. Eine halbe Stunde. Maximal, okay?' Carl ließ sich breitschlagen und führte sie zur Couch. 'Ich ziehe mir nur rasch etwas an, bin sofort zurück.' Carl dachte sofort an sein Erlebnis mit Eleana in seiner Garderobe zurück.
'Wegen mir musst du dich nicht umziehen, Carlo', raunte sie, 'wirklich nicht.'
'Aber ich will. Ich bin in einer Minute wieder da', sagte Carl bestimmt und verschwand im angrenzenden Schlafzimmer.

Eleana schaute ihm enttäuscht nach. Sie war eine Sehnsüchtige die nichts mehr begehrte, als sich verschenken zu dürfen. 'Warum ist er so hartnäckig, so abweisend', dachte sie, 'vielleicht stimmen die Gerüchte ja und er ist auch schwul, so wie Morati? Aber nein, das glaube ich nicht. Ich werde ihm schon zeigen, was guter Sex bedeutet. Wenn nicht heute, dann in den nächsten Tagen!', schien sie mit begehrlichem Blick einen neuen Plan zu fassen und schlüpfte aus ihren Stilettos.
'Oh, dein Sandwich sieht übrigens köstlich aus. Gibst du mir eines davon ab?' rief sie in Richtung Schlafzimmer und dachte: 'Wenn ich schon nicht dich vernaschen kann, muss ich mich wohl mit einem Frust-Sandwich begnügen', und steckte sich eine Traube in den Mund.
'Bediene dich nur', rief Carl zurück. 'Solange du mir was übriglässt, ansonsten Gnade dir Gott!'
Eleana schlang mit zwei Bissen das halbe Clubsandwich in sich hinein. 'Ich hatte ganz vergessen, wie hungrig ich war', wurde ihr bewußt während sie mit geschlossenen Augen genüsslich kaute.

Im Fernsehen hatte eben eine Folge von „Der Prinz von Bel-Air“ begonnen. 'Siehst du dir so einen Schwachsinn an?', rief Eleana mit vollem Mund. Carl war auf dem Weg zurück und erkannte den Jingle der Serie sofort. 'He, das ist kein Schwachsinn. Ich liebe diese Serie. Ich brauche ein wenig Abwechslung im Leben. Ich kann nicht immer nur Opern lernen. Siehst du dir nicht auch manchmal etwas völlig Normales, Klassikfernes an?', wollte Carl von ihr wissen. Er stand jetzt in seiner grauen Jogginghose und einem beigen Notre Dame T-Shirt vor der Sitzgruppe und schaute auf den Fernsehschirm. Seine Haare waren zerzaust und er hatte sich lediglich ein wenig Eau Sauvage aufgesprüht. Eleanas Rücken war ihm zugewandt. 'Hoffe nur, du hast mir nicht alles weggegessen.' Er schwang sich auf die Couch neben Eleana und griff hungrig nach einem Sandwich, den Blick nach wie vor gebannt auf den „Prinzen von Bel-Air“. 'Also, sag, was für einen „Schwachsinn“ siehst du dir gerne an, wenn es nicht Klassik ist, ha?'
Keine Antwort. Carl wollte gerade mit Heißhunger sein Sandwich zum weit geöffneten Mund führen, als sein Blick auf Eleana fiel. Auf ein Standbild von Eleana. Sie hielt ein kleines Stück ihres Sandwichs in der Hand, die sie neben sich abgelegt hat. Die andere Hand, zu einer Faust geballt, hatte sie gegen ihre Brust gepresst, die Finger waren weiß. Ihr Mund stand offen, Stückchen des Brotes und weißer Schaum hafteten an ihren Lippen. Die Augen waren weit aufgerissen, das Gesicht verfärbte sich zusehends blau. Sie bewegte sich nicht. Es kam kein Ton aus ihr.
'Eleana!', schrie Carl auf und warf sein Sandwich auf den Tisch. 'Oh Gott, Eleana, was hast du? Hast du dich verschluckt?' Er klopfte ihr auf den Rücken. Eleana fiel vornüber auf den Glastisch. 'Oh nein, entschuldige bitte! Eleana!' Carl setzte Eleana wieder vorsichtig auf

und lehnte sie mit dem Rücken ans Sofa. Ihre Augen schrien kalte Angst. Carl sprang auf, griff den Telefonhörer, drückte die „Concierge-Taste“ und schrie Sekunden später: 'Wir haben einen medizinischen Notfall. Schnell, kommen sie bitte schnell. Wir brauchen dringend einen Arzt. Machen sie schnell!' Er war geschockt und zitterte am ganzen Körper. 'Was ist bloß geschehen, was? Ich verstehe das nicht, ich war zwei Minuten nicht im Raum.' Er begann aus Verzweiflung leise zu weinen. 'Eleana, bitte! So sag doch was!'

Er nahm sie in den Arm, sie fühlte sich so schrecklich fremd an. Ihr Körper war verkrampft, aus ihrer Kehle vernahm Carl plötzlich ein pfeifendes, röchelndes Geräusch. Er schaffte es kaum, ihr in die weit aufgerissenen schockierten Augen mit riesigen schwarzen Pupillen zu blicken, in denen sich sein eigenes, entsetztes Gesicht spiegelte. 'Wollte sie etwas sagen?', fragte er sich und es erschütterte Carl bis ins Mark.
Nach nicht einmal zwei Minuten, einer gefühlten halben Ewigkeit, klopfte es heftig an der Tür, die im selben Moment auch schon mit einem Generalschlüssel geöffnet wurde. Carl hörte: 'Wir kommen jetzt rein!' Ein Arzt, zwei Notfallsanitäter, zwei Hotel-Sicherheitsmänner, der Nacht-Concierge und der Manager on Duty mit einem Assistenten stürmten in die Suite.
'Gehen Sie zur Seite, schnell!' Der Arzt hatte keine Sekunde zu verlieren. Carl sprang auf, stellte sich einige Meter entfernt hin und schlug die Hände vor das Gesicht. Der Arzt und die Sanitäter legten Eleana vorsichtig auf den großen Perserteppich und begannen umgehend mit Wiederbelebungsmaßnahmen.
'Kommen Sie bitte mit uns nach nebenan', der Manager sah Carl an. 'Dürfen wir kurz mit Ihnen sprechen?' Carl nickte apathisch und die

vier Männer begleiteten ihn ins angrenzende Schlafzimmer. Einer der Securities schloss die Tür hinter sich. Carl fühlte sich wie in einem schlechten Traum aus dem er jeden Moment zu erwachen hoffte. Er konnte die gesamte Situation noch gar nicht realisieren. 'Sie wird doch hoffentlich nicht...?' Carl konnte die Frage nicht stellen auf die ohnehin keiner der Anwesenden eine Antwort gehabt hätte.

Nachdem Carl in knappen Worten, sichtlich unter Schock, die Ereignisse der letzten paar Minuten zusammengefasst hatte, sahen sich die Securities und der Manager kurz an. Dieser nickte und fragte Carl: 'Wir wollen nicht indiskret sein, aber die Frage können wir Ihnen leider nicht ersparen: Wie war, pardon, ist Ihre persönliche Beziehung zu Frau Oronescu?'
'Wir sind Kollegen. Mehr ist da nicht.', antwortete Carl umgehend. 'Eleana, also Frau Oronescu, ist meine Partnerin auf der Bühne, das ist alles. Frau Oronescu ist, wie sie wahrscheinlich wissen, mit Frederic Stoud liiert - auch ein Kollege – und ich hatte keinerlei Interesse dazwischen zu funken, das ist nicht meine Art. Nein, heute wollte sie mit mir lediglich unseren erfolgreich absolvierten Premierenabend nachbesprechen, in Ruhe. Und jetzt das!' Carl schaute in Richtung Tür. 'Wir sind doch erst vor zwei Stunden aus der MET retour gekommen', er schüttelte ungläubig den Kopf. Durch die Milchglasfenster der geschlossenen Tür erkannte Carl verschwommen, dass man den Kampf um Eleanas Leben noch nicht aufgegeben hat. 'Oh Gott, was ist ihr nur geschehen? Sie war vorhin noch ganz normal, wie immer! War das ein Herzinfarkt oder ein Schlaganfall?' Carl war verzweifelt. 'Beruhigen Sie sich bitte, wir werden bald mehr wissen.', versuchte der Manager auf Carl kalmierend einzuwirken.

'Sie hatte gerade noch ein Clubsandwich gegessen, wir waren beide sehr hungrig, hatten den ganzen Tag nichts Ordentliches zu uns genommen, und keine zwei Minuten später...' Carl stoppte abrupt. 'Ich dachte erst, sie hat sich einfach nur verschluckt.' Die Securities sahen sich an. Einer stand auf, ging nach nebenan und kehrte mit dem Teller, bedeckt von der Servierglocke, zurück.
'Wir nehmen das mal mit. Wir müssen jetzt ohnehin die Polizei hinzuziehen.' Der Mann blickte auf den Teller in seiner Hand.
'Oh Gott, Sie müssen bitte Herrn Stoud informieren. Er wird zusammen-brechen. Er ist in der Suite am Ende des Flurs, glaube ich.' Carl zitterte wieder am ganzen Leib.
Die Tür zum Schlafzimmer wurde aufgestoßen. Der Arzt stand schwitzend und mit hochrotem Kopf vor Carl und den anderen und schüttelte, die Augen zugekniffen, langsam den Kopf: 'Wir haben alles versucht, es tut mir sehr leid. Es war auch kein Herzinfarkt. Herzstillstand, ja. Aber die Ursache war wohl etwas anderes. Es könnte sich möglicherweise auch um einen Bolus-Tod handeln, da sie unmittelbar davor einen großen Bissen von einem Sandwich zu sich genommen hat.'
'Einen was?', fragte Carl nervös nach.
'Bolus-Reflex', wiederholte der Arzt. 'Auch Klumpentod oder Bissentod genannt. Wenn im Rachen etwas feststeckt, Essen oder kleine Gegenstände, kann es durch den Druck auf das Kehlkopf-Nervengeflecht zu einem plötzlichen Herz-Kreislauf-Versagen kommen.'
'Aber doch nicht von einem Bissen eines Sandwiches? Davon habe ich noch nie etwas gehört.' Carl war erschüttert.
'Doch, das ist leider möglich, und da waren auch Weintrauben auf dem Teller. Auch die könnte den Bolus-Reflex ausgelöst haben',

ergänzte der Arzt. 'Allerdings', er wischte sich nachdenklich mit den Fingern über sein Kinn, 'sie war völlig blau angelaufen und hatte Schaum vor dem Mund, das ist sehr untypisch für einen Bolus.'
'Was wollen Sie damit sagen?', fragte der Hotelmanager nach.
'Ich kann leider auch eine Vergiftung nicht per se ausschließen. Aber im Moment ist es unmöglich, eine verbindliche Aussage zu treffen, tut mir leid. Wie gesagt, wir werden erst durch die Obduktion und nach dem Labor Genaueres sagen können.'
'Und, wir haben auch noch das hier', meldete sich nun einer der Securities und zeigte mit dem Finger auf den Teller, den er nach wie vor in seiner linken Hand hielt. 'Die Reste des Sandwichs müssen auf jeden Fall auch untersucht werden, man kann ja nicht wissen.'
'Nochmals, es tut mir sehr leid um ihre…', der Arzt zögert kurz und sah Carl fragend an, '...Frau?' Carl nickte wie in Trance, Tränen liefen ihm über das Gesicht.

Vergeltung?

Man hatte sich entschieden, Frederic Stoud erst zu wecken, nachdem der Leichnam von Eleana Oronescu abgeholt worden war. Das war um 1:15 Uhr. Die Hotelleitung wollte vermeiden, dass er sie in ihrem unschönen Zustand in der Suite von Carl vorgefunden haben könnte. Frederic schrie, heulte und musste von seinem Manger Eddie mit einem Valium beruhigt werden. Er wurde ins Leichenschauhaus gebracht, wo er sich von seiner geliebten Eleana verabschieden musste. Erst danach hatte man ihn über die näheren Umstände und den Ort des Auffindens informiert. Trotz des Valiums raste Frederic. Er war außer sich vor Wut und Trauer und verlangte, sofort mit Carl sprechen zu können.
Olli war bereits seit 1:30 Uhr, kurz nachdem Eleana weggebracht worden war, bei Carl in der Suite. Er hielt ihm die Hand, fütterte ihm Kartoffelchips und Erdnüsse aus der Minibar und flößte ihm schluckweise ein großes Glas Chateau Ducru 1976 ein. 'Komm, du brauchst was im Magen, und dieser Bordeaux wird dir helfen, ein wenig zu schlafen. Der Nachtmanager lässt dir gerade eine andere Suite vorbereiten. Ich begleite dich dann dorthin und bringe dich persönlich zu Bett, versprochen.' Olli blickte ihn mitleidig an. Carl sagte kein Wort.
Gegen 2 Uhr erhielt Carl den Anruf des Managers, der sich für die nochmalige Störung entschuldigte und mitteilte, dass Herr Stoud ihn umgehend zu sehen wünsche. Carl sah sich außer Stande eine Konfrontation mit Frederic, nach allem, was in den letzten Stunden geschehen war, nervlich zu überstehen. Er bat den Manager, ein Gespräch für den nächsten Morgen mit Frederic anzubieten.
3:25 Uhr morgens. Carl hatte das Zimmer gewechselt. Er hätte unter

keinen Umständen in der gleichen Suite bleiben können, an diesem Ort des Schreckens. Er wälzte sich im Bett und hatte noch keine Minute Schlaf gefunden. Er war nassgeschwitzt. Seine Gedanken kreisten um die immer gleiche Frage: 'Was war da geschehen? Der Arzt meinte, er könne auch „eine Vergiftung nicht ausschließen". Wenn das aber ein Giftanschlag gewesen sein soll, dann galt dieser ja wohl ihm, denn er hatte ja das Sandwich bestellt, Eleana war doch nur zufällig bei ihm gewesen. Will mich jemand umbringen? Wer? Warum?' Selbst in seinen Gedanken fiel es ihm schwer dieses Wort zu verwenden: 'Umbringen, töten, eliminieren, ausschalten. Ein Gewaltverbrechen. Wer ist zu so etwas imstande?' Er quälte sich und hatte das Gefühl verrückt zu werden.
Um 4:15 Uhr setzte sich Carl, aus unruhigem Halbschlaf gerissen, ruckartig im Bett auf. 'Frederic!', sagte er laut. 'Hat er es auf mich abgesehen, weil ich seine Rolle übernommen habe? Wollte er mich vergiften und hat nun versehentlich seine eigene Geliebte getötet?' Carl war fassungslos ob dieses Gedankens. 'Man bringt doch einen Mitbewerber nicht gleich um! Oder glaubt er etwa ich hätte mit Eleana eine Affäre begonnen?' Carl ließ sich wieder auf sein schweißnasses Kopfkissen fallen und schlief einen abgehackten, wirren und angstvollen Schlaf.

Eleana Oronescus plötzlicher Tod dominierte am nächsten Tag die Schlagzeilen aller Zeitungen. Sämtliche Nachrichtensender, nationale und internationale, berichteten über „bisher unbekannte" und „mysteriöse" Umstände ihres Herzversagens. Da es seitens der Polizei keinerlei offizielle Informationen zu den Ursachen gab, wurden die wildesten Vermutungen angestellt. Am häufigsten wurden angeborene Herzfehler, Herzinfarkt und Schlaganfall

genannt aber einige Sender scheuten auch nicht davor zurück ein Gewaltverbrechen in Erwägung zu ziehen.
Die Obduktion würde wohl einige Tage Zeit in Anspruch nehmen und vor allem müssten zeitaufwändige, toxikologische Untersuchungen gemacht werden.
Die Fernsehsender schnitten aus den vielen umjubelten Auftritten Eleanas ein Kurzportrait als Nachruf zusammen. Dabei wurden einige ihrer Affären der letzten Jahre erwähnt - mit besonderem Augenmerk auf die letzte und aktuelle mit Frederic Stoud – und es wurde eine klischeebehaftete Story ihres Heimatlandes Rumänien aus Archivmaterial gestaltet, das weder auf Graf Dracula noch auf Langzeitdiktator Nicolae Ceaușescu, der erst zwei Jahre davor vom eigenen Volk entmachtet und in einem Schnellverfahren hingerichtet worden war, verzichtete.
Die „Così"-Vorstellung drei Tage nach Eleanas Tod wurde abgesagt. Die MET wollte in Kürze informieren, was sie mit den geplanten restlichen sechs, bereits ausverkauften Abenden verfahren wollte. Der Schock saß bei Direktor Stein und dem gesamten Ensemble tief.
Carl hatte gleich am Freitag der Polizei wahrheitsgemäß und minutiös die paar Minuten in seiner Suite geschildert. Nachdem Eleana in seiner Anwesenheit gestorben war, stand Carl automatisch unter Verdacht. 'Reine Routine', versuchte Carl sich zu beruhigen, wusste aber nur zu genau, dass ihm daraus erhebliche Probleme erwachsen könnten. Das kannte Carl aus unzähligen Hollywood-Filmen. Er konnte es immer noch nicht fassen, was da vor seinen Augen geschehen war. Er hoffte nach wie vor, jeden Moment aus diesem bösen Traum aufwachen zu dürfen. Seine Hoffnung wurde jedoch nicht erfüllt.
Frederic Stoud konnte seit dieser letzten, verhängnisvollen Nacht nur

mit starken Beruhigungsmitteln funktionieren. Am Vormittag hatte sich Carl, im Beisein von Olli, mit Frederic und seinem Manager Eddie getroffen. Nachdem er unmittelbar davor dem ermittelnden Chefinspektor alles ausführlich geschildert hatte, war es nun Frederic gegenüber eine leichte Übung, diese Schilderung zu wiederholen. Carl musste sich konzentrieren, um nicht selbst einem erneuten Gefühlsausbruch zu unterliegen. Er wollte Frederic nicht noch mehr aufregen. Dieser wirkte erstaunlich ruhig, beinah gefasst, schüttelte hin und wieder ungläubig den Kopf, seufzte tief und folgte den Ausführungen von Carl wie in Trance. 'Warum war sie bei dir? Was wollte sie so spät von dir?', fragte er immer wieder und schien dabei durch Carl hindurchzusehen. Carl bekräftigte mehrfach, dass es nichts anderes als ein legeres Fachgespräch unter Bühnenkollegen hätte sein sollen, eine Nachbesprechung des erfolgreichen Abends. Mehr nicht. Und mehr hätte es auch nicht gegeben, garantiert nicht, versicherte ihm Carl, blickte ihm in die Augen und legte dabei seine Hand auf Frederics Unterarm, der blitzartig zurückzuckte, so als hätte ihm jemand brühendheißen Kaffee übergegossen.
'Hören Sie Mister Stoud', bot Olli Unterstützung an. 'Carl wollte von Eleana nicht ihre Liebe, er wollte ihre Freundschaft, glauben sie mir. Carl interessiert sich…', er blickte seinen Freund kurz an …'naja, nicht so besonders für das andere Geschlecht.'
'Olli, bitte. Was soll das?' Carl war verwirrt. 'Das tut doch wirklich nichts zur Sache. Was zählt, ist mein Wort. Und ich sage nochmals: Eleana und mich verbindet eine kollegiale Freundschaft', er stockte und korrigierte sich, 'Hat eine kollegiale Freundschaft verbunden.' Er sah Frederic voll Mitleid an.
Olli ergänzte: 'Mister Stoud, wir werden alles tun, Sie zu unterstützen, Ihnen zur Seite zu stehen, wenn Sie das wünschen.'

'Ich wünsche', Frederic sah Olli aus großen, blutunterlaufenen Augen an, drehte dann denn Kopf langsam zu Carl und wiederholte heißer: 'Ich wünsche, dass ihr beide aus meinem Leben verschwindet. Ich will dich', er fixierte Carl mit stechendem Blick, 'nie wieder sehen. Nie wieder. Das ist alles, was ich mir wünsche.' Frederic stand im selben Moment auf, drehte sich um ohne Carl oder Olli nochmal anzusehen und ging in Richtung Ausgang Fifth Avenue. Eddie, der eifrig Notizen gemacht hatte, sprang verdattert auf, griff seine Aktentasche und bellte ein verlegenes 'Auf Wiedersehen, ähm, oder: Nimmerwiedersehen meine Herren!', und hetzte Frederic hinterher.

Ermittlungen

Es vergingen weitere zwei Tage, bevor seitens der Polizei und der untersuchenden Behörden verstörende Neuigkeiten das Plaza erreichten. Frederic, als die einzige nahestehende Person vorort, erhielt einen Besuch des ermittelnden Beamten. Eleanas Manager sowie der Vize-Direktor ihres Plattenlabels waren auf Wunsch von Frederic ebenfalls anwesend. Eleanas Vater sowie einer ihrer Brüder hatten am Vortag Bukarest Richtung New York verlassen und sollten im Laufe dieses Sonntags am Flughafen JFK landen. Der Chefinspektor wollte nicht auf die Ankunft der engeren Familie warten, da er aus ermittlungstechnischen Gründen keine Minute verlieren durfte.
Die Polizei hatte die Ergebnisse der Obduktion und die Laborergebnisse der toxikologischen Untersuchungen des Leichnams sowie der Essensreste vorliegen. Offensichtlich hatte der Arzt, der die Wiederbelebungsversuche eingeleitet hatte, mit seiner vagen Vermutung recht behalten. Der Mageninhalt Elenas sowie die Reste des Clubsandwichs wiesen eindeutige Rückstände von Kaliumcyanid auf, auch kurz Zyankali genannt. Wer auch immer die Sandwiches mit dem Gift präpariert hat, wollte auf Nummer sicher gehen. Die Dosis die Eleana zu sich genommen hatte, hätte gereicht, um ein Rhinozeros ins Jenseits zu befördern. Zyankali wirkt unglaublich schnell und immer tödlich. Die Sauerstoffversorgung des gesamten Körpers wird in der Sekunde gestoppt. Es kommt zu einer inneren Erstickung. Jeder einzelnen Zelle im Körper „bleibt die Luft weg“ und sie stirbt innerhalb einer Minute - und mit ihnen der Mensch. Dem Chefinspektor war es ein völliges Rätsel, wie jemand überhaupt an dieses Teufelszeug kommen konnte.

Diese erschütternde Erkenntnis verlieh dem ganzen Drama eine völlig neue Dimension. Vor die Presse wollte man erst treten, sobald die Familie Eleanas in New York eingetroffen und informiert war. Die Polizei jedoch wollte und musste umgehend mit den Ermittlungen fortfahren. Nun ging es immerhin um Mord.
Eine erste kurze Befragung des Zimmerkellners Esteban am frühen Freitagmorgen nach der Unglücksnacht hatte nichts Brauchbares zutage gebracht. Er hatte Stein und Bein geschworen, das Sandwich nach der Bestellung durch Carl um circa 0:35 Uhr persönlich aus der Roomservice-Küche entgegengenommen und es sofort und ohne Umwege - oder es auch nur für eine Sekunde aus den Augen zu lassen - in die Suite von Carl gebracht zu haben. Damit hatte man sich zu diesem Zeitpunkt noch zufriedengegeben. Nun war der Fall jedoch etwas anders gelagert und die volle Aufmerksamkeit der Polizei galt dem Clubsandwich und seiner Herkunft. Es war klar, der Mitternachts-Snack war mit einem der tödlichsten Gifte auf Erden präpariert worden, um Carl zu ermorden. Sein Glück war, dass Eleana zuerst davon gegessen hat.
Der Chefinspektor ließ sich für Sonntagmittag nochmals den Zimmerkellner Esteban sowie die beiden Nachtköche Javier und Fernando vorführen. Die Köche waren um die fünfzig und arbeiteten bereits seit zwanzig Jahren in der Nachtküche des Plaza, wo die Gerichte für den Zimmerservice zwischen 22 Uhr und 6 Uhr früh zubereitet wurden. Beide schworen beim Leben ihrer Mütter und ihrer Kinder, die Bestellung „wie immer“ und „mit besten frischen Zutaten“ bereitet zu haben und konnten sich nicht vorstellen, wie irgendeine fremde Substanz, vom Gift wussten sie nichts, in das Essen gelangen hätte sollen. Der Zimmerkellner Esteban tauchte zur Einvernahme nicht auf. Der Chefinspektor gab umgehend die

Fahndung nach dem gutaussehenden Latino raus.
Eine Stunde später stand Carl dem Chefinspektor nochmals Rede und Antwort, lies erneut die kurze Zeit mit Eleana in seiner Suite revuepassieren - Minute für unerträgliche Minute. Dann wollte der Polizist nochmals den Tagesablauf analysieren und war letztendlich davon überzeugt, dass Carl kein wie immer erklärbares Motiv hatte, seine weltberühmte Bühnenkollegin zu beseitigen. Aufgrund der Tatsache, dass das Sandwich ja von Carl bestellt wurde, Eleana offensichtlich ungeplant und zufällig in seiner Suite aufgetaucht war und somit der Giftanschlag wohl ihm, Carl, gegolten haben musste, wurden die Ermittlungen nun auf Hochtouren auf das gesamte Umfeld Carls ausgeweitet.
Die Befragung Carls ergab auch, dass Frederic Stoud rasend eifersüchtig auf ihn war, einerseits weil er ein Verhältnis Carls mit Eleana vermutete und natürlich auch, weil er ihm zweimal hintereinander eine Rolle „weggeschnappt" hatte. Dieser Umstand machte nun Frederic zu einem der Hauptverdächtigen. Verdächtigt des Giftmordes an seiner geliebten Eleana. Die Polizei befragte ihn und seinen Manager Eddie erneut ausführlich und etwas weniger freundlich als beim ersten Mal. Die Polizei befragte auch Eleanas Manager und die Leute vom Plattenlabel, den Direktor der MET, alle Bühnenkollegen, den Chefdirigenten, den exzentrischen Franco Morati und sämtliche Assistenten. Carl hatte der Polizei allerdings den peinlichen Zwischenfall mit Franco in seiner Suite verschwiegen. Als er sich an die unrühmliche Begegnung nach der Generalprobe von Anfang der Woche erinnerte, wurde ihm mulmig. Carl wischte den Gedanken rasch beiseite.
Am Tag nach der Premiere erschien in der Abendausgabe des „Tagesmerkur" die Kritik von „Così fan tutte" an der MET. Verfasst

vom Kulturchef persönlich, Dr. Axel Sprunk. Die Kritik fiel vernichtend aus. Von „stimmlich indisponiert“, „ausdruckslos“, „schauspielerisch erstaunlich schwach“, bis „zusammenfassend: Enttäuschend“ reichten die Bewertungen der Aufführung. Die harte und bittere Kritik traf in erster Linie Carl und Eleana, aber auch „Don Alfonso“ und „Despina“, die alle vier hervorragend gesungen hatten. Gerade die vier, die sich nach der Premiere an der Bar im Plaza über Sprunk ausgelassen hatten. Einige andere Sänger wurden ausnehmend gut bewertet, die Musik unter James Levine wurde gelobt und sogar die skandalumwitterte Regie von Franco Morati kam überraschend gut weg.
Carl konnte sich nicht erklären, warum gerade die Hauptfiguren der „Così“ von Sprunk so vernichtet wurden. Er konnte sich des Eindrucks nicht erwehren, dass dieser Mann von ihrem Gespräch an der Bar Wind bekommen hatte. Irgendwie. Carl war am Boden zerstört. Das Publikum hatte die Aufführung geliebt, die lokalen Medien in New York hatten eine überwältigende Reprise geschrieben und nun das. Sprunks Kritik wurde von vielen kleineren Medien in ganz Europa mehr oder weniger eins zu eins übernommen. Die anderen wichtigen Kulturjournalisten von großen Tageszeitungen waren zwar verwundert über Sprunks vernichtende Kritik, waren viele von ihnen doch selbst vorort dabei gewesen und hatten sich von einer tadellosen Aufführung überzeugt, lasen aber aus der eloquenten Kritik zwischen den Zeilen doch das eine oder andere heraus, das sie nachzuvollziehen imstande waren. So gesehen war es der erste schmerzhafte Knick der beginnenden Karriere Carls – oder gar ihr Ende?

Die Kritik erschien am selben Tag, als die Medien vom Tod des

Opernstars Eleana Oronescu berichteten. Axel Sprunk, der soeben seine schlechteste Kritik über Eleana verfasst und veröffentlicht hatte, musste nun einen Nachruf auf die eigentlich von ihm so geschätzte Diva schreiben. Sprunk saß in einem kleinen Coffee-Shop um die Ecke, gegenüber der Carnegie Hall und biss abwesend von seinem Zucchini-Muffin ab. Er war zerknirscht. 'Was war da geschehen? Stirbt die einfach!? Die strotzte ja vor Gesundheit. War das die gerechte Strafe für ihre verletzenden Worte gestern Abend…', dachte Sprunk und bedauerte sogleich diesen perfiden Gedanken.

Sprunk wusste weder etwas über die genaue Todesursache noch über den Umstand, dass Eleana in Carls Suite verstorben war. Sprunk fühlte sich schlecht. Er ließ sich eine weitere Tasse Kaffee einschenken, der so dünn war, dass man ihn leicht mit einem Darjeeling verwechseln hätte können. Ein Tropfen „Half and Half“ verwandelte das Gesöff in einen blassen Milchkaffee. Sprunk verzog das Gesicht, nahm aber dennoch einen großen Schluck. 'Was für eine Scheiße!', fasste er die Situation für sich zusammen. Es war nun zu spät. Die Kritik war draußen, der Schaden angerichtet. Seinen Nachruf auf die große Eleana Oronescu würde man ihm nur halbherzig abnehmen nachdem er sie gestern erst als „abgehalftert“, „den Zenit überschritten“, „überbewertet“, sogar als „ausrangiert“ bezeichnet hatte und auch nicht davor zurückscheute, ihr „ein paar Kilo zu viel Wohlstandsspeck“ anzudichten. 'Verdammt!', ärgerte er sich über die eigene Unvernunft und den Umstand, dass er sich so leicht dazu hat hinreißen lassen. 'Carl hat jedenfalls das seine dazu beigetragen', murmelte er vor sich hin. Er hat diesen ganzen Wirbel hineingebracht, hat mich verwirrt, hat mich aufgeregt! Was hat mich da für ein Teufel geritten?!' Axel Sprunk erkannte sich selbst kaum wieder.

Nachdem Carl nun mit trauriger Gewissheit von einem Giftanschlag auf seine Person ausgehen konnte, rief er nochmals den Chefinspektor an, um ihn über die vernichtende Kritik von Sprunk im „Tagesmerkur“ zu informieren. Carl hatte das Fax mit der Seite aus Wien bereits seit Freitag in Händen gehabt und es fassungslos immer und immer wieder gelesen.
'Ich weiß ja nicht, ob das relevant ist, aber die Kritik ist so ungewöhnlich schlecht ausgefallen, dass ich einen Zusammenhang mit dem Giftanschlag leider nicht ausschließen kann – obwohl ich das gerne möchte. Meine Kollegen, darunter auch Eleana, und ich haben uns nach der Premiere an der Bar im Plaza ein wenig über diesen Journalisten ausgelassen. Naja, in der Euphorie des Erfolgs und nach ein paar Gläsern Champagner haben wir wohl nicht sonderlich wohlwollend über ihn gesprochen. Er ist ein recht eigenartiger Kauz, müssen sie wissen. Es kann sein, dass ihm dieses Gespräch irgendwie zu Ohren gekommen ist - anders kann ich mir das nicht vorstellen.', erklärte Carl dem erstaunten Chefinspektor, der daraufhin umgehend eine Einvernahme des Journalisten organisierte. Die Befragung Sprunks am Sonntagnachmittag ergab aus Sicht des Chefinspektors wenig bis gar nichts. Ihm erschien Sprunk ein arroganter, überheblicher, intellektueller Arsch zu sein, gleichzeitig aber ein verbitterter Mann, der anscheinend einen persönlichen Rachefeldzug gegen Carl und die anderen Künstler führte - warum zum Teufel auch immer – aber aus seiner Sicht und seiner langjährigen Erfahrung, eines Mordes nicht fähig gewesen wäre. 'Sie können meinetwegen gleich morgen nach Wien zurückfliegen', verabschiedete sich der Polizist lapidar von einem gleichgültigen

Sprunk.

Axel Sprunks schmeichelnder Nachruf auf die große Diva erschien ebenfalls am Sonntag im „Tagesmerkur". Es hatte ihn fast einen ganzen Tag gekostet, elegante und elaborierte Formulierungen auszuarbeiten, damit sie seine herbe Kritik von der Premiere behutsam abschwächten und in den Hintergrund treten ließen. Er erwähnte die „Così" nur eingangs beiläufig in einem Satz und verteidigte nun beinahe Eleanas „schlechten Tag" mit offensichtlichen Anzeichen einer Schwäche oder Indisposition. Seinem strengen Urteil nahm er zudem ein wenig an Schärfe aber auch an Glaubwürdigkeit, indem er für seine eigene „leichte Unpässlichkeit" und dieser daraus resultierenden harschen Wortwahl, sowohl den Jet-Lag als auch schwere Kopfschmerzen verantwortlich machte. Die restlichen 97 Prozent seines Artikels waren ein Loblied auf eine der größten Diven der letzten fünfzig Jahre. Sprunk wusste, dieser Nachruf war die einzige Möglichkeit, seine Reputation zurechtzurücken, aber vor allem sein schlechtes Gewissen reinzuwaschen.
Seit den Medien gegen Sonntagabend die Information zugespielt wurde, dass es sich bei Eleana Oronescus Tod höchstwahrscheinlich doch um keinen natürlichen gehandelt hatte, überschlugen sich die Meldungen mit Mutmaßungen und Verschwörungstheorien. Auf allen Fernseh-stationen wurde nun vom „überraschenden" aber vor allem „rätselhaften" Tod des Superstars der Opernwelt berichtet.
Die Tatsache, dass Frau Oronescu einem vergifteten Sandwich zum Opfer gefallen war und dass sie dieses für Carl bestimmte Sandwich versehentlich gegessen hatte – in seiner Suite – blieb der Öffentlichkeit jedoch verwehrt. Umso mehr machten die

haarsträubendsten Gerüchte die Runde. Könnte ihr Geliebter Frederic Stoud sie auf dem Gewissen haben? Aus Eifersucht? Könnte sie von einer neidischen Kollegin aus dem Weg geräumt worden sein? Könnte es einer ihrer vielen temperamentvollen Ex-Liebhaber gewesen sein? Der Boulevard versuchte Szenarien zu zeichnen und sie der Leserschaft als plausibel zu verkaufen. Niemand wusste offiziell irgendetwas über Eleana Todesursache – und das war gut so. Wären die Umstände ans Tageslicht gekommen, hätte man rasch eins und eins zusammengezählt und der Mordversuch an Carl wäre die nächste sensationelle Schlagzeile gewesen.

Esteban wurde am frühen Sonntagabend in der Wohnung eines Cousins in Harlem aufgefunden und verhaftet. Er wehrte sich kaum gegen die Festnahme, heulte aber wie ein kleines Kind.
Die Einvernahme durch den Chefinspektor fand am Tatort statt, in Carls Suite im Plaza. Eine strategische Entscheidung des Polizisten, um den Druck zu erhöhen und der Erinnerung auf die Sprünge zu helfen. Es dauerte nicht lange und Esteban erzählte zitternd und in Tränen aufgelöst: 'Dieser Mann, er sprach mit Akzent, hat mich, als ich ihm vor circa einer Woche spätabends eine Roomservice-Bestellung brachte – eindeutige Avancen gemacht und mich zu einer intimen Handlung verführt.', sagte er beschämt.
'Und du hast dich darauf eingelassen? Ist das dein spezieller Roomservice?' der Chefinspektor hatte nicht vor, den jungen Kellner mit Glacé-Handschuhen anzufassen.
'Aber nein, bestimmt nicht', heulte Esteban. 'Ich war perplex und er hat mich einfach angefasst und dann, naja, was soll ich sagen. Ich dachte halt, so schlimm ist das nicht. Es ist mir unglaublich peinlich.'
'Das sollte es dir auch sein. Aber was war dann. Deine Sex-Abenteuer

interessieren mich nur wenig. Also rede.' Der Polizeibeamte wurde zusehends ungeduldig.
'Es war... es ging alles ganz schnell. Er gab mir hundert Dollar Trinkgeld und beschwor mich, kein Sterbenswörtchen darüber zu verlieren. Ich habe ihm das auch versprochen. Das war alles, ich bin gegangen. Und dann aber, am Donnerstagnachmittag, hat er mich kurz nach meinem Dienstbeginn um fünf, zu sich in die Suite gerufen. Keine Bestellung, er wollte mich sehen. Ich war nervös, bin dann aber doch raufgefahren.'
'Aha, was wollte er von dir? Noch eine kleine persönliche Gefälligkeit, schätze ich.'
'Nein. Er sagte mir, ich sei ihm etwas schuldig. Wenn ich nicht will, dass er mich beim Manager verpfeift, dann solle ich für ihn etwas erledigen. Es ginge um eine Wette, nichts Kompliziertes. Es sollte ein Spaß sein, sagte er. Nur ein Spaß.' Esteban begann wieder zu schluchzen.
'Hör mir auf mit deinem jämmerlichen Geheule und erzähl verdammt nochmal weiter! Ich habe nicht den ganzen Sonntagabend für dich reserviert!', dem Chefinspektor reichte es langsam.
'Er hat…', stammelte der Junge, 'er hat mir einen winzigen Plastikbeutel mit weißem Pulver gegeben und gesagt, wenn der Herr aus der Parksuite, Carl der Opernsänger, wieder ein spätes Essen bestellt, solle ich ihm davon reichlich beigeben. Ordentlich verteilen, hat er gemeint. Ich fragte ihn, ob das denn Kokain sei und er winkte ab. Er meinte, nein, nein, das ist ein Abführmittel. Eine kleine Retourkutsche wäre das für den Herrn, morgen, spätestens übermorgen wäre er wieder fit. Mehr müsse ich dazu nicht wissen. Dann habe ich das Zeug später, als die Bestellung kam, einfach in den Club-Sandwiches verteilt.', erzählte er und wischte sich den

triefenden Rotz von der Nase.
'Und diesen Schwachsinn hast du ihm geglaubt?!'
'Ich habe mir nichts dabei gedacht! Und... und er hat mir auch noch fünfhundert Dollar in bar in die Hand gedrückt und noch grinsend angemerkt, dass ihm der Spaß das jedenfalls wert wäre', fügte er noch kleinlaut hinzu.
'Du hast dir nichts dabei gedacht. Wunderbar. Du Idiot bist für einen verdammten Mord bezahlt worden, so sieht das aus! Ein Auftragskiller bist du, ein gedungener Mörder sozusagen.' resümierte der Chefinspektor trocken.
Esteban sank heulend in sich zusammen. Es schüttelte ihn krampfartig und alles was er abwechselnd herausbrachte war: 'Dios mío! Madre mía! Dios mío!!'
'So!', der Chefinspektor fasste den Jungen forsch am Arm, zerrte ihn hoch und sah ihm mit forderndem Blick in die Augen: 'Jetzt zeigst du mir den Herrn der dir das „Abführmittel“ gegeben hat. Komm, gehen wir!'

Zwei Minuten später stand der Chefinspektor mit drei Beamten und Esteban der ein Bild des Jammers abgab, vor der Suite am Ende des Flurs. Nachdem der Chefinspektor mehrmals an der Tür geläutet hat, wurde diese vorsichtig einen Spalt breit geöffnet.
'Ja bitte?', kam die Frage aus der Suite.
'Ist das der Mann', fragte der Polizeibeamte den Jungen, der in seinem festen Griff hing und ansonsten wohl zusammengeklappt wäre.
'Ja Sir, ja, das ist er', brachte Esteban krächzend heraus.
Im selben Moment wurde die Tür der Suite wieder zugeknallt. Nach einigen “Polizei! Machen sie sofort auf!-Rufen“ und der ausgebliebenen Reaktion, öffneten die Beamten die Tür mit dem

Generalschlüssel.

'Du bleibst hier stehen und rührst dich nicht von der Stelle, verstanden', gab der Chefinspektor seine Order an Esteban. Die Polizisten zogen ihre Waffen und verschafften sich Zutritt. Der Mann war nirgendwo zu sehen. Die Beamten bewegten sich Richtung Schlafzimmer der Suite. 'Kommen Sie mit erhobenen Händen heraus. Sofort.' Keine Reaktion. Einer der Beamten erreichte die Tür und drehte den Türknauf. Von innen versperrt. 'Öffnen sie sofort diese Tür und kommen sie mit erhobenen Händen heraus, sonst kommen wir hinein.' schrie der Chefinspektor. Wieder keine Antwort. Aus dem Schlafzimmer der Suite waren undefinierbare Geräusche zu hören. 'Zugriff!', rief der leitende Beamte. Zwei Polizisten traten die Tür ein und stürmten ins Zimmer. Ein eisiger Luftzug drängte sich den Beamten entgegen. Das Fenster stand offen, der Vorhang wehte friedlich.

Es war ein Glückstag für den indischen Taxifahrer, der auf der 59. Straße in Richtung Fifth Avenue unterwegs war. Etwas Großes war mit einem dumpfen Geräusch keine zwei Meter vor seinem Wagen auf die regennasse Straße geknallt und präsentierte sich nun, undefinierbar, im Lichtkegel seiner Scheinwerfer. Geistesgegenwärtig konnte er sein Taxi mit quietschenden Bremsen gerade noch anhalten. Er stieg aus, wie auch die Fahrer anderer Autos, um zu sehen, was geschehen war. Vom Gehsteig her liefen Menschen auf das dunkle Bündel zu und schlugen mit Entsetzen die Hände vor den Mund. Ein bärtiger Mann, längeres Haar, in dunkelblauer Kleidung lag leblos mitten auf der Straße. Der Blick der umstehenden Menschen ging nach oben, der Fassade des Plaza Hotels entlang, wo aus einem Fenster in der obersten Etage einige Köpfe hervorlugten. Die Beine und auch die Arme dieses erbarmungswürdigen Mannes waren mehrfach gebrochen, erinnerten an die hölzernen Gliedmaßen einer Marionette und standen unnatürlich in verschiedene Richtungen vom Körper ab. Der Kopf war eigenartig breit, aus den Ohren und der Nase trat Blut. Die Augen starrten ungläubig und weit aufgerissen ins Leere. Die wenigen Sekunden dieses Sturzflugs aus sechzig Metern Höhe mussten für Franco Morati die Hölle gewesen sein.

Cosí

Die Cosí-Vorstellung am Fünfzehnten des Monats, es wäre die dritte gewesen, wurde ebenfalls abgesagt. Carl war heilfroh über die Entscheidung, hatte er doch die Vorfälle dieser letzten Woche noch gar nicht in ihrer ganzen Dimension verarbeitet. Zu frisch waren die schrecklichen Erlebnisse: Der grausame Tod von Eleana, gestorben in seinen Armen, durch die Hand eines gekränkten, rachsüchtigen Wahnsinnigen, der nach seinem fatalen Irrtum keinen anderen Ausweg sah, als sich selbst zu richten, die Tage voll Angst und Ungewissheit, die Konfrontationen aber auch die beleidigende und unfaire Kritik eines Axel Sprunk. Carl hatte annähernd zwei Wochen Zeit, um sich wieder zu sammeln und seine Konzentration auf die restlichen Vorstellungen zu lenken. Er sprach oft mit den Ensemblekollegen, ging mit Olli und den Leuten vom Plattenlabel Essen, gab einige wenige Interviews die so ganz und gar nicht nach seinen Vorstellungen abliefen – alle fragten ständig nach Eleana und sprachen ihn auf die Sprunk-Kritik an – und er nahm sich auch Zeit, mehrere Male mit seiner Mutter Inge zu telefonieren, die sehr besorgt über seinen Gemütszustand war. Er brauchte jetzt die mutmachende, fürsorgliche Wärme ihrer Stimme wie einen Bissen Brot.
Beim Zimmerkellner Esteban klickten bereits am Sonntagabend die Handschellen. Er wurde direkt aus der Suite Moratis abgeführt. Seine Leichtgläubigkeit und Dämlichkeit wird ihm letztendlich zwar eine Verurteilung wegen Mordes, nicht aber das Gefängnis erspart haben. Frederic Stoud war mit Eleanas Leichnam, ihrem Vater und ihrem Bruder am 12. November in die rumänische Heimat geflogen, wo die Diva am ersten Adventsonntag im Familiengrab beigesetzt werden sollte.

Axel Sprunk war am selben Tag bereits wieder in Wien gelandet, hatte sich ein paar Tage Urlaub genommen und sich in seiner Wohnung verkrochen. Er hatte das starke Bedürfnis niemanden zu sehen und über Vieles nachzudenken.

Am 16. November erhielt Carl den Anruf eines erleichterten Greg Stein, der für die weiteren fünf Vorstellungen einen Ersatz für Eleana gefunden hatte. Stein muss tief in die Taschen gegriffen haben, denn wie durch ein Wunder war der andere Sopran-Superstar gerade zwischen zwei Engagements und somit kurzfristig verfügbar. Die „Fiordiligi" hatte sie in ihrer langen Karriere schon viele Male gesungen.
Die Russin Nadia Karetschko wurde seit Anfang der 80-er Jahre von Opernkennern und Medien verehrt und immer wieder zur weltbesten Sopranstimme erklärt, abwechselnd mit Eleana Oronescu. Die aus St. Petersburg stammende, stimmgewaltige Diva war Anfang fünfzig, groß gewachsen, mit wallender, blonder Mähne. Sie hatte ungewöhnlich grüne Augen und eine ihrer Eigenheiten war es, wann immer sie sich Gehör verschaffen wollte, laut und schrill wie ein Bierkutscher, mit Mittelfinger und Daumen im Mund, zu pfeifen.
Nadia war entsetzt, als sie von Eleanas Tod erfahren hatte und zögerte keine Sekunde Greg Stein zuzusagen und so ihrer langjährigen Konkurrentin, aber auch Freundin, diesen letzten Dienst zu erweisen. Sie wollte sie würdig vertreten. Sie brach ihren Urlaub auf den Bahamas ab und flog umgehend nach New York, um mit dem Ensemble noch einige Proben zu absolvieren.
Carl freute sich, trotz der widrigen Umstände, auf die Zusammenarbeit mit dem Superstar.
Die Wiederaufnahme, es war Donnerstag, der 21. November, genau

zwei Wochen nach der Premiere, wurde mit einer Gedenkminute für Eleana begonnen und der Abend wurde ihr gewidmet. Die „Così“ wurde eine unglaublich schöne und erfolgreiche Aufführung. Das gesamte Leading Team war mit extra viel Herz und Gefühl am Werk, gerade so als würde Eleana in der Direktionsloge mit Greg Stein sitzen und ihnen wohlwollend und anerkennend zulächeln.
Nach dem kleinen Umtrunk und diverser Dankesreden in der Direktion trennten sich die Akteure herzlich voneinander und freuten sich auf die gemeinsamen letzten vier Abende. Nadia Karetschko bot Carl an, mit ihr im Wagen zum Hotel zu fahren.
'Ich möchte mich noch ein wenig mit dir unterhalten Carl, wenn es dir recht ist.', eröffnete ihm Nadia.
'Sehr gerne. Vielleicht können wir an der Bar noch einen Drink einnehmen?' Carl freute sich auf einen Austausch zur Aufführung, die für ihn wie ein zweiter Premierenabend gewesen war.
'Sehr gut! Mein Mann wird wahrscheinlich auch dabei sein, ich habe ihn gebeten, auf mich in der Bar zu warten. Er war heute Abend auch im Publikum, bei Greg in der Loge.'
'Wunderbar!', war Carl einverstanden.
Nadias Ehemann war der weltberühmte Dirigent Andrej Sacholinsky. Ein Grandseigneur der alten Schule, beste Kontakte in die allerhöchsten politischen Kreise und gute zwanzig Jahre älter als Nadia. Carl sah dem Gedankenaustausch mit ihm und Nadia mit Spannung entgegen.

'Carl? Bist du noch wach?', fragte Olli vorsichtig als Carl das Telefon abnahm.
'Naja, jetzt wieder.' Carl klang verschlafen. 'Wie spät ist es überhaupt?'

'Kurz vor zwei, sorry.' Olli fühlte sich schuldig.
'Kann ich nochmal bei dir vorbeischauen? Wir haben uns nach dem heutigen Abend weder gesehen noch gesprochen. Der Abend war eine Sensation, mein Lieber! Lass uns noch ein wenig quatschen. Morgen kannst du ausschlafen, okay?'
'Meinetwegen. Komm schon rüber. Aber maximal für eine Stunde.' Carl ließ sich wie so oft von seinem Freund überreden, rollte aus dem Bett und schlüpfte in seine orange Abercrombie & Fitch Jogginghose. Olli war keine zwei Minuten später in Carls Suite.
'Schau mal, was ich hier habe', er grinste breit und wedelte mit einem Fax, das er aus seiner Mappe zog. Eben aus der Redaktion der „Abendpost" erhalten. Der Artikel erscheint heute in Wien. Deine „Così" vom Abend hat alle rundum begeistert. Schau mal!' Olli reichte ihm das Papier.
Carl las mit großem Interesse die hervorragende Kritik des Abends. Die lobenden Worte galten einerseits Nadia für ihr spontanes Einspringen, dem gesamten Leading Team, ganz besonders Carl - der sich nach der herben Kritik der Premiere nicht lange irritieren ließ und eine Glanzleistung abgeliefert hatte - sowie auch der musikalischen Leitung durch James Levine. Die schräge Inszenierung hingegen wurde kaum erwähnt, wohl aus Pietät dem verstorbenen Franco Morati gegenüber. Der Redakteur konnte es sich zudem nicht verkneifen, das Urteilsvermögen von Axel Sprunk ernsthaft in Frage zu stellen. 'Da müsse schon sehr viel an Jet-Lag und Kopfweh zusammenkommen, um sich in der Bewertung einer Aufführung derart im Ton zu vergreifen', konstatierte der Redakteur gegen Ende seines Artikels. 'Ob Herr S. da nicht eine persönliche Rechnung zu begleichen hatte und sich dadurch zu einer unprofessionellen, unsachlichen Aussage hat hinreißen lassen? Auch

eine Möglichkeit, sich selbst ins Abseits der Glaubwürdigkeit zu manövrieren...' Der junge Redakteur hatte in ungekannter und unüblicher Art einen Kollegen, den Kollegen, angegriffen und damit wahrscheinlich seine eigene journalistische Karriere in Gefahr gebracht. Mutig.

'Ja! So stelle ich mir das vor!', freute sich Carl. Ich kann einfach nicht verstehen, dass Sprunk sich so hat gehen lassen. Selbst wenn er uns an besagtem Abend nach der Premiere belauscht haben sollte – und davon bin ich mittlerweile überzeugt – hätte ich mir von jemandem wie ihm doch mehr Professionalität erwartet, ehrlich.'

'Naja, ihr seid da ja auch ganz ordentlich über ihn hergezogen', konstatierte Olli, sich vage an die Konversation erinnernd.

'Keine Ahnung. Wir waren alle total erschöpft, überdreht, leicht betrunken. Was weiß ich, was wir da von uns gegeben haben. Es war jedenfalls wenig freundlich, soviel steht fest.' Er wünschte, die ganze Episode hätte nie stattgefunden. 'Ich hatte Sprunk sogar kurz in Verdacht, etwas mit dem Giftanschlag auf mich zu tun zu haben.' Carl fühlte einen kalten Schauer über seinen Rücken ziehen sowie er das Wort „Giftanschlag" ausgesprochen hatte.

'Wir müssen das jetzt alles schleunigst hinter uns lassen. Vergiss es! Schau nach vorne. Der Abend heute war ein Traum! Nadia schien auch sehr zufrieden mit eurem Zusammenspiel, stimmt doch, oder?' Olli hatte das sehr gut beobachtet.

'Das kann man wohl sagen. Wir waren vorhin noch auf einen Drink an der Bar und Nadia hat mir ihrem Mann vorgestellt. Ich war von Andrej Sacholinsky sehr beeindruckt. Er trinkt vielleicht einen Hauch zu viel, naja, Russe eben, war aber hundertprozentig aufmerksam und interessiert.'

'Hat er dir einen Rat gegeben, eine Empfehlung, einen Kontakt

angeboten, irgendetwas, das dir für deine Karriere nützen könnte?', bohrte Olli nach.
'Rat? Naja,...' Carl machte es extra spannend. 'Er hat mich eingeladen, in der Saison 93/94 erneut gemeinsam mit seiner Frau auf der Bühne zu stehen. Im Mariinsky-Theater in St. Petersburg!'
'Das ist ja unglaublich! Und, was hast du gesagt?' Ollis Stimme überschlug sich.
'Ja. Natürlich habe ich ja gesagt. „Tosca". Ein riesengroßer Traum geht in Erfüllung. Ich werde Mario Cavaradossi sein und Nadia meine Tosca.' Carl schaute selig.
Olli nahm Carl spontan und herzlich in die Arme und küsste ihn erst auf die Wangen und zuletzt noch direkt auf den Mund. Carl hatte nichts dagegen.

Estrella

Nachdem Frederic Stoud das Begräbnis seiner geliebten Eleana in ihrem transsilvanischen Heimatdorf hinter sich gebracht hatte, verließ er Europa fluchtartig in Richtung Australien. Er fiel in eine substanzielle Sinnkrise. Seine allseits gepriesene kräftige Tenorstimme hatte ihn im Stich gelassen, die verdammte Kehlkopfentzündung wollte nicht und nicht verschwinden, seine große Liebe Eleana musste anstelle seines verhassten Konkurrenten sterben, ermordet durch die Hand eines Irren. Frederic wurde zudem von seinem Plattenlabel aus dem Vertrag entlassen da, er weder die vereinbarten Aufnahmen machen noch die PR- und Medientermine wahrnehmen konnte. Ganz zu schweigen von den bis dato mindestens vierzig abgesagten Auftritten in diversen Opernhäusern rund um die Welt mit der Ungewissheit, wann und ob er denn überhaupt wieder voll einsatzfähig sein würde. Seinen langjährigen Manager Eddie hatte Frederic eigenhändig in die Wüste geschickt, nachdem sich dieser kaum noch in Frederics Sinne engagierte und sich für ihn nicht mehr ins Zeug warf. Die Aussicht auf schwindende Einnahmen hatten ihm wohl die Lust an der Arbeit genommen. Verdammter Opportunist!

Frederic wollte erstmal allein sein und sich auf seine Genesung konzentrieren. Sein erklärtes Ziel war, größer als zuvor auf die Bühnen der Opernwelt zurückzukehren. Er würde es ihnen allen zeigen. Allen. Er hatte Carl als den Auslöser seiner Wut auserkoren. Hätte man allerdings die Verantwortlichen seines Plattenlabels oder seinen fleißigen Manager Eddie selbst gefragt, wären die Antworten ganz andere gewesen. Unausstehlich war Frederic in den letzten Monaten geworden, unberechenbar, aufbrausend und ungerecht. Er gebärdete sich wie der sterbende Schwan, kommandierte herum, schrie Assistentinnen an, die weinend aus den Zimmern stürmten, kurz, er war zu einer ständigen Belastung, ja zu einer tickenden Zeitbombe für alle in seinem Umfeld geworden. Bis es dem Boss des Plattenlabels reichte und er ein finales Machtwort sprach. Frederic hatte den Bogen überspannt. Eddie schmiss hin, er ganz alleine hatte diesen Schritt gesetzt, da alles, was er für Frederic tat, was er ihm empfahl, jeden Termin den er ihm organisierte, einfach jede Aktion, vom gekränkten Tenor in Frage gestellt oder vehement abgelehnt wurde und er sich obendrein von ihm beschimpfen und demütigen lassen musste. Nicht mit Eddie. Er war draußen. 'Mach doch deinen Scheiß selbst!'

Das Haus in Dalkeith, einem noblen Vorort von Perth in Westaustralien, lag direkt am Swan River und war mit seinen acht Schlafzimmern und neun Bädern, dem riesigen Pool, dem Weinkeller und dem parkähnlichen Garten viel zu groß für Frederic. Das typisch amerikanische „Mansion“ mit einigen pompösen griechisch-römischen Details hatte er vor zwei Jahren um ein kleines Vermögen erstanden und er träumte damals noch davon, es in absehbarer Zukunft mit Frau und glamourösem Gesellschaftsleben füllen zu können. Die Realisierung dieses Traums schien in weiter Ferne gerückt zu sein. Er fühlte sich, als würde eine ätzende Angst sein Leben zersetzen - er fühlte sich allein und verloren. Er war allein und verloren.

Als Frederic Ende Juni 1992 am frühen Abend einen Anruf aus München erhielt, war er sichtlich überrascht.
'Dunja Müller hier, guten Abend Mister Stoud. Ich rufe Sie aus

München an. Germany.', rief sie durch die Leitung, als würde sie mit dem Mann im Mond telefonieren.
'Guten Abend. Ich weiß, wo München liegt, danke. Woher haben Sie meine Telefonnummer?', merkte Frederic mit kratziger Stimme sarkastisch an. Er hatte sicher schon seit vier Tagen mit niemandem mehr gesprochen. 'Also, was verschafft mir die Ehre? Von welcher Zeitung sind Sie und was soll ich zum tausendsten Mal wiederholen?'
'Nein, nein, keine Sorge Mister Stoud. Keine Medien. Naja, nicht diese Art von Medien. „Estrella Classic Records".'
'Nie gehört', antwortete Frederic knapp.
'Es gibt uns offiziell erst seit Anfang des Jahres. Wir sind aktuell dabei, unser Portfolio an Künstlern aufzubauen und mein Chef hat da an Sie gedacht Mister Stoud.', erklärte ihm Frau Müller.
'Aha, spannend. Und warum glauben Sie, ich könnte interessiert sein? Und Sie wissen doch sicher auch, dass ich seit gut einem Jahr aus dem Geschäft bin, wenn wir es so nennen wollen, nicht?'
'Das ist uns alles bekannt. Eben deshalb! Mein Chef würde sich gerne mit Ihnen treffen und persönlich ein Angebot unterbreiten. Was sagen Sie?' Stille am anderen Ende der Leitung. 'Mister Stoud? Wir würden Sie nach München fliegen, alle Kosten werden selbstverständlich übernommen. Mein Chef wäre sehr glücklich.'
'Wo ist da der dicke Haken?', Frederic witterte eine Verarschung.
'Kein Haken, absolut kein Haken. Lassen Sie sich sich überraschen – Sie können nur gewinnen.', flötete die Dame aus München.
'Das kommt natürlich alles ein wenig plötzlich.', erwiderte Frederic nun leicht irritiert. 'Weiß Ihr Chef – hat er auch einen Namen? - wie teuer ich bin und auch, dass ich derzeit noch nicht wieder hundertprozentig am Damm bin?' Frederic klang etwas unsicher.
'Glauben Sie mir, Mister Stoud, mein Chef ist umfassend informiert,

er freut sich auf ein Treffen mit Ihnen in den kommenden zwei, drei Wochen. Ganz wie es Ihnen in den Zeitplan passt.' Frau Müller war besonders zuvorkommend.
'Es ist ja nicht so, dass ich im Moment gerade in Terminen untergehe. Theoretisch könnte ich umgehend reisen. Lassen Sie mir noch zwei Tage für meine Entscheidung und rufen Sie mich dann nochmals an.' Frederic hatte innerlich bereits zwar zugesagt, wollte aber dieser fremden Sekretärin eines unbekannten Klassik-Labels gegenüber nicht derartig verzweifelt erscheinen.
'Perfekt, ich melde mich in 48 Stunden wieder. Alles Gute Mister Stoud.', beendete Frau Müller das Satellitengespräch. Frederic versuchte am nächsten Tag mit einigen Telefonaten etwas über „Estrella“ herauszubekommen, konnte aber auch nicht mehr in Erfahrung bringen, als dass es sich um ein neues, anscheinend finanziell starkes und eigenständiges Label handle. Was soll's! Er war neugierig und bereit für eine bezahlte Europa-Reise.

Als Frederic an einem kühlen und regnerischen 15. Juli am nagelneuen Flughafen Franz-Josef-Strauß in München ankam, das Wetter war eigentlich genau dasselbe wie in Perth, erwartete ihn ein junger Mann in schwarzen Jeans, Lederjacke und Sonnenbrille mit einem Schild in der Hand auf dem „F. Stoud“ in großen roten Lettern zu lesen stand. Der wenig gesprächige Jüngling, er wäre mit seinen dichten schwarzen Haaren als Italiener oder Spanier durchgegangen, erkundigte sich lediglich mit einigen Floskeln nach dem Flug und dem Befinden und informierte Frederic knapp, dass er ihn jetzt in den Bayrischen Hof und am nächsten Morgen, Punkt 09:30 Uhr, zu „Estrella Classic Records“ fahren würde.
Frederic war erstaunt von diesem neuen und unbekannten Klassik-

Label derart hofiert zu werden. Business-Class Flug, große Limousine, dann dieser Luxus-Schuppen, den Frederic bereits von früheren Aufenthalten in München kannte. Er fühlte sich beinahe wie zu seinen besten Zeiten, die gerade einmal etwas mehr als ein Jahr zurücklagen, sich aber im Moment wie Erinnerungen an ein anderes Leben anfühlten. Vielleicht war dies tatsächlich eine Chance für ihn in absehbarer Zeit wieder ganz vorne dabei zu sein? Wenn nur die verdammte Stimme mitspielt!

Als Frederic am nächsten Morgen gegen 10 Uhr an einem unscheinbaren Hauseingang in der Kaufingerstraße anläutete wurde er von einer überschwänglichen Dunja Müller mit 'Ah, Mister Stoud, wunderbar! Bitte nehmen Sie den Aufzug in die zweite Etage', über die Gegensprechanlage begrüßte.

In dem kleinen Büro schien es nebst dem Foyer mit einem schicken, klavierlackschwarzen Schreibtisch von Frau Müller noch zwei, vielleicht drei weitere Räume zu geben. Der Boden war mit einem elfenbeinfarbenen kurzflorigen Teppichboden ausgelegt. Eine Art-Deco Standleuchte aus Messing und zwei Wandkandelaber im selben Stil bildeten einen krassen Kontrast zu einem Bild von Jean-Michel Basquiat das einen Grimassen schneidenden Kopf auf blauem Untergrund zeigte. 'Ob das ein Original ist?', fragte sich Frederic. Links von Frau Müllers Arbeitsplatz war eine kleine, halboffene Teeküche auszumachen, daneben zwei weitere Türen - mit jeweils einem Messing-Schildchen einer weiblichen und einer männlichen Silhouette. Rechts von Frau Müllers Schreibtisch, auf dem lediglich ein Telefon und ein kleiner würfelartiger Bildschirm mit dem Symbol eines bunten, angebissenen Apfels standen, lag hinter einer breiten getönten Glasfront ein kleiner Besprechungsraum mit einem ovalen schwarzen Marmortisch und sechs Marcel Breuer Stahlrohr-

Freischwinger-Stühlen mit Wiener Geflecht von Thonet. Den Tisch schmückte ein kleines Blumenarrangement mit orangefarbenen Gerbera, daneben ein silbernes Tablett mit einer Karaffe Wasser und vier schlichten Gläsern. Stirnseitig an der Wand prangte das Logo der Firma: „Estrella Classic Records“. Unmittelbar neben dem Besprechungsraum war eine Tür auf der zu lesen stand:
„A. Dornberger, CEO & President“.
'Kaffee, Mister Stoud?' Frau Müller hatte sich keinen Millimeter bewegt, lächelte ihn mit großen Augen an und ergänzte: 'Espresso, Cappuccino, Macchiato, Café Latte, Melange, ganz nach Wunsch.'
'Ähm, Americano bitte. Ohne alles.'
Frau Müller zog kurz die Augenbrauen hoch und antwortete: 'Sehr gerne. Kommt sofort. Bitte nehmen Sie schon mal Platz, mein Chef ist gleich bei Ihnen', öffnete die Tür zum Besprechungsraum, deutet auf den Tisch und stapfte ein wenig ungelenk auf ihren Pumps in Richtung Teeküche.
Frederic hatte sich kaum hingesetzt als er die Tür nebenan hörte. Einen Wimpernschlag später stand ein bis zu beiden Ohren grinsender, blonder junger Mann, deutlich unter dreißig, vor ihm, breitete die Arme aus, gerade als würde er den lang vermissten Bruder wiedersehen, und sagte: 'Frederic! So schön dich endlich zu treffen. Ich bin Adrian. Adrian Dornberger. Besitzer dieses kleinen, aber feinen Boutique-Klassik-Labels.' Er deutete mit einer ausladenden Bewegung quer durch den Besprechungsraum, hin zu seinem Firmenlogo. 'Herzlich willkommen!'
Frederic fühlte sich überrumpelt, spielte aber erstmal mit und erwiderte professionell und betont höflich: 'Angenehm. Frederic Stoud. Wir kennen uns noch nicht und ich war, naja, schon etwas überrascht, als ich von Ihrer Assistentin kontaktiert wurde. Und nun

das hier', er ließ seinen Blick langsam durch den Raum gleiten, 'all dies und das VIP-Treatment, obwohl ich seit über einem Jahr ohne Stimme bin. Ohne Identität sozusagen.' Frederic schaute bitter.
'Frederic - wir können uns doch beim Vornamen nennen, nicht? Ich bin Adrian. Frederic, wir haben weit mehr gemeinsam, als du dir vorstellen kannst', sagte Adrian und schüttelte dabei Frederics Hand länger als es diesem angenehm war.
Adrian sah blendend aus. Strohblondes Haar, braungebrannt, sportlich muskulös. Er trug ein Burberry's Poloshirt, beige, körperbetonte Chinos mit geflochtenem Hermés-Gürtel und dazu dunkelbraune Wildleder-Mokassins ohne Socken. Er duftete wie Korsika im Hochsommer. Wilde Feige, Thymian, eine brise Meer. Er passte perfekt zur Einrichtung und könnte ebenso gut gerade seiner Yacht in St. Tropez entstiegen sein.
'Wie soll ich das verstehen, Adrian? Das müssen Sie mir, äh, musst du mir schon näher erklären.' Frederic war noch ein wenig distanziert, seine Neugier allerdings schon geweckt. Die beiden setzten sich gegenüber voneinander an den großen Tisch.
'Vorerst möchte ich dir nochmals persönlich mein Mitgefühl zum Ausdruck bringen. Für deinen schweren Verlust im letzten Jahr. Es muss schrecklich gewesen sein.' Adrian setzte eine ernste Miene auf.
'Danke', war Frederics knappe Antwort. 'Meine geliebte Eleana und meine Singstimme. Weg. Supergau.'
Adrian nickte wissend.
'Also…', Frederic räusperte sich und schien die schmerzlichen Erinnerungen abschütteln zu wollen. Er begann seinen Satz, als Frau Müller das Zimmer betrat, ein silbernes Tablett abstellte und sagte: 'Bitte sehr Mister Stoud, Ihr Americano, frisch aufgebrüht. Adrian, ich habe dir noch einen Macchiato mitgebracht.' Sie lächelte

wohlwollend und stelzte wieder an ihren Arbeitsplatz zurück.
'Also', Frederic begann erneut. 'Was wird das hier? Und wieso glaubst du, ich wäre an einer Zusammenarbeit mit dir und deinem, mit Verlaub, völlig unbekannten Label interessiert? Du kennst doch meinen Lebenslauf, die letzten zehn Jahre und meine Erfolge. Meine umjubelten Auftritte in wirklich jedem Opernhaus von Bedeutung, die zwölf Alben, darunter drei Solo-Alben. Das wäre für mich doch ein klarer Rückschritt, findest du nicht?'
'Lieber Frederic', begann Adrian in ruhigem Ton, lehnte sich auf seinen verschränkten Armen auf den Tisch und blickte ihn von schräg unten an. 'Selbstverständlich kenne ich deine Vita in allen Details, deshalb sitzt du ja auch hier. Ich bin einer deiner größten Fans, glaube mir. Und ich bin der festen Überzeugung, dass du es wieder ganz nach oben schaffen wirst, mit meiner Hilfe. Und derzeit, sorry, dass ich so direkt sein muss, bist du nun mal ohne Label, nicht? Chice Vacheron übrigens.' Adrian schielte auf die Uhr an Frederics Handgelenk.
'Danke für den Reminder', klang Frederic leicht sauer.
'Bitte nimm das nicht persönlich. Ich will dich keinesfalls beleidigen' war Adrian um rasche Wiedergutmachung bemüht. 'Ich habe übrigens auch gesungen. Seit ich denken kann. Als Kind, in der Kirche, bei Schulaufführungen, dann in unserem erfolgreichen Schulchor. Als Solist habe ich die anspruchsvollsten Partien gesungen. Und dann…', Adrian stockte, seine Finger spielten mit der Mokkatasse und er starrte mit leerem Blick in das Blumengesteck. 'Bis dann eine schwere Erkrankung der Stimmbänder meine Zukunft als Sänger mit einem Schlag zunichte machte. Ich war erst vierzehn!' Adrian presste die Lippen zusammen.
'Oje, das tut mir leid', sagte Frederic 'und ich kann das mehr als gut nachfühlen.'

'Ja, und du wirst mir gleich noch besser nachfühlen können, wenn ich dir sage, dass derjenige, der mich damals im Chor ersetzt hat und so eine große Solo-Karriere starten konnte, auch der ist, der dich ersetzt hat. Zweimal. Der, der den Erfolg eingesackt hat, der dir zugestanden wäre – und mir!' Adrians Gesicht war wie versteinert.
Frederic öffnete den Mund und die Augen wie in Superzeitlupe während Adrian ergänzte: 'Carl. Carl Kollas. Der Mann, der unsere Karrieren auf dem Gewissen hat und ohne den wohl auch deine Eleana noch am Leben wäre. Verzeih mir, wenn ich das so formuliere.'
Frederic drückte seine Kaffeetasse so stark, dass sie jeden Moment in tausend Stücke zu zerbrechen drohte. Seine Knöchel waren weiß, sein Gesicht rot.
'Dieser Cretin!', war das Erste, was ihm als Antwort einfiel. 'Du hast so recht. Hätte es keinen Carl gegeben, hätte dieser wahnsinnige Morati nicht versucht ihn zu vergiften, dann wäre meine Eleana, mein Augenstern, noch am Leben.'
'Genau!' Adrian wusste Frederic in dieser Sekunde auf seiner Seite.
'Frederic', Adrian sprach nun leiser und eindringlicher auf sein Gegenüber ein: 'Wir werden diesen Emporkömmling vernichten, gemeinsam. Ich habe einen Plan, wie uns das gelingen wird. Erst einmal möchte ich, dass wir deine Stimme wieder hundertprozentig hinbekommen, dann präsentieren wir uns der Öffentlichkeit und stellen den neuen Frederic Stoud vor und parallel dazu starten wir die Aktion „Extermination C.“ Wenn du wieder voll da bist, ist er weg. Garantiert.' Adrian grinste diabolisch.
Frederic wusste nicht, wie er auf diese Idee antworten sollte. Er dachte an: 'Faszinierend, wann legen wir los?', oder an: 'Bist du verrückt, wie soll das klappen?' brachte dann aber nur: 'Wow!' heraus.

Frederic musste das Gehörte erst verarbeiten, obwohl ihm auf Anhieb gefiel, was Adrian ihm unterbreitet hatte.
'Deal?' Adrian stand ruckartig auf und reichte Frederic die Hand über den Marmortisch.
'Ich kenne keinerlei Vertragsdetails, nichts. Kannst du dir einen Frederic Stoud überhaupt leisten?', er zögerte.
Adrian lachte kurz hell auf. 'Da mach dir mal keine Gedanken. Ich verspreche dir einen ebenso guten Vertrag wie deinen letzten und jedenfalls bessere Konditionen. Dunja!', rief er ins Vorzimmer. 'Bringst du mir den Vertrag von Mister Stoud!', und wendete sich wieder seinem Gast zu. 'Wir haben für dich alles vorbereitet. Sieh dir die Dokumente in Ruhe durch.' eröffnete er dem erstaunten Tenor. Frederic überflog die paar Seiten des von einem lächelnden Fräulein Müller ausgehändigten Vertrags. Beim Blick auf das zweite Blatt huschte ein beinah unmerkliches Lächeln über sein Gesicht. Sein linkes Augenlid zuckte leicht.
'Also, Deal?' Adrians Hand war noch immer über den Tisch gestreckt. In Frederics Kopf wirbelten die Gedanken durcheinander wie ein Schwarm aufgescheuchter Krähen. Er schaute auf das Logo von „Estrella Classic Records“, schaute schnell auf die Seite zwei des Vertrags, schaute auf Adrians ausgestreckte Hand und schaute zuletzt direkt und fest in die erwartungsvollen Augen seines potentiellen neuen Arbeitgebers.
'Deal!' Frederic schlug ein.

Schmutzwäsche

Axel Sprunk war seit seinem emotionalen Ausrutscher mit der „Così fan tutte" Kritik nicht mehr der König des Kulturjournalismus. Bestenfalls der abgedankte Alt-König, der das gros des Respekts und der Wertschätzung seiner Leserschaft als auch seiner Kollegen eingebüßt hatte. Sich einmal gehen gelassen! Ein einziges Mal! Aus einer verdammten Emotion heraus über die Stränge geschlagen. Hergottnochmal! Das kann doch jedem passieren. Darf es aber nicht! Nicht einem Axel Sprunk. Er haderte, war immer noch nicht darüber hinweg, dass er sich selbst seine drei Jahrzehnte journalistischer Reputation derartig desavouiert hatte. Ratzfatz. Über Nacht. Jeden Tag bestrafte er sich selbst damit, indem er mehr arbeitete als zuvor. Er schrieb die eloquentesten Beiträge, recherchierte, formulierte wortgewaltiger denn je und er gönnte sich keine Ruhe, keine Annehmlichkeiten, keinen Urlaub. Er hatte zudem in den letzten zwölf Monaten jede Vorstellung von Carl besucht - angefangen im Januar in Berlin mit „Manon Lescaut", - und er hatte jeden einzelnen Auftritt Carls in den höchsten Tönen gelobt.

Axel Sprunk fühlte sich nach wie vor auf eine schwer zu erklärende Art und Weise zu Carl hingezogen. Natürlich stand da an erster Stelle seine unvergleichliche Stimme, die ihn jedes Mal vor Glückseligkeit erschauern ließ. Aber auch Carls jugendliche Kraft, sein attraktives Äußeres, sein Schauspiel, kurz, die Aura, die diesen jungen Mann umgab verzauberte Sprunk immer wieder auf's Neue. Axel Sprunk wusste, dass er Vieles wieder gut zu machen hatte. Beinahe hätte er die Zukunft dieser Welt-Stimme ernsthaft in Gefahr gebracht. Was Axel Sprunk in den letzten zwölf Monaten jedoch nicht geschafft hatte, war ein persönliches Zusammentreffen mit Carl, so sehr er sich dies insgeheim auch gewünscht hätte. Dazu war er noch nicht bereit.

Im November 1992, Frederic Stoud hatte eben seine zweite Stimmband-Operation erfolgreich hinter sich gebracht und befand sich auf dem Weg der Besserung, erschien in der argentinischen Tageszeitung Clarín ein kurzer Artikel über eine Opernpremiere am Teatro Real in Madrid, wo Carl in Verdi's „Rigoletto“ auf der Bühne stand. Die Kritik war durchwegs voll lobender Worte, in einem kleinen Nebensatz jedoch wurde ein Thema angestoßen, dass in einer Opernkritik nichts verloren hat. Es wurde zwischen den Zeilen über die sexuelle Orientierung des Herzogs von Mantua gemutmaßt oder besser über dessen Darsteller: Carl.
Da hieß es ganz beiläufig: Der Herzog von Mantua scheint wohl lieber „el pololo“ seines Höflings Borsa als der Liebhaber der Gräfin Ceprano sein zu wollen. Der junge Journalist, der erst vor wenigen Monaten aus Chile nach Argentinien gekommen war, wurde zwar von seinem Chef gerügt, der Artikel aber war erschienen. Nicht das irgendwer in Buenos Aires auch nur mit der Wimper gezuckt hätte, war damit dennoch ein Gerücht in die Welt gesetzt worden, dass sehr rasch den Weg nach Europa fand. Die Medien waren zwar voll mit der Wahl von Bill Clinton zum neuen amerikanischen Präsidenten, einigen aufmerksamen Kulturinteressierten entging jedoch besagte Kurzmeldung keineswegs. Was wollte der Journalist hier andeuten? El pololo ist nicht nur „der Freund“. Damit ist der Geliebte, der Freund in einer Liebesbeziehung gemeint.
Der chilenische Jungjournalist grinste zufrieden, als er drei Tage später aus einer Filiale der „Banco Río de la Plata“ kam. In einem Kuvert in seiner ausgebeulten Sakkotasche warteten druckfrische fünftausend argentinische Pesos - gute vier Monatsgehälter – darauf,

ausgegeben zu werden.
In Europa hätte kein Kulturjournalist jemals eine Zeile über die privaten oder gar sexuellen Vorlieben eines Künstlers verloren. Das galt als verpönt und wurde entsprechend respektiert. Nicht darüber zu schreiben, hielt aber niemanden davon ab, hinter mehr oder weniger vorgehaltener Hand darüber zu sprechen. Und das wurde ausgiebig gemacht. Sehr rasch meinte man sich anderer, ähnlicher Situationen zu erinnern in denen Carl sehr vertraut mit männlichen Kollegen gesehen wurde und sehr rasch war man dazu bereit die eine oder andere Phantasie hineinzuinterpretieren. Man wusste, Carl war in keiner Beziehung mit einer Frau – hatte er jemals eine Beziehung gehabt? - man hatte mitbekommen, dass Carls Manager Olli von seiner Frau verlassen worden war und einige wenige kannten auch die Gerüchte, dass der Giftanschlag auf Carl eine Racheaktion des homosexuellen, abgewiesenen Franco Morati gewesen war. Man meinte, es müsse doch nur eins und eins zusammengezählt werden - vielleicht noch eins dazu - und dann sei es ohnehin offensichtlich. Carl Kollas. musste homosexuell sein. So einfach ging das. Alle aber beteuerten, sollten sie darauf angesprochen worden sein, dass dieser Umstand völlig irrelevant sei, was zähle wäre einzig und allein die künstlerische Leistung und die sei nun wohl hervorragend. Basta.
Es wäre Carl selbst tatsächlich auch beinahe egal gewesen. Allerdings störte ihn die Art und Weise der subtilen Unterstellung. Er konnte sich auch nicht mit Sicherheit festlegen, was denn nun seine persönlichen Präferenzen waren – und er wollte es auch nicht. 'Warum, verdammt nochmal, soll ich mich deklarieren? Wen geht es etwas an?' Carl war verärgert. 'Wer schert sich darum, dass sich der Operndirektor nachts in Ketten gelegt, in Latex auspeitschen lässt und devot die Stiefel der Domina abschleckt? Wen interessiert es, dass die Lieblingsdiva nach

erfolgreicher Performance auf der Bühne auf weitere actionreiche Performances im Swinger-Club steht? Wen? Wozu auch? Soll doch jede und jeder machen, was er will, solange dabei nichts Illegales passiert oder jemand zu Schaden kommt.' Carl konnte sich in das Thema hineinsteigern.

Olli hatte aufmerksam zugehört und merkte an: 'Ich bin vollkommen deiner Meinung mein Lieber. Was immer du machst, mit wem auch immer, ist deine Sache. So soll es auch bleiben. Und du weißt, wie ich dazu stehe, nicht? Wir müssen nur aufpassen, dass dir daraus kein Nachteil erwächst, das ist alles.', bemühte sich Olli das Beste daraus zu machen. 'Wir sollten vielleicht zu einem kleinen Pressegespräch in legerem Rahmen einladen, wir beide und unser Plattenlabel, that's it. Was denkst du?', er legte seine Hand auf Carls Unterarm.

'Naja, notwendig finde ich das nicht wirklich. Aber wenn's hilft.' Carl war nicht vollkommen überzeugt.

Bei dem Pressetermin Anfang Dezember in einem abgeteilten Bereich der Lobby des Wiener Hotel Dermott waren statt der erwarteten fünf, sechs geladenen Journalisten an die zwanzig gekommen. Carls Hände waren ungewohnt feucht und kalt. Er wünschte, dieses Pressegespräch wäre bereits vorüber. Einige Gesichter erkannte er, man nickte ihm höflich zu, einige lächelten, Carl erwiderte so herzlich er es in dem Moment nur konnte. Auch ein Kameramann hatte eben sein Stativ aufgebaut und die Reporterin machte eine Mikrophonprobe. 'Fernsehen?' Carl sah Olli mit einem aufgesetzten Lächeln von der Seite an.

'Hatten sich nicht angemeldet, sorry.' Olli lächelte gequält zurück. Das Pressegespräch verlief erfreulich nach Plan. Der Chef des Plattenlabels stellte die aktuelle Aufnahme vor, Carls erstes Solo-

Album „Greatest Arias of all time“ sowie die Berliner „Manon Lescaut“, und berichtete von den Plänen der nächsten zwei Jahre. Olli und Carl erzählten in bestens eingespielter Dialogsituation von den fixierten Aufführungen der nächsten zwei Saisonen und gingen dabei sehr ins Detail. In der letzten Reihe sah Olli Axel Sprunk sitzen, beinahe verdeckt von der Kamera. Versteckte er sich? Olli wandte sich an Carl, während der Plattenboss eines der Projekte erläuterte, verdeckte seinen Mund mit der Hand und flüsterte: 'Sprunk ist auch hier. Sieh nicht hin.' Carl war nicht weiter beunruhigt, da alle Kritiken von Axel Sprunk im Laufe des Jahres sehr wohlwollend, ja beinah anbiedernd euphorisch waren. Dieser Mann war ihm nach wie vor nicht geheuer und er wollte lieber nichts mit ihm persönlich zu tun haben. Nach gut zwanzig Minuten eröffnete Olli die Fragerunde an die anwesenden Journalisten. Es kamen eine Reihe von spannenden Detailfragen zu den diversen Engagements bis dann eine Reporterin von der „Deutschen Zeitung“, direkt an Carl gerichtet, wissen wollte, ob ihm denn ein eher untergriffiger Artikel einer argentinischen Tageszeitung bekannt sei und wenn ja, ob er sich denn dazu äußern möchte.
'Da haben wir die Scheiße', dachte Carl, räusperte sich kurz und setzte eine ernste Miene auf. Natürlich hatte er mit Olli und auch seinem Plattenlabel vorab sämtliche Szenarien durchgespielt und war auf diese Frage vorbereitet. Carls Antwort war knapp und trocken und er verwies erneut auf seine Privatsphäre, ignorierte die Anwürfe, die ihn weder berührten noch kränkten und schloss mit: 'Das sollte heutzutage im übrigen für die Öffentlichkeit so interessant sein wie die Frage, ob Kermit der Frosch und Miss Piggy ein Paar sind. Für mich ist dieses Thema erledigt.' Die Reporterin nickte und machte sich Notizen: 'Danke.'

'Eines hätte mich noch interessiert', ertönte eine heißere Stimme aus der letzten Reihe. Die Köpfe einiger Anwesenden drehten sich neugierig nach dem Fragenden um. 'Was ist an dem Gerücht dran, dass man bei Ihnen Fotos von minderjährigen Buben gefunden hat. Unbekleideten minderjährigen Buben.' Ein Raunen und einige spitze „Huchs“ gingen durch den Raum, alle Köpfe drehten sich nun nach hinten, um zu sehen, wer eine solch schwerwiegende Anschuldigung zu erheben wagte. Es war ein Chronik-Journalist einer Gratis-Zeitung, der ungeladen aufgetaucht war. Carl wurde leichenblass und brachte kein Wort heraus. Er meinte, der Boden unter ihm würde ruckartig weggezogen und er fühlte sich in einen dunklen Abgrund stürzen. Er hörte nur noch ein Stimmengewirr, ein dumpfes Rauschen. Er konnte keinen klaren Gedanken fassen. Olli reagierte umgehend, dementierte und verbat sich zudem derartig haltlose Anschuldigungen. Er schielte dabei nach rechts auf Carl, der immer noch kreidebleich dasaß, einen Kugelschreiber mit seinen Fingern umklammerte und vor sich hin starrte. Der Chef des Plattenlabels schaute ungläubig von der anderen Seite auf Carl.
Was sich wie zähe Stunden anfühlte, waren keine zwei Minuten gewesen, maximal. Olli beendete die Pressekonferenz mit den Worten in Richtung des Reporters: 'Das wird ein Nachspiel für sie haben, das können sie mir glauben. Das ist Rufschädigung. Rufmord ist das!' der Mann zuckte nur mit den Achseln.

Wiedergutmachung?

Axel Sprunk war zu Ohren gekommen, dass Frederic Stoud auf dem Weg zurück auf die Opernbühne war. Er hatte anscheinend weitere Operationen an den Stimmbändern erfolgreich hinter sich gebracht und war auf dem raschen Weg der Besserung. Die Eingriffe wurden vom führenden Chirurgen Europas an der Charité in Berlin durchgeführt und alles wurde von „Estrella Classic Records" bezahlt. Der Kuraufenthalt und gezieltes Stimmtraining trugen das ihre dazu bei, dass einem Comeback von Frederic nichts mehr im Wege zu stehen schien.
Sprunk hatte nicht vergessen, wie Stoud ihn damals in New York zu bestechen versucht hatte, damit er eine schlechte Kritik über „Così fan tutte", aber vor allem über Carl verfasst. Der Tenor, den Sprunk einst verehrte, hatte sich als niederträchtiger, rasend eifersüchtiger Kleingeist herausgestellt, jemand der es nicht aushalten konnte, wenn ein anderer ebenso erfolgreich war - oder gar erfolgreicher. Der nur darauf fixiert schien, dass Carl Schuld an seinem Unglück hatte. Am Verlust seiner Stimme, am Verlust seiner Geliebten.
'Was für ein Schwachsinn!' Sprunk schüttelte den Kopf über den irregeleiteten Frederic. Nun aber war etwas geschehen, dass Axel Sprunk stutzig werden ließ. Natürlich hatte er von den Gerüchten gehört, Carl wäre homosexuell. Das hat Axel Sprunk weder gewundert noch beunruhigt. Warum sollte sich ein Jahrhunderttalent wie Carl über seine sexuelle Orientierung definieren? Sprunk selbst fühlte sich Carl, Carls Stimme, seelisch verbunden, fühlte mehr für ihn als er sich eingestanden hätte. Wie aber konnte überhaupt ein solches erstes Gerücht gerade in Südamerika entstehen? Er war sich sicher, es wurde dort lanciert, auf welche Art auch immer. Dieser

junge argentinische Reporter war zu dieser Rigoletto-Premiere nach Madrid eingeladen und zum Verfassen des verwerflichen Artikels überredet worden. Von wem bloß? Wer macht sowas? Seine Zeitung hätte ihn ganz sicher nicht auf eigene Kosten dorthin geschickt. Axel Sprunk wollte dem ganzen nachgehen. Er schloss die Tür zu seinem Büro und setzte sich ans Telefon. Nach einigen Versuchen erreichte er den Reporter von Clarín in Buenos Aires. 'Ah hallo, ich rufe aus Madrid an', sagte Axel Sprunk in feinstem Castellano, 'vom Teatro Real, aus der Buchhaltung.' Der junge Journalist war verwirrt: 'Okay, was kann ich für Sie tun, Señor?'
'Sie wurden doch auf den „Rigoletto“ eingeladen, richtig? Und wir versenden gerade die Rechnungen für die Tickets. Uns ist leider die Kopie des Einladungsschreibens an Sie abhandengekommen. Daher haben wir keine Rechnungsadresse. Können Sie mir bitte weiterhelfen?' Sprunk lief zur Bestform auf.
'Oh, die Adresse... Die habe ich leider auch nicht. Aber Sie müssten doch „Estrella Classic Records“ in Ihrer Adressdatei haben, oder?'
Ach, „Estrella“!' Sprunk gab sich wissend, 'jajaja, das Plattenlabel aus...äh...'
'München, Alemania', ergänzte der Journalist pflichtbewusst.
'Na klar doch, „Estrella“, München! Wunderbar junger Mann, da haben Sie mir sehr geholfen. Einen schönen Tag noch und kommen Sie uns bald wieder einmal in Madrid besuchen!' Axel Sprunk legte den Hörer auf und schlug sich mit der Hand auf den Oberschenkel. 'Da haben wir's! Dieses kleine Plattenlabel hat doch erst kürzlich verkündet, das Comeback von Frederic Stoud würde unmittelbar bevorstehen. Und dieser Eigentümer, wer war das gleich nochmal?' Sprunk kramte aus einem Stapel Papieren eine elegante Hochglanz Pressemappe hervor die ihm vor wenigen Wochen zugesandt wurde

– von „Estrella Classic Records“. Sprunk lehnte sich kurz zurück, schloss die Augen und rief sich die aktuellen Anschuldigungen, die der Schmierfink bei Carls Pressegespräch als Bombe platzen ließ, in Erinnerung. Dieser Schreiberling meinte tags darauf zu seiner Verteidigung, er habe ja lediglich dem Wahrheitsgehalt eines Gerüchts nachgehen wollen. Diese Gerüchte allerdings betrafen kein Kavaliersdelikt, hier ging es um eine sehr ernstzunehmende kriminelle und strafrechtlich relevante Handlung. Besitz von pornografischem Material Minderjähriger. Wenn sich diese Gerüchte bewahrheiten sollten, dann war es das mit Carls Karriere. Aus, finito. Irgendetwas stank hier ganz gewaltig. Dessen war sich Axel Sprunk sicher.

Er atmete tief durch, setzte seine Lesebrille auf und begann im Luxus-Folder zu blättern. Gleich auf der ersten Seite prangte das Foto eines attraktiven blonden jungen Mannes, der sich dort als „CEO und President“ des Labels vorstellte. Adrian Dornberger. Seiner Vita entnahm Sprunk, dass er aus derselben Provinzstadt stammte wie Carl und offensichtlich auch im gleichen Alter war. 'Dieser Adrian sang im selben bekannten Schulchor wie auch Carl. Bingo! Die beiden waren Schulkollegen!' Sprunk dämmerte es und er hatte zugleich ein unangenehmes Gefühl. Sollte dieser Adrian, der nun Frederic Stoud unter Vertrag hatte, etwas mit dem Gerücht aus Argentinien zu tun haben, oder gar mit dem schändlichen Gerücht über Pädophilie, dann ist da wohl in der Schulzeit etwas gewaltig schiefgelaufen. Sprunks journalistischer Forscherdrang erwachte zu neuem Leben. 'Ich kenne doch den langjährigen Chorleiter der Schule. Wir haben uns in den letzten zehn Jahren schon mehrfach zu einem Interview getroffen. Hadder! Peter Hadder.', fiel Sprunk ein. 'Ich werde ihn mal anrufen. Er kann mir vielleicht ein wenig auf die Sprünge helfen.'

Die Tage nach diesem als „legeres Pressegespräch“ geplanten Termins waren ein Armageddon für Carl. Selbst seriöse Medien zitierten, wenn auch vorsichtig und stets mit dem Zusatz: „Es gilt die Unschuldsvermutung“, die schwerwiegenden Anschuldigungen gegen ihn. Parallel wurde eine anonyme Anzeige mit einem Hinweis bei der Polizei eingebracht, die diese zu einer Hausdurchsuchung bei Carl veranlasste. Carl war total neben der Spur. Er konnte es einfach nicht glauben, dass irgendjemand da draußen einen derartigen Hass auf ihn haben könnte, dass er ihm so etwas antun würde. Auf Anraten von Olli und dem Plattenboss, der felsenfest zu ihm stand, gab Carl eine eidesstattliche Erklärung ab, dass er niemals in seinem Leben pornografisches Material von Minderjährigen, weder Buben noch Mädchen, angesehen oder gar besessen oder weitergegeben habe.
Er fühlte sich gedemütigt und meinte, egal wohin er ging, dass man mit dem Finger auf ihn zeigte oder zumindest über ihn hinter vorgehaltener Hand tuschelte. Ein schreckliches Gefühl, dass Carl förmlich lähmte, und er wünschte sich nichts sehnlicher, als dass die Angelegenheit rasch aus der Welt geschafft würde. Die Hausdurchsuchung förderte natürlich nichts zutage, da es auch nichts zutage zu fördern gab. Carl, Olli und ihr Anwalt waren bei der Durchsuchung anwesend und unterstützten die Beamten so gut es ging. Der ermittelnde Chefinspektor war höflich und korrekt. Nach einigen Minuten betrat ein weiterer uniformierter Beamter die Wohnung und ging mit ernstem Gesicht auf seinen Chef zu. Die beiden drehten sich zum Fenster und tauschten, geflüstert, Informationen aus. Der Chefinspektor drehte sich um, ging einige Schritte auf Carl zu und

sagte mit eisiger Stimme: 'Wir müssen Sie mitnehmen Herr Kollas. Sie sind vorläufig festgenommen, wegen strafbaren, mutmaßlichen Besitzes Kinderpornografischen Materials. Das hier haben wir im Handschuhfach Ihres Lancia gefunden', er wedelte mit einem Packen Fotos in seiner Hand und machte dazu ein angewidertes Gesicht.
'Oh Gott, nein!', brachte Carl noch heraus, bevor es ihm schwarz vor Augen wurde und er zusammenbrach.

Carl durfte während der weiteren Ermittlungen das Land nicht verlassen. Vier Vorstellungen in Stockholm musste er absagen. Eine Katastrophe! Es wäre sein Debut am Opernhaus des von ihm so verehrten Professors Friksson gewesen. Wie enttäuscht musste der nun von seinem ehemaligen Lieblingsschüler sein.
Es war das dritte Adventwochenende. Während sich Olli gemeinsam mit dem Anwalt und dem Chef des Plattenlabels in Wien um Schadensbegrenzung bemühten, war Carl in seine Heimat gefahren, um seine Mutter zu besuchen.
Carl musste einfach auf andere Gedanken kommen, musste seine Mutter von Angesicht zu Angesicht sehen und mit ihr sprechen. Er brauchte sie als Trösterin, als Quelle der Kraft.
Am Sonntag waren sie demonstrativ gemeinsam mit Oma Rosemarie und ihrer Schwester, Großtante Dotti, in die Kirche gegangen. Carls Oma war eine starke Frau und sie glaubte ihrem Carl aus tiefster Überzeugung und Liebe. Niemand sollte es wagen, ihn auch nur schief anzusehen. Inge, Carls Mama, dachte genauso. Alle beteten insgeheim für Carl und für eine rasche Aufklärung der infamen Anschuldigungen.

Olli erhielt am selben Sonntag am frühen Abend in seiner Wiener

Wohnung einen Anruf. 'Busch hier, hallo', meldete sich Olli.
'Guten Abend Herr Busch. Entschuldigen Sie die Störung an einem Sonntag – aber es ist wichtig.'
'Wer spricht da bitte?', wollte Olli wissen.
'Verzeihung. Sprunk. Axel Sprunk. Wir sind uns schon einmal persönlich begegnet, in Salzburg, im Sommer vor zwei Jahren, erinnern Sie sich?'
'Na und ob ich mich erinnere. Ich habe damals den Interview-Termin mit Ihnen und Carl vermasselt, mein Fehler. Und Sie, Sie haben sich ausreichend dafür revanchiert, nicht wahr?' Olli sprach Sprunks wunden Punkt an.
'Ich habe, naja, überreagiert, das stimmt. Aber ich habe versucht, es in den letzten Monaten wieder gut zu machen, das müssen Sie mir auch zugestehen.' klang Sprunk einen Deut verlegen.
'Schwamm drüber. Das ist vorbei und derzeit haben wir, wie Sie wissen, ganz andere Sorgen. Sie waren ja auch bei unserem Pressetermin vor zwei Wochen dabei. Sie können sich nicht vorstellen, welche Lawine diese Aussage losgetreten hat. Andrej Sacholinsky hat uns heute die „Tosca“ für nächstes Jahr in St. Petersburg abgesagt', steigerte sich Olli hinein.
'Genau deshalb rufe ich Sie ja auch an', wirft Sprunk ein.
'Wegen der Tosca?' Olli war verwirrt.
'Nein, generell, wegen der Gerüchte. Ich glaube, nein, ich bin mir sicher, ich kann Ihnen helfen. Ich habe da so eine Vermutung und würde das am liebsten mit Ihnen persönlich besprechen.', bot der Kulturjournalist an.
'Das klingt kryptisch, aber ja, gerne, alles, was hilft dieses schreckliche Gerücht aus der Welt zu schaffen, ist mir recht. Wann können wir uns treffen?' fragte Olli ungeduldig.

'Jetzt?', bot Sprunk spontan an.
'Äh, okay.' Olli war einverstanden. 'Am besten Sie kommen zu mir, da können wir völlig ungestört sprechen.' Olli gab Axel Sprunk seine Adresse. Eine halbe Stunde später läutete er bereits an der Tür.

Siegessicher

'Na, was sagst du Frederic. Das hat doch geklappt wie am Schnürchen! Dein Arzt, deine zwei Stimmtrainer und mein Gefühl sagen mir gleichlautend, dass du schon wieder ganz der Alte bist. Der Frederic, den die Welt verehrte und den sie dann fallen ließ, wie eine heiße Kartoffel. Undankbares Gesindel! Kein Vertrauen mehr in die Medizin und in die Willenskraft eines Individuums!' Adrian war die Euphorie in Person. Er lümmelte in einem Gucci-Jogging-Anzug auf der Ledercouch seiner riesigen Loft-Wohnung über den Dächern von München in der Hand einen dreifachen Glenfarclas, fünfundzwanzig Jahre alt. 'Willst du auch einen? Nimm dir, da steht die Karaffe.' Adrian deutete mit dem Kinn auf den Steinway Konzertflügel, auf dem eine große Baccarat-Kristallkaraffe mit dem edlen Whisky stand.
'Gerne. Zur Feier des Tages.', erwiderte Frederic, schenkte sich eine ordentliche Portion ein und warf drei Eiswürfel ins Glas.
'Banause! Ich dachte du kennst dich mit Whisky ein wenig aus! Eis im Single Malt, schäm dich.' machte sich Adrian über seinen australischen Tenor lustig.
'Du kannst den Australier aus Australien herausnehmen, aber nicht Australien aus dem Australier', erwiderte Frederic und zuckte mit den Schultern. Beide lachten.

'Sag mal' Frederic wurde wieder sachlich, während er sich zu Adrian auf die Couch setzte. 'War das nötig mit der Kinderpornografie? Die ersten Gerüchte waren doch schon effektiv, findest du nicht?'
'Naja. Da mussten wir schon nachlegen. War gar nicht so einfach, so ein einschlägiges Bildmaterial aufzutreiben. Erst jemanden zu finden – die sind ja alle streng anonym unterwegs. Aber letztlich kam ich

dann über drei Ecken an eine dieser neuartigen elektronischen Adresse – E-Mail heißt das. So kann ich jemanden von meinem Computer aus so eine direkte Nachricht an seinen Computer senden. Egal, das technische tut nichts zur Sache. Jedenfalls habe ich da an jemanden in Holland geschrieben und der hat mich dann per Post mit dem Material versorgt. Ich musste mich da ordentlich exponieren und zudem tief in die Tasche greifen. Diese kranken Typen lassen sich diesen Scheiß ganz schön was kosten.', erzählte Adrian.
'Ich will das gar nicht so genau wissen. Damit will ich echt nichts zu tun haben.' winkte Frederic ab.
'Wir wollten ja auf Nummer sicher gehen – und das ist uns damit jetzt gelungen, richtig? Einige Engagements musste er bereits stornieren und das Mariinsky in St. Petersburg hat ihm seine „Tosca“ schon gestrichen. Was willst du mehr! Das war sicher erst der Anfang vom Ende. Davon erholt er sich nie wieder. Das bleibt an ihm kleben, ein Leben lang.' Adrian setzte ein Siegerlächeln auf, nahm genüsslich einen großen Schluck und fuhr fort: 'Und schwuppdiwupp taucht Frederic Stoud in alter Größe mit einem grandiosen Solo-Album wieder aus der Versenkung auf. Wir beginnen gleich nach den Weihnachtsfeiertagen mit den Aufnahmen. Im Januar geben wir eine Pressekonferenz - am besten in Wien - und im April haben wir das Album. Wir werden es ihnen allen zeigen, versprochen!'

Frederics Augen begannen zu leuchten. Seine Wiederauferstehung würde in Kürze zur Realität werden. Er kippte seinen edlen Single Malt in einem Zug hinunter, schmatzte genussvoll und wischte sich mit dem Handrücken über die Lippen. 'Ahh. Ich will jetzt vögeln!', platzte er unverblümt raus. Adrian zog die Augenbrauen hoch und lachte 'Ohlàlà, da erwacht aber jemand wieder zum Leben! Okay, ich kenne da die perfekte Adresse mit den besten Nutten der Stadt, du wirst es lieben! Mal sehen, ob da am dritten Adventsonntag was los ist. Komm, wir fahren!' Adrian sprang auf, schnappte sich die Autoschlüssel, seine Geldbörse, seinen grauen Silberfuchs-Pelzmantel sowie den aufgekratzten Frederic und knallte die Tür hinter sich zu.

Verkalkuliert

Als Olli von Axel Sprunk erfuhr, wer der Eigentümer von „Estrella Classic Records“ war, wurden ihm die Zusammenhänge plötzlich klarer. Er war ja gut zwölf Jahre zuvor persönlich Zeuge gewesen, wie Peter Hadder Carl förmlich bekniete wieder in den Chor einzutreten, er müsse den krankheitshalber ausgefallenen Adrian ersetzen. Dieser blonde, eingebildete Satansbraten von der 4c. Dem war Einiges zuzutrauen. Aber dass er jetzt, so viele Jahre später, einen Rachefeldzug gegen Olli beginnen sollte und sich dabei mit einem anderen gekränkten Widersacher Carls zusammentat, dass schien schwer zu glauben. Axel Sprunk erzählte Olli, dass der argentinische Journalist nicht nur von „Estrella“ nach Madrid eingeladen wurde („Flug, Hotel, Karten, sämtliche Nebengeräusche“), sondern offensichtlich auch für den schändlichen Artikel bezahlt wurde, so zumindest seine Vermutung. Beweis hatte er dafür keinen, das müsse die Polizei nachforschen.

Sprunk erzählte ihm auch, dass Frederic im Jahr zuvor in New York ganz direkt und ungeniert versucht hatte, ihn für eine schlechte „Così“ Kritik zu bestechen – mit zehntausend Dollar, was er natürlich brüsk abgelehnt hatte. Dass er dann dennoch eine vernichtende Kritik verfasst hatte war einem emotionalen Ausraster geschuldet, ausgelöst durch die verhöhnenden und erniedrigenden Kommentare von Carl, Eleana und den Gesangskollegen, die Sprunk zufällig in der Lobby-Bar mitanhören musste. Das tat ihm unmittelbar danach auch schon wieder leid - da war es allerdings zu spät - und er sei bis heute nicht mit seinem eigenen Fehlverhalten fertig geworden, gestand Sprunk kleinlaut ein. Dann kam er noch auf ein Telefonat mit Peter Hadder

zu sprechen, dass er am Tag davor geführt hatte. Im Vertrauen erzählte ihm dieser, dass er damals, kurz vor Abreise zum Chorfestival nach Cambridge, einen Autounfall hatte und der Auslöser dafür, laut Polizei, wohl ein angeritzter Reifen gewesen war. Ab diesem Zeitpunkt hatte sich Adrian dem Lehrer gegenüber höchst eigenartig verhalten und Hadder konnte das Gefühl einfach nicht loswerden, dass der gekränkte Junge mit diesem Anschlag auf sein Leben etwas zu tun gehabt haben könnte. Es war viel Wut in dem engelsgleichen Buben. Er traute es ihm leider zu.
'Aber was hat es mit dieser Kinderporno-Anschuldigung auf sich?', grübelte Olli. 'Wenn die beiden auch dahinterstecken, und davon müssen wir nach alldem was wir bisher in Erfahrung gebracht haben ausgehen, dann kann das nur über ganz üble, dunkle Kanäle gelaufen sein. Ich habe keine Ahnung, wie wir da einen Schritt weiterkommen könnten', Sprunk kratzte sich im Nacken.

'Ich habe nicht unlängst in einem ausführlichen Artikel gelesen, dass es da im Untergrund ein internationales Netzwerk von solchen perversen Schweinen gibt, die sich mit Pseudonymen und Codes austauschen. Der Schriftverkehr dazu erfolgt meist verschlüsselt und seit einiger Zeit über E-Mails, also direkt von einem Computer aus, hieß es in dem Artikel.' Olli versuchte sich im Spurenlesen.
'Ja, diese Computer sind nicht nur Segen sondern auch Fluch. Ich bin immer noch dabei, mich mit dem meinen in der Redaktion anzufreunden. Wenn dieser Adrian mit einer gewissen kriminellen Energie ausgestattet ist und tatsächlich dieses schreckliche Bild-material besorgt hat, wäre es doch auch denkbar, dass er dies auch mittels E-Mail versucht hat, nicht wahr?' Axel Sprunk klopfte mit seiner Lesebrille unruhig auf den Couchtisch und nahm einen

Schluck Earl Grey, der mittlerweile kalt geworden war.
Als Axel Sprunk Ollis Wohnung wieder verlassen hatte, war es drei Uhr morgens. Die beiden hatten vereinbart gleich am Montagvormittag den ermittelnden Chefinspektor aufzusuchen und ihm den Sachverhalt und ihre Vermutungen in allen Details zu schildern.
Am Montag, es war ein nasskalter 14. Dezember, trafen sich Axel Sprunk und Olli, der in Begleitung von Carls Anwalt kam, um elf Uhr vor dem Polizeihauptquartier. Der ermittelnde Chefinspektor war informiert und erwartete sie bereits. Nach einem mehrstündigen Termin kam Bewegung in die Sache.

Die Anklage gegen Carl wurde am Dienstag den 22.12. fallengelassen. Leider ging der Wunsch des Chefermittlers nicht in Erfüllung den gesamten Fall vor Weihnachten zum Abschluss gebracht zu haben. Die weiteren Nachforschungen der Polizei liefen über die Feiertage hinaus auf Hochtouren. Dann war es so weit. Mit Montag, den 10. Januar 1993 wählte die Polizei den perfekten medienwirksamen Termin: Die groß angekündigte Pressekonferenz von „Estrella Classic Records“ in Wien, bei der das Solo-Album von Frederic vorgestellt und zugleich sein fulminantes Comeback verkündet werden sollte. Adrian war gemeinsam mit Frederic am Tag zuvor aus München angereist.

Adrian kam über ein - 'Einen wunderschönen Guten Morgen meine Damen und Herren. Was für ein perfekter Start ins junge 1993 – es wird ein fulminantes Jahr werden!' - nicht hinaus.
Der Chefermittler betrat mit vier Beamten den Raum, schritt geradewegs durch die Sesselreihen auf das Podium zu und sagte mit donnernder Stimme: 'Herr Adrian Dornberger, Herr Frederic Stoud.

Ich muss ihre reizende Veranstaltung leider stören und sie beide festnehmen. Sie stehen in dringendem Verdacht des Handels mit und der Weitergabe von Kinderpornographie, der Bestechung, Falschaussage, übler Nachrede und Verleumdung. Erheben sie sich und kommen sie mit.'

München

Tags zuvor, Sonntag, 9. Januar

Der Mann ging noch ein letztes Mal akribisch den Inhalt seines schwarzen Rucksacks durch, bewegte dabei seine Lippen als würde er zählen, leise beten oder ein Mantra vor sich hersagen und schloss dann langsam die Reißverschlüsse. Gerade als er sich in seine Doc Martens zwängen wollte, schrillte sein Telefon. Er zog die Stirn in Falten, schaute erst auf seine Armbanduhr – kurz vor 5 Uhr - und nahm, nachdem er den Rucksack wieder vorsichtig weggestellt hatte, den Hörer ab: 'Ja. Hallo?'
'Oh, gut, sie sind noch zu Hause. Gott sei Dank erwische ich sie noch!', sagte der Mann am anderen Ende erleichtert.
'Da haben sie allerdings Glück gehabt. Wollte eben bei der Tür raus, um den Job zu erledigen, ihren Job. Was gibt's so Dringendes zur frühen Stunde?' der Mann klang leicht angespannt.
'Hören sie, bleiben sie zu Hause, die Sache ist abgeblasen! Aus, vorbei. Tun sie nichts. Gar nichts, verstehen sie. Vergessen sie alles, okay?'
'Aha? Fällt ihnen aber auch früh ein. Fünf Minuten später – und…', der Mann machte eine Pause, '...boom!! Hahaha! Aber gut, was immer sie sagen, sie sind der Boss. Übrigens, möchten sie die Sprengsätze haben? Sind ja immerhin schon bezahlt?'
'Was? Wie? Oh Gott, nein, sagen sie nicht solche Sachen!'
'Hehe, kleiner Scherz. War echt angenehm mit ihnen zu arbeiten. Wenn sie wieder mal was brauchen, sie haben meine Nummer. Habe die Ehre.', und er legte auf, ohne eine Antwort abzuwarten.
Mit zitternden Händen legte Olli den Hörer auf die Gabel, zerknüllte

den Zettel Papier auf dem eine Telefonnummer gekritzelt war und lies sich mit einem schweren Seufzen auf die Couch fallen.

Die Polizei hatte bereits ab Mitte Dezember diverse Zeugenbefragungen in Carls Nachbarschaft durchgeführt und tatsächlich ein Pärchen ausfindig gemacht, dass spätnachts sah, wie ein Mann in einem sehr auffälligen hellen Pelzmantel über die Beifahrertür in einen roten Lancia stieg. Fahrer konnten die beiden Zeugen keinen sehen. Sie hatten sich weiter nichts dabei gedacht und waren eher damit beschäftigt zu schätzen, wieviel „ein solcher Zuhälter-Mantel“ wohl kosten könne. 'Sicher mehr als dein Opel, das garantiere ich dir', wusste die Frau.

Die Ermittler konnte sehr einfach herausfinden, dass Adrian einen solchen ungewöhnlichen Silberfuchs-Pelzmantel besaß – er trug ihn in den letzten Wochen, seit die Temperaturen kaum noch über null Grad hinauskamen, eigentlich ständig in der Öffentlichkeit und war auch auf einigen Fotos damit zu sehen. Weder am Autogriff noch am Handschuhfach von Carls Lancia konnten Fingerabdrücke sichergestellt werden. Auch auf den Schmuddelbildern war kein einziger Fingerabdruck nachweisbar. Vor allem kein einziger Fingerabdruck von Carl.
Der Chefinspektor hatte eine Reihe aussagekräftiger Protokolle vorliegen, darunter vor allem von Olli, von Axel Sprunk und selbst von Peter Hadder, der zwar wenig Konkretes liefern konnte, aber mit seiner Darstellung der Ereignisse rund um den krankheitsbedingten Ausfall Adrians, der Chorreise und seinem Autounfall mit angeritzten Reifen, für den ermittelnden Chefinspektor das ganze Bild doch erheblich abrunden konnte. Axel Sprunk hatte der Polizei gegenüber

seine Vermutung geäußert, dass Frederic Stoud in der Sache mit drin hängen müsse, da offensichtlich auch er sich, wie Adrian, von Carl gedemütigt und übervorteilt fühlte – nach Sprunks Ansicht übrigens völlig zu Unrecht. Er berichtete über den Bestechungsversuch in New York. 'All das passe doch wohl ins Bild dieses niederträchtigen Plans. Da hatten sich zwei gefunden, die sich in ihrer imaginierten Demütigung suhlen konnten und nach Rache trachteten.', hatte Sprunk angegeben.

Unmittelbar nach der Festnahme der beiden stand als allererstes eine Hausdurchsuchung bei „Estrella Classic Records“ an - in Zusammenarbeit mit den Kollegen der Münchner Kriminalpolizei. Der Computer wurde beschlagnahmt. Am Apple Macintosh wurde in den gelöschten E-Mails ein Schriftverkehr mit einem „xo-43-b-lover“ aus Rotterdam ausgehoben. Darunter die Anfrage von Adrian als Interessenten, mehrere Rückfragen nach Präferenzen, dann Bekanntgabe der Postanschrift zum Versand, Bankdaten - alles war da. Die Überprüfung von Adrians Firmenkonto ergaben eine Überweisung von sechstausend Deutschen Mark nach Rotterdam und eine weitere von viertausend nach Buenos Aires, Empfänger war ein junger Journalist der Tageszeitung Clarìn.
Für Adrian Dornberger und Frederic Stoud sah die Zukunft plötzlich alles andere als fulminant aus.

Februar 1993

Maui, Hawaii

Die grobstolligen Reifen des Jeeps schleuderten in jeder Kurve kleine schwarze Steinchen und Sand in die Luft. Nur noch ein paar hundert Meter, dann war das Ziel erreicht. Carl schaltete auf der letzten Steigung in den zweiten Gang - der Wagen heulte auf – und nach einer langen Linkskurve war er auf 2.970 Meter Seehöhe angekommen - am Parkplatz des Besucherzentrums des erloschenen Vulkans Haleakala. Er hatte sich nach einer sehr kurzen Nacht bereits um 3 Uhr morgens aus dem großen luxuriösen King-Size Bett gequält, um nun hier oben bei nicht einmal drei Grad auf den Sonnaufgang zu warten.

Auf dem Parkplatz stand ein Ford Pickup Truck des Park Rangers und ein weiteres Auto in welchem Carl zwei Menschen mit dampfenden Kaffeebechern sitzen sah. Noch eine gute Stunde bis zum Sonnenaufgang. Den wollte Carl ganz allein, hier auf der anderen Seite der Welt erleben. Über seine drei Schichten Sweatshirts zog er rasch seine Windjacke an. Der Concierge im Hotel hatte ihm vor seiner Abfahrt aus einem Karton eine grau-blau gestreifte Wollhaube mit gelbem Bommel herausgezogen. Auf der Seite war „Sverige“ eingestickt. Mit den Worten: 'Die werden sie auf jeden Fall brauchen, glauben sie mir Sir', hatte er ihm das Stück in die Hand gedrückt und dabei wissend ein Auge zugekniffen. 'Niemals im Leben setzte ich diese hässliche, gebrauchte Wollhaube auf', wollte Carl antworten, dachte es aber nur, nickte und lächelte den Hotelmitarbeiter höflich an. Die Mütze warf er auf den Rücksitz des Jeeps. Jetzt, um 05:10 Uhr auf gut 3.000 Meter Höhe fummelte Carl mit zittrigen Händen die schwedische Wollhaube aus dem Auto, zog sie sich bis weit über die Ohren, schloss die Augen, schickte dem Concierge ein „Dankeschön“ und marschierte in Richtung Gipfel.

3.055 Meter. Ein zarter karamellfarbener Balken am Horizont durchschnitt den schwindenden Nachthimmel. In das schwarze Wolkenmeer zu Carls Füßen mischten sich nun von Minute zu Minute leuchtende Streifen aus unterschiedlich intensiven Orangetönen. Es würde noch über eine Stunde dauern, bis sich die Sonne aus dem Meer erheben und ihn und ganz Maui in ein phantastisches Licht tauchen würde, wie sie es schon seit einer halben Ewigkeit täglich tat. Carl hatte sich auf eine mitgebrachte Decke gesetzt und starrte wie hypnotisiert auf den Himmel. Jeden Moment, jede Veränderung, jede Nuance dieser Tagwerdung saugte er in sich auf. Noch nie hatte er sich so frei und gleichzeitig so klein und unbedeutend gefühlt wie in diesem Moment.
Als die Sonne um Punkt 06:48 Uhr mit ihrem gleißenden Licht die schwach gewordene Nacht endgültig verdrängte und dem Tag für die nächsten elfeinhalb Stunden die Bühne gab, stand Carl auf und breitete wie auf Kommando die Arme aus als wolle er die atemberaubende Szenerie einfangen und nicht wieder loslassen. Jetzt erst, als er sich umblickte, sah er, dass dort oben wohl an die hundert Menschen mit ihm diesem beeindruckenden Naturschauspiel folgten. Viele Pärchen standen da, Arm in Arm, glücklich, lachend, fotografierend, sich küssend.

Die Eindrücke der Geschehnisse der letzten Monate schossen Carl wie Blitze durch die Erinnerung. Der Triumph an der MET und den anderen Häusern machte ihn stolz und glücklich für das Erreichte. Er fühlte die Liebe und den Rückhalt seiner Familie und auch seines besten Freundes Olli. Sie alle waren felsenfest zu ihm gestanden in den schwersten Stunden dieser letzten Zeit. Carl graute es vor den Bildern, die er nicht sehen wollte und die sich wieder ungefragt in sein Bewusstsein drängten: Die sterbende Eleana in seinen Armen, der verrückte Morati, die unfaire, schlechte Kritik, die Verleumdungen durch die beiden eifersüchtigen und hasserfüllten Widersacher - Adrian und Frederic. Wie hatte das alles in so kurzer Zeit passieren können? Carl schluckte hart, schloss die Augen und atmete die kühle Morgenluft ein. Er wollte nichts mehr, als nur den Moment genießen.

Am selben Nachmittag schlief Carl erschöpft und glücklich am Strand seines Fünfstern-Hotels auf einer Liege im Schatten. In seine wirren Träume mischte sich das unendliche und gleichmäßige Rauschen der Meereswellen. Seine Plattenfirma hatte ihm spontan angeboten einige Wochen Auszeit zu nehmen, sich zu erholen und auf andere Gedanken zu kommen. Natürlich sollte er sich auch optimal auf die bevorstehenden Engagements und Plattenaufnahmen vorbereiten können, den Kopf frei bekommen für Neues. Dass man ihn aber einmal um die halbe Welt schicken würde, hierher auf die Hawaiianische Insel Maui, hatte Carl nicht geahnt. Das Grand Hayatt Weilea war ein sehr neues Haus und das mit Abstand luxuriöseste Hotel, dass Carl je gesehen hatte. Es übertraf das Plaza in New York um Längen. Aber wie hätte ein Stadthotel auch mit diesem pompösen Palast am Meer mithalten können?
Es gab die größten Swimmingpools die man sich vorstellen konnte, eines der Restaurants war im traditionellen hawaiianischen Stil gehalten und auf einem kleinen künstlichen See auf Stelzen gebaut.

Die Gartenanlagen waren üppig grün und zwischen den haushohen Palmen waren riesige Hibiskus Sträucher und unzählige verschieden Orchideen-Arten in allen Farben und Größen zu bewundern. Täglich mussten auf den hawaiianischen Inseln wohl viele tausende Orchideen-Blüten für die traditionellen Leis, die typischen Blumenkränze, die man bei fast jeder Gelegenheit und immer als Begrüßungsritual umgehängt bekam, gepflückt und aufgefädelt werden. Carl hatte schon mehrere davon gesammelt und in seinem Zimmer an den Spiegel im Bad gehängt. Sein Zimmer war eine Suite die wahrscheinlich doppelt so groß wie seine Wohnung in Wien war und der Ausblick vom Balkon auf die Gärten, die Pools und natürlich das Meer war aus jedem Winkel ein wenig anders und unbeschreiblich kitschig schön. Immer wenn Carl den Blick nach Außen erhaschte, musste er einen Moment innehalten und zweimal zwinkern um sich zu vergewissern, dass er das alles nicht gerade träumte. Die Luft war immer frisch und sauber, wie er es nur von ausgedehnten Bergtouren aus seiner Heimat kannte. Hier kam noch der zarte, leicht salzige Geruch des Meeres und der exotischen Pflanzen dazu. Die Temperaturen waren jeden Tag gleich, fast das ganze Jahr hindurch. Tagsüber knapp unter dreißig Grad und des nachts so um die zwanzig Grad. Regelmäßige kurze tropische Regenschauer gehörten hier zum Alltag und es schien so, als würde jemand die Landschaft, die Pflanzen, die Häuser und die Straßen penibel von jedem Stäubchen reinwaschen wollen. 'Ja, so kann ich mir das Paradies vorstellen.', dachte sich Carl jeden Morgen, wenn er die Augen aufschlug.

Die Mitarbeiter des Hotels lächelten ständig und konnten einem jeden Wunsch von den Augen ablesen – und wenn nicht, dann konnten sie einem das zumindest glaubhaft vermitteln. Vier lange Wochen würde er diesen Garten Eden sein Eigen nennen können. Erst gegen Ende März würde Carl wieder, mit einem mehrtägigen Zwischenstopp in San Francisco, in den mitteleuropäischen Spätwinter zurückkehren.

'Sir. Möchten Sie einen Cocktail versuchen? Unser Barkeeper hat eben einen „Blue Hawaii" gemixt, schmeckt köstlich.', hörte Carl den jungen Strandkellner fragen, der ein Tablett mit mehreren Gläsern balancierte.
'Sieht gefährlich aus', Carl schaute mit gespieltem Zweifel den Drink an, dann den Kellner – fast ein wenig zu lange - und lachte. 'Werde ich den überleben?'
'Sir, Sie werden einen zweiten wollen, das kann ich Ihnen garantieren.' Der Kellner lächelte herzlich und stellte Carl ein hohes Glas mit einem wunderbar türkisfarbenen Drink hin. Quer über dem Glas lag ein Spießchen mit einem großen Stück Ananas mit zwei Cocktailkirschen an den Seiten und in der Ananas steckte ein kleines Schirmchen aus Papier so als gälte es, den drapierten Früchten Schatten zu spenden. Carl genoss dieses exotische Getränk und fühlte bereits nach einigen Schlucken die auflockernde Wirkung des Alkohols. Er döste auf seiner Liege wieder ein und fühlte sich schon wieder, er musste bei dem Gedanken unweigerlich grinsen, wie im Paradies.

Nach zwanzig Tagen war Carl beinahe zum Hawaiianer geworden. Er war braungebrannt, lief den ganzen Tag in Badehosen oder Shorts und T-Shirt herum, zog sich abends maximal eine leichte Leinenhose und ein lockeres Hemd an - gerne auch im floralen hawaiianischen Stil – sprühte sich sein Eau Sauvage auf und trug dazu die obligatorischen

Flip-Flops. Niemand hier schien auf festes Schuhwerk wert zu legen. Alle waren tagaus, tagein in Flip-Flops unterwegs. Jeder hatte gleich mehrere Paar davon. Auch Carl konnte zwischen drei, vier verschiedenen Modellen wählen, je nachdem, ob es zum Dinner ging oder ob er einen Tagesausflug nach Lahaina oder Hana machte. Carl versuchte sich auch im Nationalsport Surfen, was weniger gut gelang, schnorchelte viel, schwamm mit Schildkröten, konnte Wale bei ihrer Wanderung beobachten, erklomm einige Berghöhen und war bei mindestens drei Luaus dabei - den traditionellen hawaiianisch-polynesischen Festen mit Hula-Vorführungen, Musik und wunderbarem Essen. Die Zeiten am Strand verbrachte er viel mit tagträumen und Musikhören. Carl hatte den neuesten Sony-Discman und zwanzig seiner wichtigsten CDs mitgebracht. Darunter „Tosca" mit Domingo unter Zubin Mehta, „Turandot" mit Corelli und Nilsson, „La Traviata" mit Pavarotti und Sutherland, Arien-Sampler von Peter Schreier, Caruso, Pavarotti, Gigli - aber auch, zum Ausgleich, seine Lieblinge wie Fabrizio de André, Joni Mitchell oder Van Morrison. Der zweite „Blue Hawaii" schmeckte tatsächlich noch besser als der erste.

Als der Tag der Abreise nahte, wollte Carl noch einmal über Lahaina an das nördliche Ende von Maui fahren. Eine Gegend, die er lieben gelernt hatte. Nakalele Point und Ohai Trail, wo die Felsen rau und das Meer ungestüm waren und sich nur wenige Touristen hin verirrten, waren sein Ziel. Dort verbrachte Carl beinahe den ganzen Tag, wanderte umher, schaute den mächtigen Wellen bei ihrer Arbeit zu, die sie seit Millionen von Jahren unermüdlichen verrichteten, hörte wie sie gegen die schwarzen Felsen donnerten und beobachtete mit Staunen, wie ihre Gischt einen feinen nassen Nebel in die Höhe steigen ließ. Carl bekam eine vage Idee seiner Rolle im großen, unendlichen Ganzen. Er wusste, dass seine Rückkehr in sein altes Leben unmittelbar bevorstand und er seinen Weg, den er nun glasklar vor sich sah, weitergehen würde – mit allen Konsequenzen. Er war bereit.

'Wie alt bist du mein Junge?', hörte er eine tiefe, sanfte Stimme hinter sich fragen.

Carl zuckte zusammen und blickte sich um. Auf einem Felsvorsprung hinter ihm saß ein alter dicker Mann mit wildem weißem Haar und Bart, die Haut war dunkelbraun, ledrig und durchzogen von tiefen Falten. Er trug eine Art Bastrock wie Carl es bei den Hula-Vorführungen gesehen hatte, dazu ein altes, ausgeblichenes Hawaii-Hemd und auf dem Kopf einen grünen Kranz, geflochten aus großen Blättern der Keulenlilie. Seine Augen waren, äußerst ungewöhnlich für einen Hawaiianer, hellblau strahlend.

'Sechsundzwanzig, warum fragst du?', antwortete Carl perplex.

'Was suchst du, Keikilani?', fragte der alte Mann weiter.

'Carl, ich heiße Carl. Ich bin auf Urlaub hier, auf dieser wunderschönen Insel und muss übermorgen leider schon wieder abreisen. Es waren wohl die schönsten und erholsamsten Wochen meines Lebens', gab Carl bereitwillig Auskunft, wusste aber nicht so recht, wie er diesem seltsamen Alten begegnen sollte. 'Und wie ist dein Name, ehrwürdiger Einheimischer? Du bist doch von hier, nicht wahr?'

'Wir sind alle von hier. Du auch. Genau von hier,', und er führte dabei mit seinem Arm eine ausholende, langsame hundertachtziggrad Bewegung von links nach rechts aus. 'Kealamauloa ist mein Name – und deiner ist Keikilani.' sagte der Alte ruhig.

'Aha, na gut, Keki...äh, Keli...'

'Kei-ki-lani', wiederholte der Alte extra langsam.

'Kei-ki-lani.', prägte sich Carl ein. 'Keikilani. Ok, jetzt habe ich es. Klingt auch gut.', gab sich Carl geschlagen. 'Nachdem ich mich beinahe wie ein Einheimischer fühle, ist wohl ein hawaiianischer Name für mich angebracht, nicht wahr? Was heißt er, was bedeutet Keikilani?' Carls Neugier war erwacht.
'Also, was suchst du?', insistierte der Alte.
'Naja, wie gesagt, ich bin hier auf einem paradiesischen Urlaub und suche Ruhe, die Natur, Sonne und Meer, die fremde Kultur und die Menschen, so wie dich.'
'Ich habe dich nicht gefragt, was du hier suchst. Ich habe dich gefragt, was du suchst?'
Carl ging nun zwei Schritte auf den alten Mann zu um ihn besser sehen und hören zu können. Er schaute ihn mit leicht geneigtem Kopf an, lächelte dann und sagte: 'Du hast mich wohl durchschaut. Okay, was suche ich? Ich suche wohl auch Abstand von vergangenen Ereignissen, die mich belastet haben, ich suche meine Bestimmung, meinen Platz im Leben, vielleicht mich selbst. Ich suche nach der Wahrheit, nach einer Wahrheit, was immer das sein soll. Eine ganze Menge also wie es scheint. Ist es denn so offensichtlich?'
'Wir alle suchen. Ein Leben lang. Suche aber nicht des Suchens willen und suche nicht, was du schon in Händen hältst. Deine Bestimmung hat dich längst gefunden.'
'Ich bin mir da nie so ganz sicher. Vieles passiert oft durch reinen Zufall. Weißt du, ich wäre gar nicht hier, hätte meinen wunderbaren Beruf nicht, wenn mir nicht vor vielen Jahren der Zufall in die Hand gespielt hätte. Ich war zufällig zur rechten Zeit am rechten Ort. Ich hätte da gar nicht sein sollen, ich hätte auch nein sagen können, meine Mutter hätte damals nein sagen können – ich war vierzehn. Unzählige Faktoren hätten verhindern können, was dann doch kam. Ich frage

mich oft was aus mir geworden wäre, wenn an jenem Tag damals alles ein kleinwenig anders gelaufen wäre.'
'Darüber sollst du dir nicht den Kopf zerbrechen mein Junge. Die Dinge geschehen, wie sie geschehen müssen und Kane sorgt dafür, dass sich zusammenfügt, was zusammengehört.'
'Kane? Ist das euer Gott?', fragte Carl.
'Einer der vier Hauptgötter, ja. Kane hat Himmel und Erde erschaffen. Aber nenne die höhere Macht gerne wie es dir beliebt.', der alte Mann lächelte.
'Dann gibt es keinen Zufall, sagst du? Dann ist alles vorbestimmt, alles Schicksal? Mir fällt es schwer, dass zu glauben. Ich kann mich doch in jeder Sekunde meines Lebens neu und anders entscheiden, nicht wahr?' Carl schaute den Mann zweifelnd an.
'Und wer sagt dir, dass deine Entscheidungen, egal wie du sie triffst, eben nicht zufällig getroffen werden, sondern genau so, wie es dir bestimmt ist?' Das sanfte Lächeln des Alten verstärkte das Gesagte und Carl konnte nicht anders, als das Lächeln zu erwidern.

'Tja, dagegen kann ich schwer argumentieren. Manchmal, vor allem in den letzten Monaten, war ich oft unsicher in meinen Entscheidungen. Vieles ist nicht sehr gut gelaufen und ich hätte einiges vermeiden können, wenn ich mich anders entschieden hätte. Ich zögere dann, will nichts falsch machen. Wie kann ich aber vorher wissen, ob eine Entscheidung sich als die richtige herausstellen wird?'
'Nur Mut. Wir Menschen werden niemals alles kontrollieren können, nie alles zu hundert Prozent zufriedenstellend schaffen. Wer definiert denn die hundert Prozent? Höre auf deine innere Stimme, dein Bauchgefühl und hadere nicht. Deine Unsicherheiten und Zweifel hemmen und lähmen dich nur. Nimm sie bewusst auf, setzte den

ersten Schritt und gehe los. Nimm die Unsicherheiten und Zweifel einfach mit auf deinem Weg durch das Leben. Lerne, mit ihnen umzugehen. Vertraue. Es wird sich immer alles fügen. Lebe das Leben und versäume es nicht mit Grübeln und Hadern. Vergeude nicht deine Zeit, die ist begrenzt. Lebe, liebe, lass dich lieben – und lache.' Der alte Mann lachte nun selbst auf - fast als wolle er die eben gesagte These untermauern - und strich sich andächtig durch den Bart.
'Das ist wirklich…', Carl suchte nach den richtigen Worten' ...wirklich sehr tiefgründig und schön, was du mir da sagst, es spricht soviel Weisheit aus dir, danke. Ich glaube ich habe hier in den letzten Wochen viel gefunden, viel gelernt', Carl reichte dem Mann seine Hand. 'Ach ja, und sagst du mir noch, was nun Keikilani bedeutet - nachdem du mir diesen Namen gegeben hast?'
'Der Name bedeutet Kind des Himmels'. Der Alte nahm nun Carls ausgestreckte Hand in seine großen Hände, drückte sie und lächelte ihn sanft an. 'Wir alle sind Kinder des Himmels. Aber nicht alle tragen diesen Namen.'
Carl schluckte und war berührt von den einfachen und eindringlichen Worten dieses Mannes. 'Mahalo, ich danke dir für unsere unerwartete Begegnung.'

Der Alte stand behäbig auf, richtete seinen Blick gen Himmel, schloss die Augen und atmete dreimal tief ein und aus. Dann legte er seine Hand auf Carls Kopf, sah ihn mit seinen strahlenden Augen an und sagte mit einem Lächeln: 'Du, ich, alle Menschen sind von hier und hier ist in jedem von uns. Lono wird dich begleiten.'
'Lono? Ist das dein Name?' Carl konnte sich nicht mehr erinnern, wie sich der Alte vorgestellt hatte.
'Nein. Ich bin Kealamauloa. Gehe du deinen Weg Keikilani.' Der Alte

drehte sich um und ging, ohne sich noch einmal umzusehen, in Richtung der Straße.
'Soll ich dich mitnehmen?', rief Carl ihm nach. 'Mein Wagen ist ganz in der Nähe, warte.'
Der Alte hob seine Hand, winkte und ging unbeirrt weiter.
'Alles Gute! Hat mich sehr gefreut, wirklich!', rief Carl nun noch lauter gegen den Lärm der Brandung an.
Als Carl sich mit seinem Wagen einige Minuten später wieder in Richtung Hotel aufmachte, war von dem Alten keine Spur mehr zu sehen. Er war verschwunden, wie er aufgetaucht war. ‘Eigenartig’ dachte Carl. Irgendwie war er ergriffen und gleichzeitig verwirrt von dieser Begegnung. 'Kea-la-mau-loa' wiederholte er nun langsam den Namen des Alten, den er sich zu seinem eigenen Erstaunen gemerkt hatte und kritzelte ihn rasch auf ein Blatt Papier.

Zwei Tage später landete Carl im kalten, nebligen San Francisco. Es war sein erster Besuch in der Westküstenmetropole, von der er so viel gehört und gelesen hatte. Er fühlte sich umgehend wohl und spürte die gewisse Lockerheit der Menschen, die hier so ganz anders waren als in New York, wo es stets hektisch zuging. Er erinnerte sich an die Krimi-Serie „Die Straßen von San Francisco“, die er als Kind immer mit seiner Oma Angelika schauen durfte und er war sicher, bei einem ausgiebigen Spaziergang hügelauf und hügelab, immer wieder Orte und Häuser aus der Serie wiederzuerkennen und es hätte ihn nicht sonderlich gewundert, wenn ihm Lieutenant Mike Stone über den Weg gelaufen wäre.
Am Abend telefonierte er erstmals seit Wochen wieder mit der Heimat. Mutter erkundigte sich sofort umfassend nach seinem Befinden und rügte ihn für die lange Funkstille. Vater fragte ihn

tausend Dinge über Hawaii. Wie das Essen war, das Wetter, das Meer, ob er auch gesurft sei, ob er Haie gesehen hat, ob er sich Hula-Tänze angesehen hat, ob denn die Hawaiianerinnen tatsächlich so sexy seien und, ob er nicht vielleicht gar für ihn eine Hawaiianerin im Gepäck mit hat... Das Gespräch dauerte keine fünf Minute als Carl es mit 'Papa, das ist ein Satellitengespräch und kostet wahrscheinlich so viel wie ein Kleinwagen, also, ciao, ich melde mich nächste Woche wieder, wenn ich in Wien bin', beendete.

Mit Olli telefonierte Carl fast eine ganze Stunde. Er erzählte ihm alles über die vier Wochen in Hawaii, wie sehr er sich in Maui verliebt hatte - ja, in die Insel – und von der denkwürdigen Begegnung erst ein paar Tagen zuvor mit dem Alten. Olli konnte ebenso eine ganze Menge an höchst Erfreulichem berichten. Er hatte gemeinsam mit der Plattenfirma dafür gesorgt, dass den Medien alle Details der verruchten Verleumdungsversuche der letzten eineinhalb Jahre durch Adrian und den unglücklichen Frederic Stoud zugespielt wurden. Die Episode mit der schlechten „Così"-Kritik von Sprunk ließen sie wohlweislich unter den Tisch fallen. Sprunk hatte sich in den letzten Wochen derart ins Zeug gelegt und Olli aktiv dabei unterstützt Carls Unschuld zu beweisen und so die wahren Übeltäter ausfindig zu machen und der Polizei auf dem Silbertablett zu präsentieren. Die Medien nahmen die Informationen dankbar und gierig auf - was sonst hätten sie machen sollen - und es fand eine Reinwaschung Carls statt, die ihresgleichen suchte. Alles, während Carl auf Maui die Füße in den Stand steckte.
'Du wirst nicht glauben, wer sich alles den Medien förmlich aufgedrängt hat, um dich vom Dreck zu befreien, mit dem du beworfen wurdest', erzählte Olli voll Stolz.

'Ja? Sag mal', Carl war neugierig.
'Naja, nachdem sich niemand von diesen, nennen wir sie „Lieben Freunden“, aus der Deckung traute als die ersten Anschuldigungen gegen dich laut wurden, hatten anscheinend alle, alle die je mit dir gearbeitet haben ein höllisch schlechtes Gewissen und wollten es sich mit dem Startenor der nächsten Jahrzehnte sicher nicht verscherzen. Die haben sich fast darum geprügelt, wer von ihnen schneller ein lobhudelndes Statement über dich in die Medien bringt. Wie sehr man hinter dir steht, dass man niemals diesen abscheulichen Verleumdungen Gehör geschenkt hat und so weiter und so fort. Darunter sämtliche deiner Kollegen der letzten zwei Jahre, die Operndirektoren, allen voran Greg Stein, unser Musiklehrer aus dem Gymnasium, der Hadder, dein Professor Friksson, das war sogar in Fernsehen in der Prime-Time. Dann hat sich auch Nadia Karetschko aus Moskau gemeldet und gemeint, sie freue sich schon auf „Tosca“ mit dir in St. Petersburg und natürlich unzählige glühende Fans von dir, Frauen und Männer, die dich so bald als möglich wieder auf der Bühne sehen wollen. Und darüber hinaus haben wir einen weichgespülten Sprunk, der mir jeden Wunsch von den Augen abliest. Der muss so ein derartig schlechtes Gewissen gehabt haben, dass er alles macht um uns, um dich zu unterstützen.' Olli redete ohne Strich und Komma.
'Klingt doch gut. Wie rasch die Dinge sich ändern können, unglaublich.', resümierte Carl. 'Danke für alles Olli. Da werde ich wohl selbst nächste Woche auch mal ranmüssen, an die Medien, oder?' Carl dachte voraus.
'Absolut! Alle Welt fragt nach dir! Es stehen einige wichtige Termine an und ich habe mit unserem Label bereits eine Presseeinladung für Mitte April angesetzt. Das wird der Hammer sag ich Dir! Wir haben

so vieles zu verkünden mein Lieber!' Olli war aus dem Häuschen. 'Und, wenn du nach Hause kommst, wartet noch eine kleine Überraschung in deiner Wohnung auf dich', fügte er geheimnistuerisch an.

Im April 1993 war Carls Rehabilitierung innerhalb einiger Wochen vollzogen, sein Ruf zur Gänze wiederhergestellt. Die Liebe und Verehrung die ihm nun entgegenschlug war größer als je zuvor - als würde noch ein Hauch von Mitgefühl über das ihm zu Unrecht zugefügte Leid mitspielen - und Carl seinerseits schwang sich zu Höchstleistungen auf die ihn manchmal selbst überraschten.
Die Berichterstattungen über jeden seiner Auftritte waren umfangreicher, ausführlicher als üblich und so gut wie immer in den höchsten Tönen lobend. Natürlich interessierten sich auch die diversen Lifestyle-Medien immer mehr für ihn, oder besser für sein Privatleben. In regelmäßigen Abständen tauchten Fotos von Carl in Begleitung von Frauen auf, Kolleginnen, Freundinnen – oft auch in inniger Vertrautheit - Bekannte, Familienmitglieder, und ständig wurde gemutmaßt, welche denn tatsächlich eine Freundin oder gar eine Liebhaberin sein könnte. Es gab viele Fotos von Carl und Olli, seinem erfolgreichen Manager und bestem Freund, der nun selbst seit einem guten Jahr wieder mit einer Frau in einer glücklichen Beziehung war.

Nach der Rückkehr von seiner dringend nötigen Erholung auf Hawaii war Carl auch froh, wieder in seiner gewohnten Umgebung zu sein. In seiner Wohnung in Wien wartete zudem das sehr persönliche und wertvolle Geschenk, welches Olli ihm schon am Telefon angekündigt aber nicht verraten hatte. Carl war gespannt. Im Wohnzimmer stand an einer bis dahin leeren Wand eine Juke Box. Nicht irgendeine Juxe Box. Es war ein Wurlitzer 3010 aus dem Jahr 1966 der so neu aussah, als wäre er eben aus der Fabrik angeliefert worden. Und das Beste, das gute Ding war bestückt mit der Lieblingsmusik von Carl. Alle Größen der Opernwelt waren vertreten und natürlich auch die italienischen und französischen Liedermacher, die Carl so ans Herz gewachsen waren. Sogar eine Aufnahme aus seinem Schulchor war dabei. Olli wusste nur zu gut, womit er Carl eine große Freude machen konnte.

Oktober 1996

St. Petersburg

Noch acht Tage bis zur Premiere am 24. Oktober.
Nach mehreren Stunden Proben für „Tosca“ im Mariinsky-Theater hatte sich Carl in seiner Suite im Grand Hotel Europe in St. Petersburg rasch geduscht um umgezogen und war bereit, mit Olli, Nadia, Maestro Sacholinsky, Nadias Manager und dem Boss ihres gemeinsamen Plattenlabels zum Essen zu gehen, als das Telefon läutete.
'Ja bitte', Carl war in Eile.
'Hallo Carl. Frederic hier. Frederic Stoud. Überrascht, nicht?'
'Frederic?!' Carl setzte sich auf das Sofa. 'Äh, allerdings. Was verschafft mir die zweifelhafte Ehre deines Anrufs?' Carl musste sich erst fassen.
'Ich bin hier, in St. Petersburg. Wir haben uns lange nicht mehr gesehen oder gar gesprochen. Ich war die letzten Jahre in Australien, habe ein neues Leben begonnen und unterrichte jetzt Stimmbildung in Perth. Ich wollte mit dir sprechen. Es gibt einiges zu klären', Frederics Angebot klang ehrlich.
'Für mich nicht wirklich. Die Sache ist lange her, ich habe das Geschehene vergessen oder zumindest verdrängt, verstehst du? Für mich ist das erledigt.'
'Dann tue es mir zuliebe. Bitte. Ein paar Minuten deiner Zeit. Ein Glas schönen Single-Malt vielleicht? Die haben eine exzellente Auswahl hier?'
'Hier? Heißt das etwa, du bist hier, hier im Hotel?' Carl fühlte, wie sich sein Magen zusammenkrampfte. 'Hör mal Frederic. Das kommt

mir jetzt wirklich höchst ungelegen. Ich habe eine Verabredung zum Abendessen. Wenn du mich wirklich sprechen möchtest, dann lass uns entweder nachher, so gegen…', Carl schaute auf seine Armbanduhr '...sagen wir, äh, elf, an der Bar treffen oder morgen um zehn vormittags, vor meiner Probe.', bot Carl ihm an.
'Gut. Ich erwarte dich heute Abend um elf an der Bar, bis dann. Genieße dein Abendessen.' Frederic legte auf bevor Carl ihm antworten konnte.

Frederic Stoud war nach seiner Verhaftung vor drei Jahren und der folgenden Anklage ein gebrochener Mann. Er hatte sich von Adrian in etwas hineinziehen lassen, dass er nie wollte. Nicht so. Seine Stimme war zwar annähernd wiederhergestellt, seine Karriere jedoch war ruiniert, nachdem all die Details des teuflischen Plans an die Öffentlichkeit gelangt waren. Es gelang ihm einigermaßen überzeugend, die gesamte Schuld auf Adrian zu schieben. Er habe ihn überredet, ihn unter falschem Vorwand nach München gelockt, er habe ihn gezielt in diesen Plan hineingezogen und seine damalige instabile Situation ausgenutzt. Er hat ihn zwar zum Mitwisser gemacht, aber Frederic verwehrte sich bis zuletzt dagegen als Mittäter bezeichnet zu werden. Frederic wurde zu sechs Monaten auf Bewährung verurteilt sowie zu einer saftigen Geldstrafe.

Er schämte sich unendlich für die öffentliche Demütigung, die er in den Wochen und Monaten nach der Verurteilung erfahren hatte und sah keine andere Möglichkeit, als Europa wieder in Richtung seiner australischen Heimat zu verlassen. Dort würde sich alles schneller wieder beruhigen – hatte er gehofft. Aber auch in Perth wusste man rasch, warum die glorreiche Karriere ihres einstigen Vorzeigebürgers so plötzlich und unrühmlich zum Stillstand gekommen war. Frederic blieb nur übrig, sich vorübergehend aus der Schusslinie zu nehmen und sich für eine Zeitlang komplett aus der Öffentlichkeit zurückzuziehen. Erst mit der Zeit und nach gefühlten tausend Sitzungen mit einem Psychotherapeuten hatte er sich über alte Kontakte und über Umwege in die Welt der klassischen Musik zurückgewagt. Nun unterrichtete er seit einem Jahr junge Talente als Lehrer und Stimmbildner für angehende Opernsänger an der University of Western Australia. Wenn schon seine eigene Karriere keine Fortsetzung finden sollte, so wollte er zumindest Anderen dazu verhelfen.

Adrian fasste drei Jahren Haft aus, eines davon unbedingt und lebte nun seit zwei Jahren wieder in der alten Heimat. Sein Münchner „Estrella Classic Records“ musste in den Konkurs geschickt werden. Seine ehemalige Assistentin Dunja Müller, die offensichtlich immer mehr als nur eine Assistentin war, hatte auf Adrian gewartet und war mit ihm in seine Heimatstadt mitgegangen. Er hatte das Glück, dass er in das Bauunter-nehmen seines Vaters einsteigen konnte und sich unter seinem älteren Bruder um die Buchhaltung kümmern durfte. Weder der Vater noch der Bruder wollten Adrian im direkten Kundenkontakt haben. Er musste froh sein, dass er als „Ex-Häftling“ wieder unter die Fittiche seiner Familie schlüpfen durfte. Von seinem Vater wurde Adrian mit Verachtung gestraft und finanziell an der kurzen Leine gehalten. Er durfte mit seiner Dunja immerhin eines der vielen Häuser seines Vaters bewohnen, das musste reichen. Manchmal, wenn Adrian mit seinem Auto durch die Stadt fuhr und an seinem alten Gymnasium vorbeikam, begegnete er dem Musikprofessor Peter Hadder in seinem dunkelgrünen Alfa Romeo 155 Q4. Er schaute dann immer schnell auf die andere Seite und hatte dennoch das Gefühl, dass Hadder ihn nicht nur gesehen und erkannt hatte, sondern dass er auch genau wusste, wer damals für seinen Unfall verantwortlich gewesen war. Adrian träumte in regelmäßigen Abständen, wie der halbverweste Hadder aus dem See klettert und genau an der Stelle, an der sein Wagen von der Straße abgekommen war, unmittelbar vor Adrians Auto auf der Fahrbahn steht und ihn aus toten Augen anstarrt. Adrian wachte jedes Mal schweißgebadet auf.

Nadia

Carl hetzte vom Aufzug durch die Lobby und hielt nach Olli und die andere Ausschau. Er wollte nicht zu spät zu seiner Dinner-Verabredung kommen. Plötzlich gellte ein Pfiff durch die Lobby des ehrwürdigen Grand Hotels, wie es jedem Bierkutscher zur Ehre gereicht hätte. 'Nadia!', wusste Carl sofort und drehte sich ruckartig nach rechts – wie auch viele andere Gäste in der Hotelhalle, die ein solch ordinäres Benehmen mit Kopfschütteln quittierten. 'Wenn die wüssten, wer da so formidabel gepfiffen hat', dachte Carl und schmunzelte. Das Abendessen war ein russisches Festmahl mit viel Beluga Malossol Kaviar mit Blinis, Borschtsch, Pelmeni, Salat Olivier, Bœuf Stroganoff und dazu ausreichend feinsten Vodka.

Als Carl nach dem opulenten Abendessen gegen 23 Uhr wieder im Hotel angekommen war, steuerte er schnurstracks auf die Hotelbar zu. Olli hatte sich sofort verabschiedet, er war todmüde und wollte nur noch ins Bett. Carl hatte ihm zudem von der Verabredung mit Frederic nichts erzählt. Er wollte erstmal hören, was der Australier ihm zu sagen hatte. Olli hätte ihm ein Treffen womöglich als völlig sinnlos und absolute Zeitverschwendung auszureden versucht.
Direkt an der Bar sah Carl ihn sitzen: Frederic Stoud. Er schien sich gerade mit dem Barkeeper zu unterhalten, gestikulierte und deutete auf die Reihen der Flaschen an der Wand dahinter. Der Barkeeper griff nach einer Flasche Macallan 25yrs. Frederic hatte anscheinend immer noch ein Faible für teure Single Malts. 'Er wird ja hoffentlich nicht glauben, dass ich ihn darauf einlade', dachte Carl und sagte dann laut: 'Frederic. Hier bin ich. Machen wir es kurz, worum geht's.'
Frederic drehte sich um und machte ein extra freundliches Gesicht:

'Carl! Komm, setz dich erstmal. Ich habe uns schon einen feinen Tropfen ausgesucht. Bist heute eingeladen.'
Carl schüttelte Frederic kurz die Hand und nahm am Barhocker neben ihm Platz. Frederic war sichtlich gealtert. Er war jetzt 36 Jahre alt, hatte zwar immer noch eine sportliche Figur, war braungebrannt, kleidete sich elegant und teuer, wie eh und je aber sein graues Haar und die tiefen Falten auf der Stirn und zwischen den Augenbrauen waren Zeugen der schweren inneren Krisen, die Frederic in so kurzer Zeit durchlebt hatte.
'Was da gelaufen ist, vor drei Jahre, ist vorbei. Geschichte. Du hast vollkommen recht, da muss man keinen Gedanken mehr daran verschwenden.', eröffnete Frederic das Gespräch.
'Aber...? Da kommt doch noch was. Deine Einleitung verlangt ein Aber. Warum sonst sitze ich hier mit dir?', analysierte Carl trocken.
'Ja, gut, stimmt schon', pflichtete Frederic bei. 'Aber: Aber ich denke dennoch immer wieder an das, was passiert ist. Der Giftmord an Eleana, gemeint warst du, ist für mich das Schlimmste. Dann hast du mir einige Engagements weggeschnappt. Meine Stimme war weg, fast zwei Jahre lang. Dann noch dieser verdammte Adrian, der mich eingelullt hat, mich in die ganze Scheiße mit hineingezogen hat. Das war übrigens alles sein teuflischer Plan! Danach wieder durchzustarten kannst du vergessen. Einfach alles beschissen. Mein Psychotherapeut hat zumindest einen Teilerfolg verbuchen können. Ich habe aufgehört auszurasten, Heulkrämpfe hinter mir gelassen und wieder gelernt, mich mit Frauen zu treffen.' Frederic erzählte ganz ohne Hemmungen.
'Sag mal, du glaubst doch nicht ernsthaft, dass ich dir irgendein Engagement weggeschnappt hätte? Du weißt so gut wie ich, dass du einmal vertragsbrüchig warst und ich dich ersetzt habe und du beim

nächsten Mal mit deiner Kehlkopfgeschichte auch nicht konntest, und da war ich dann zufällig – und ich betone: zufällig - da um dich zu ersetzen, ja, eigentlich um dir den Arsch zu retten. Und, bevor du es zur Sprache bringst, zwischen Eleana und mir war gar nichts. Nicht das geringste. Schlimm genug, dass du ihr nicht vertraut, nicht geglaubt hast. Ich vermisse sie auch, sie war ein toller, liebenswürdiger Mensch. Wer kann ahnen, dass ein Wahnsinniger, dieser Morati, so von Sinnen ist, dass er einen Giftmord verüben würde? Und was heißt, es war alles Adrians Plan? Du hast da ja doch aus eigenen Stücken und wohl nicht ungern, mitgemacht!' Carl fühlte erstmals die Möglichkeit, Frederic die Meinung zu sagen.
Frederic flutete Carl die nächsten zehn Minuten mit einem von Selbstmitleid triefenden Monolog der einzig und allein dem Zweck diente, sein Gewissen reinzuwaschen. Er schwafelte etwas von Läuterung, sah sich anscheinend in der Opferrolle und er würde Carl nur das Allerbeste wünschen.
Carl wollte nicht auf diesen billigen Anbiederungsversuch hereinfallen, schaute auf seine Armbanduhr, kippte den Rest des teuren Whiskys runter, stand auf, verabschiedete sich knapp mit: 'Danke für deine interessanten Ausführungen und die Einladung. Ich hoffe unser Treffen war für dich und dein Gewissen zufriedenstellend. Gute Nacht Frederic', und verließ die Bar und den verdattert dreinblickenden Ex-Rivalen.

Carl saß in der Unterhose am Schminktisch und versuchte, sein Gesicht so gründlich wie möglich vom Make-Up zu befreien. Dabei war er noch wie in Trance nach der sehr emotionalen und dramatischen Schlussszene - er war immerhin auf der Bühne gestorben - aber vor allem vom minutenlangen tosenden Applaus, den

das Premierenpublikum ihm und Nadia geschenkt hatte.
Carl war immer wieder fasziniert, welche Kraft von einer Oper ausgehen kann: Das Mysterium der wahren Liebe und ihrer Wirkung auf die Menschen. Liebe die unerfüllt bleibt, Vertrauen, das enttäuscht wird, Eifersucht, Rache, die fürchterlich ist, Missverständnisse und Verwechslungen, die fatal enden, Schmerz und Tod. All das sind die perfekten Ingredienzien von unzähligen Opern, die die Themen des Lebens, komprimiert, dramatisiert und förmlich durch ein Brennglas betrachtet, in zwei Stunden auf die Bühne bringen und dabei dem Publikum einen Spiegel vorhalten. Findet ihr euch darin wieder? Empfindet ihr nicht ähnlich? Fühlt nicht auch ihr euch unverstanden?
'Was für hartnäckige Schminke die Russen verwenden', dachte Carl nach dem fünften getränkten Wattebausch, den er in den Mistkübel warf. 'Das Zeug geht ja kaum ab. Egal, habe ich morgen auch noch etwas davon', lächelte das verschmierte Gesicht im Spiegel an und griff nach einem weiteren Wattebausch.
Plötzlich platzte Nadia in Carls Garderobe und knallte die Tür hinter sich zu. Carl fuhr erschrocken hoch und drehte sich um. Sie hatte einen hochroten Kopf, ihre Augen funkelten, sie atmete schwer und kam mit schnellen Schritten auf Carl zu. 'Nadia? Ist alles in Ordnung?' Carl wusste nicht, wie er die Situation einschätzen sollte.
Noch bevor Nadia ihn erreichte, öffnete sie mit einer ruckartigen Bewegung ihren Bademantel und präsentierte sich splitternackt dem Erschrockenen. Carl starrte auf seine entblößte „Tosca“ und stammelte: 'Aber Nadia... warum... hier...und wenn...?' Sekunden später presste sie ihre Lippen, ohne auch nur ein einziges Wort gesprochen zu haben, auf seinen Mund und ihren Körper an den seinen. Carl realisierte im selben Moment, wie hart sein Penis

geworden war. Er wurde überrumpelt, war nervös aber gleichzeitig hochgradig erregt. Ohne von seinen Lippen zu lassen zog sie mit einer Bewegung seine Unterhose nach unten, drückte Carl in den Sessel und schob sich, wie eine Löwin auf die eben erlegte Gazelle, auf ihn. Für ein paar ewige Minuten verschmolzen sie zu einem einzigen, glühenden Körper.

Dann stand Nadia ruckartig auf, zog sich den Bademantel über, leerte Carls halbvolles Champagnerglas in einem Zug, küsste ihn flüchtig auf den Mund und verabschiedete sich mit den Worten: 'Caravadossi konnte doch nicht einfach so sterben und seine Tosca unbefriedigt zurücklassen, oder?', leckte sich über die Lippen, zwinkerte und war aus der Tür.

Carl ließ den Wattebausch fallen, den er bis jetzt in der Hand gehalten hatte und schüttelte den Kopf als müsse er sich klar werden, dass dies eben kein Traum war, sondern ihm tatsächlich widerfahren war. Noch nie hatte er ungefragten, unangekündigten Sex gehabt, der so schnell vorbeiging, wie er begonnen hatte und dennoch zutiefst erregend war.

'Gott, wie sehr habe ich das vermisst.', dachte Carl und blickte auf die große Uhr an der Wand: 'In zwei Stunden habe ich Geburtstag. Und wo bin ich? In St. Petersburg', beantwortete er sich selbst die Frage, '...und habe gerade die berühmteste Opernsängerin unserer Zeit gevögelt.'

'Du hast was?!' Olli schien ihm nicht zu glauben als sie eine halbe Stunde später an der Hotelbar mit einem Glas 1961-er Château Haut-Brion und einer Silberplatte voll Reblochon, Roquefort, Rocamadour und Brie de Meaux, die Erfolge des Abends feierten.

'Jawohl, und unter uns: Ich könnte auch sagen, sie hat mich gevögelt.' Carl grinste.

'Na hörmal! Allein nur dieses Wort aus deinem Mund', Olli gab den Moralapostel. 'Was, wenn da jemand reingeplatzt wäre, Nadias Mann zum Beispiel, dann wärst du heute schon auf dem Weg nach Sibirien, garantiert.'
'Es waren jedenfalls die heißesten fünf Minuten meines bisherigen Sexlebens, soviel ist klar', wischte Carl Ollis Einwand beiseite.
Olli sah ihn skeptisch an: 'Aha? Ist mir da in den letzten Jahren etwas entgangen?'
'Ganz offensichtlich, mein Lieber. Wir verbringen zwar viel Zeit miteinander, aber alles muss ich dir auch nicht auf die Nase binden. Jede Premiere verlangt doch einen krönenden Abschluss, oder? Leidenschaftlichkeit und Sinnlichkeit: wie in der Kunst, so im Leben.' Carl lächelte verschmitzt.
'Deinem besten Freund und Manager musst du aber schon alles erzählen, das ist dir doch klar?' Olli spielte den Eingeschnappten. Gerade musste er, wie schon so oft, wieder an die Sommer mit Carl in den Bergen denken – und fühlte dabei einen Stich in der Seite. Das war mittlerweile vor gut fünfzehn Jahren gewesen, hatte aber einen unerschütterlich festen Platz in seinem Herzen eingenommen. Es waren warme, überströmende Gefühle, die tief in seinem Inneren wohnten und die er jederzeit abrufen konnte.
'Entschuldigung!' Olli verdrängte die Erinnerung, blickte hastig auf seine Uhr und rief den Bar-Kellner heran. 'Bringen Sie uns bitte ein Flasche Dom Perignon.' Es war nicht mehr lange bis Mitternacht. 'Wir werden jetzt gebührend auf deinen Dreißiger anstoßen, das ist ja wohl klar! Morgen Vormittag hat Sacholinsky in der Oper einen Geburtstagsbrunch für dich organisiert. Da werden alle Kolleginnen und Kollegen dabei sein und eine Handvoll ausgewählter Medienvertreter. Sprunk ist übrigens auch hier, der will mit dir gesondert ein

Exklusivinterview machen. Jetzt sind aber erstmal wir beide dran.' Olli lächelte Carl an.
'Olli, ich muss auch bald wieder mal nach Hause, sehr bald. Ich muss meine Familie wiedersehen.', fiel Carl gerade jetzt in einem Anflug leichter Sentimentalität ein - zwei Minuten vor seinem Geburtstag.
'He Junge, acht Vorstellungen noch! Drei Wochen. Dann lasse ich dich ziehen, versprochen. Wir haben dann erst Mitte Januar wieder einen vollen Kalender.'
'Carl!!', hallte es durch die Lobby-Bar.
Frederic Stoud ging mit großen Schritten und ausgebreiteten Armen auf Carl zu, als wären sie die besten Freunde. 'Carl, das war ein phantastischer Abend! Ich gratuliere dir.' Frederic klang beinahe ehrlich.
'Äh, danke Frederic.' Carl wurde leicht verlegen.
Frederic nickte Olli zu - der nickte kurz zurück – und wandte sich mit ausgestreckter Hand wieder an Carl. 'Na, ihr feiert ja auch schon ganz ordentlich. Gut so!' Die Standuhr in der Lobbybar schlug Mitternacht. Carl stand auf, schüttelte Frederics Hand und erwiderte knapp: 'Jaja, danke. Kriegsbeil begraben. Aber komm mir nicht mehr in die Quere, okay?' Er wollte ihn offensichtlich so rasch wie möglich loswerden.
Frederic lachte: 'Keine Sorge, in Kürze jage ich dir einen meiner australischen Schützlinge hinterher.', er zeigte Carl zwei Daumen hoch, zwinkerte und ging lachend von dannen.

'Blopp', Olli öffnete den Champagner, schenkte ein und sagte: 'Der Arsch hätte uns beinahe unseren Moment ruiniert. Es ist drei nach zwölf. Also Carl', Olli gab ihm ein Glas in die Hand und stieß mit dem seinem an 'Happy Birthday! Auf dich, den Dreißiger, deine Gesundheit, den Erfolg und auf uns und die gemeinsame Zukunft!'

Die beiden nahmen einen kräftigen Schluck des eiskalten Champagners und umarmten sich.
'Danke Olli. Was täte ich ohne dich, was wäre, wenn sich unsere Wege nicht wieder zufällig gekreuzt hätten?' Carl sprach direkt in Ollis Ohr und klang ein wenig rührselig.
Olli drückte Carl von sich weg, hielt ihn an den Schultern und sagte: 'Haben sie sich aber! Es war uns wohl so bestimmt. Kein Zufall: Schicksal, nicht? Das ganze „Was-wäre-wenn“ ist ohnehin sinnlos, weil wir nie wissen wie die Varianten B, C oder D verlaufen wären.', analysierte Olli und lächelte dann schief.
'Aber sag mal Carl, ganz was anderes. Wir wurden vorhin von diesem Idioten jäh unterbrochen. Was war denn das für ein Gespräch zwischen euch? Du hast mir gar nichts erzählt?'
'Du hast völlig recht. Ich wollte dich damit einfach nicht belasten. Letzte Woche hat Frederic mich kontaktiert, er wollte unbedingt eine Aussprache. Nach unserem Abendessen mit Sacholinsky habe ich mich mit ihm hier getroffen. Er sagt er sein geläutert, hat ein völliges neues Leben begonnen. Ist anscheinend über sein Trauma hinweg, wohl mit kräftiger Unterstützung eines Seelenklempners. Ich habe ihm dann ordentlich meine Meinung gesagt. Erstmalig und letztmalig. Ich hoffe er hat es auch kapiert. Aber für mich ist die Vergangenheit abgehakt, nicht vergessen, aber abgehakt. Es zählt nur der Blick nach vorne.' erklärte Carl.
'Wow, verdammt.', in Ollis Kopf begann der Champagner seine Wirkung zu zeigen. 'Frederic Stoud', sagte er ganz langsam. 'Ein Zufall eigentlich, dass der Typ noch lebt.'
'Wie meinst du das?' Carl sah Olli aus kleinen Augen an.
'Naja oder besser: Schicksal. Es gibt ja keine Zufälle haben wir vorhin festgestellt, richtig? Beinahe wäre der gute Frederic und unser alter

Schulfreund Adrian samt seinem Jaguar in die Luft geflogen. Wumms!' Olli hob beide Fäuste, öffnete sie ruckartig und riss dabei die Augen auf.
'Was Wumms? Wie?' Carl war verwirrt.
'Na, Wumms eben! Es hätte sein können, dass der Jaguar mit den beiden in die Luft geflogen wäre, damals im Januar vor drei Jahren.' Olli blieb kryptisch.
Carl setzte sein Glas ab und starrte seinen Freund mit offenem Mund an. 'Sag mit bitte nicht, dass du vorhattest, die beiden…', Carl blickte sich rasch um und flüsterte dann: '…umzubringen?'
'Naja, ist ja nichts passiert. Hat wohl nicht sollen sein. Schicksal eben. Alles gut, alle sind happy.' Olli leerte sein Glas und schenkte nach.
'Wow. Ich kann das nicht fassen. Du hättest deine Karriere - und auch meine - du hättest eigentlich alles aufs Spiel gesetzt und wärst obendrein sogar zum Mörder geworden.' Carl schüttelte den Kopf.
'Du weißt, die beiden hätten das verdient nach allem, was sie dir angetan haben. Und du weißt auch, für wen ich das alles gemacht hätte, hä?' Olli lehnte sich gefährlich weit nach vorne über den Glastisch und sah Carl mit großen Augen an. 'Für dich. Alleine nur für dich' er bohrte vor Carls Gesicht mit dem Zeigefinger ein Loch in die Luft. 'So sieht's aus.'
Carl schaute mit in Falten gelegter Stirn auf Olli und sagte: 'Das muss ich erstmal verdauen. Ein solcher Plan, wegen mir, für mich. Sollte ich mich etwa dafür bedanken? Wenn das deine Karin wüsste, oder deine Mutter! Was ist da nur in dir vorgegangen? Du hättest mich da genauso mit hineingezogen, mit hinuntergezogen in einen Abgrund, ist dir das klar?'
Ollis glasiger Blick hing gebannt an Carls Lippen, so als müsse er die Worte von dort ablesen. 'Du hast ja recht. Du hast immer recht'. Ollis

Worte klangen schwerfällig: 'Aber vergiss eines nie: Aus Liebe macht man so gut wie alles.'

Mama

'Mein lieber Sohnemann, lieber Carl', begann der Brief von Inge an ihren Ältesten. Carl hatte den Brief an seinem Geburtstag am Nachmittag vom Concierge ausgehändigt bekommen und hatte es sich nun auf seinem riesigen Bett mit einer Kanne Tee gemütlich gemacht – nach gut fünf Gläsern Champagner beim Brunch brauchte er etwas Alkoholfreies und etwas Wärmendes – draußen war es nasskalt und nebelig.
Die Einladung zu seinen Ehren am Vormittag war ein richtiges Society-Event geworden und Carl phasenweise leicht peinlich gewesen. Sacholinsky sprach von Carl als würde es sich um seinen Lieblingssohn handeln. Hatte er nicht vor drei Jahren, nach Aufkommen der Gerüchte, umgehend Carls Engagement auf Eis gelegt? Heuchler! Wenn er jetzt auch noch wüsste, mit wem seine Nadia letzte Nacht fünf sehr heiße Minuten verbracht hat...?
An die vierzig ausgewählten Gäste waren im Mariinsky-Theater mit dabei um Carl hochleben zu lassen. Nadia war nicht nur die beste Sängerin, sondern auch eine verdammt gute Schauspielerin, ließ sie sich doch nicht das Geringste anmerken. Carl lächelte sie öfters an, war aber bemüht, den direkten Blickkontakt mit ihr zu vermeiden. Wenn sich der Garderoben-Sex dennoch in sein Gedächtnis drängte, wurde ihm heiß und kalt zugleich und er suchte rasch das Gespräch mit der nächststehenden Person. Mit Axel Sprunk hatten er und Olli einen persönlichen Interviewtermin für den kommenden Tag vereinbart. Sein Geburtstag und auch die nächsten zwei Tage waren spielfrei und er wollte so wenige offizielle Verpflichtungen wir nur möglich wahrnehmen – Sprunk war eine Ausnahme.
Carl bewunderte die Handschrift seiner Mutter. Er hatte an die zehn

fein säuberlich, gleichmäßig beschriebener Seiten in Händen und begann erneut zu lesen.

'Ich hoffe meine Zeilen erreichen dich rechtzeitig. Den Brief schreibe ich heute, am 15. Oktober und werde ihn auch gleich zur Post bringen. Keine Ahnung, wie lange es von uns bis nach Russland dauert, aber in zehn Tagen sollte sich das jedenfalls ausgehen. Georg wird mir übernächste Woche einen Computer besorgen und dann kann ich Dir, so sagt es jedenfalls Georg, über den Computer auch schreiben. Frag mich bitte nicht wie das gehen soll, aber er wird mir das schon erklären. Wenn Du diesen Brief in Händen hältst, dann hast Du auch schon deine Premiere hinter dich gebracht. Ich bin mir ganz sicher, es muss ein großer Erfolg gewesen sein. Ich freue mich schon, darüber zu lesen. Du bist hoffentlich rundum gesund und schonst Deine Stimme. Vergiss nicht: Nie zu kalt trinken, die Stimme immer schön „ölen", aber wem sag ich das, Du weißt das selbst am besten.'
Carl nahm, wie auf Kommando, einen Schluck seines starken Schwarztees.
'Gestern habe ich deinen Vater und Erika im Einkaufszentrum getroffen - zufällig. Er hat sich natürlich nach Dir erkundigt, ganz überschwänglich und aufgeregt – so kenne ich ihn gar nicht. Aber naja... Er hat sich anscheinend Deine letzte CD - „Die schönsten Arien der Opernwelt" - angehört und auch Erika vorgespielt. Dabei hat er sie ganz besonders auf die ergreifende Arie aus der „Tosca" aufmerksam gemacht. Erika hat nur gemeint es wäre sehr langsam und traurig, aber Du würdest dafür wohl ganz ordentlich bezahlt bekommen. Diese Frau hat wirklich immer die eigenartigsten Kommentare. Dein Vater scheint mit ihr aber die Richtige gefunden zu haben. Wenn ich an die Zeiten denke, als ich mich in ihn verliebt

habe – das fühlt sich so weit weg an, so unecht. Er war tatsächlich die Liebe meines Lebens. Wie die Dinge sich ändern. Ich habe dir nie anvertraut, dass ich damals, kurz bevor ich mit Dir schwanger wurde, eine Fehlgeburt hatte – ich dachte, ich werde niemals Kinder haben können...'

Carl hörte Stimmen und Gelächter von der Straße. Er stand auf und sah vom Fenster seiner Suite im vierten Stock, wie gegenüber Gruppen von elegant gekleideten Damen und Herren in Pelzmänteln aus der St. Petersburger Philharmonie strömten – das Nachmittagskonzert war eben zu Ende gegangen. Carl betrachtete die Szenerie abwesend, zog seinen Bademantel enger, schloss das Fenster und machte es sich wieder am Bett bequem, um sich auf den Brief seiner Mutter zu konzentrieren.

'Dein Vater wollte ja nichts von einem Kind wissen. Ich glaube sogar, er war über meine Fehlgeburt gar nicht unglücklich. Als ich dann aus dem Krankenhaus entlassen wurde, hatten wir uns ein, zwei Wochen nicht gesehen und plötzlich, eines Abends, stand er mit Blumen vor der Tür und entschuldigte sich für sein „unreifes" (seine Worte!) Verhalten. Er war tatsächlich wie ausgewechselt und wir kamen rasch wieder zusammen. Die schönsten Jahre meines Lebens lagen vor mir. Im Monat darauf war ich dann mit dir schwanger. Ich hatte solche Angst, dass wir nochmals so etwas Schreckliches passieren könnte. Aber es ging Gott sei Dank alles gut. Den Rest brauche ich dir nicht zu erzählen, den kennst du ja und heute darf ich dir bereits zum dreißigsten Geburtstag gratulieren! Ich kann es kaum fassen. Eben noch warst Du ein Baby, ein Schüler, ein Teenager – die Jahre verfliegen einfach viel zu schnell. Ich bin heute sehr stolz auf Dich, was Du geschafft hast, dass Du unbeirrt Deinen Weg gegangen bist.

Ich habe beim Durchsehen des Bücherregals ein altes Buch mit Buddhistischen Weisheiten gefunden und eine Seite hatte ich mit einem Eselsohr versehen. Es war ein Zitat, das ich Dir damals in Dein Stammbuch geschrieben habe. Hast Du das noch irgendwo? Das war ja in Deiner Volksschulzeit ein absolutes „must“. Alle hatten eines und sie mussten mit klugen oder lustigen Sprüchen und vielleicht einer Zeichnung gefüllt werden. Je mehr Stammbucheintragungen man hatte, desto mehr Freunde hatte man, desto beliebter war man offensichtlich. Also, der Spruch von Buddha, den ich Dir damals – 1976 - ins Stammbuch geschrieben hatte, lautete:

Durch Nichtzürnen bezwing den Zornigen,
durch Güte den Bösen,
durch Spende den Geizigen,
durch Wahrheit den Lügner.'

Carl las den Spruch dreimal, lies ihn sich durch den Kopf gehen und war erstaunt, dass seine Mutter sich damals schon für buddhistische Weisheiten interessierte. Er erinnerte sich, dass er vor zwanzig Jahren mit diesen Zeilen wenig anzufangen wusste. Jetzt aber bedeuteten sie ihm die Welt. Er nahm sich vor, sich stets daran erinnern und danach leben zu wollen. Er las weiter:

'Das ist doch immer noch eine wirklich schöne Aussage, nicht? So viel Wahrheit steckt darin. Du hast schon Großes erreicht in Deinen jungen Jahren, bleibe Dir selbst treu, lass Dich nicht verbiegen. Du wirst noch öfters straucheln und verletzt werden, aber sei Dir sicher, es geht immer wieder aufwärts im Leben. Die Krise vor drei Jahren hat dich letztendlich nur stärker gemacht. Glaube an Dich, so wie ich

an Dich glaube. Und ganz egal ob Du mir eine Schwiegertochter bringst oder einen Schwiegersohn oder gar niemanden, es ist Dein Leben – lebe es! Ich werde immer hinter Dir stehen, zu Dir stehen, komme, was kommen mag.
Jetzt aber genug mit so viel schwermütigen Gedanken: Du sollst feiern! Deinen Geburtstag, Deinen Erfolg und Deine große Karriere! Deine Oma, Georg, Deine Onkels, Tanten, Cousins und Cousinen, Bekannte, Verwandten, Freunde, Nachbarn und auch Leute, die ich noch nie gesehen habe und zufällig in irgendeinem Geschäft treffe, richten Dir herzliche Geburtstagsgrüße aus und wünschen Dir nur das Allerbeste! Wir alle – und ich ganz besonders – freuen uns auf Deinen diesjährigen Weihnachtsbesuch, der endlich einmal etwas länger sein wird. Sei umarmt und geküsst,

Deine Mama'

Axel Sprunk

Axel Sprunk hatte sich mit Carl für zehn Uhr am nächsten Vormittag im eleganten Café des Grand Hotels verabredet. Carl hatte wunderbar und ausreichend geschlafen, war topfit und guter Laune – vielleicht ein kleinwenig nervös vor diesem Zusammentreffen mit dem legendären Herrn Dr. Sprunk, der ihm vor Jahren so viele Probleme gemacht und danach alles darangesetzt hatte, diese wieder auszubügeln. Der Mann war und blieb für Carl ein Rätsel. Seine Premieren-Kritik von „Tosca“ war ein Feuerwerk an Superlativen. Er lobte Nadia, das gesamte Leading Team, allen voran den „Scarpia“, das Orchester unter Maestro Sacholinsky, aber ganz besonders überschwängliches Lob fand er für Carl. Da war wieder die Rede von seinem betörenden Gefühl, der brillanten Technik, der natürlichen Leichtigkeit, dem Schmelz, dem langen Atem, der Eleganz und der Vitalität und es wurden wieder Vergleiche angestellt mit den ganz großen der Großen und Carl wurde letztendlich seine eigene Liga zuerkannt.
An diesem sonnigen 26. Oktober war Carl für ein professionelles Interview auf Augenhöhe in jeder Hinsicht bereit. Sein Outfit zeugte von Selbstbewusstsein und entsprach nicht unbedingt dem klassischen Auftreten eines Opernsängers. Er wählte schwarze Armani-Jeans, einen violetten Kaschmir-Rollkragenpullover, darüber ein leichtes, dunkel-graues Schurwollsakko und dazu schwarze Rauleder Monks mit goldener Schnalle. Sein Eau Sauvage gab ihm den letzten Schliff für das wichtige Treffen.
Das Gespräch dauerte beinahe drei Stunden. Carl konnte sich an keinen Presse-Termin erinnern, der je intensiver gewesen wäre. Auf gewisse Weise faszinierte ihn dieser sonderbare, in einen Mantel aus

Arroganz gehüllte Journalist, der zwar hochintelligent war, sich Carl gegenüber aber gleichzeitig anbiedernd, ja beinahe unterwürfig gebar. Wie er ihn immer wieder am Arm fasste, ihn mit leuchtenden Augen fixierte, sich nervös die Haare aus der Stirn strich, seine Brille ständig abnahm und aufsetzte, um seine Notizen zu machen. Carl konnte diesen eigenwilligen Mann nach wie vor nur sehr schwer einordnen. Sprunk wollte für dieses Interview einfach alles über Carl in Erfahrung bringen.
Der mitgekommene Fotograf musste während des Gesprächs wohl über hundert Fotos geschossen haben, er hat dreimal eine neue Filmrolle eingelegt. Nebst der vielen Fragen zu den diversen Engagements der nächsten Zeit, zur Einzigartigkeit und zur Entwicklung der Stimme, stellte Axel Sprunk auch mehr persönliche Fragen als es Carl lieb war. Das Privatleben wollte er nämlich tunlichst aussparen. Er erzählte stattdessen von seiner kreativen Auszeit auf Hawaii, der Naturverbundenheit dort und selbst die Begegnung mit dem alten Hawaiianer brachte er zur Sprache. Diese Geschichte schien Axel Sprunk besonders zu interessieren. Er wusste, er würde keine weiteren Details aus Carls Privatleben erhalten und bohrte daher bei dieser Hawaii-Geschichte entsprechend nach. Er wollte ständig aus Carl herausbekommen, wie er sich denn gefühlt hatte, ob der Aufenthalt auf der anderen Seite der Welt etwas in ihm bewirkt habe und wenn ja, was. Carl entschied sich spontan ihm die gewünschte Geschichte zu schenken und holte aus, um in allen Details von den Wochen auf den Inseln zu berichten und besonders über den Einfluss, den die Erlebnisse auf Carl hatten. Sprunk zeigte sich begeistert und interessiert und saugte jedes Wort auf als wäre es seine Luft zum Atmen.
'Der alte Mann, er hieß Kealamauola, nannte mich Keikilani - einfach

so. Das heißt offensichtlich „Kind des Himmels“', erzählte Carl. 'Sehr schön, sehr schön – und so passend', lächelte Sprunk. 'Kealamauola', wiederholte er nun langsam und kratzte sich dabei mit seiner Lesebrille an der Schläfe. 'Diesen Namen habe ich schon einmal gehört', er kniff die Augen zusammen. 'Wissen Sie, was dieser Name bedeutet?', fragte er Carl und sah ihn mit faltiger Stirn an.
'Keine Ahnung, ich habe das nie herausgefunden oder einfach nicht weiter nachgeforscht. Aber aus irgendeinem Grund, habe ich mir den Namen aber gemerkt. Ich habe ihn allgegenwärtig. Er verbindet mich mit diesem Alten. Manchmal fällt mir dieser Name in den unpassendsten Momenten ein – einfach so.'
Nach dem langen Interview verabschiedeten sich die beiden mit Handschlag. Axel Sprunk wollte Carls Hand gar nicht mehr loslassen. Er schüttelte, drückte, schüttelte und wiederholte immer wieder welche Freude es gewesen war, endlich ein persönliches Treffen geschafft und ein so schönes und ausführliches Gespräch geführt zu haben. Er freue sich schon ganz besonders auf die nächste Aufführung und die nächste Gelegenheit zu einem Treffen und ganz besonders freue er sich auf Carl als „Graf Almaviva“ in zwei Jahren in Mailand.

Olli hatte die ganze Zeit fünf Tische weiter am Fenster gesessen, einen Kaffee nach dem anderen bestellt und immer wieder nervös zu Carl und Sprunk herübergesehen, stets bereit, bei der kleinsten Unstimmigkeit herbeizueilen und Carl zur Seite zu stehen. Es war nicht nötig geworden.
Das persönliche Interview erschien zwei Wochen später in der Wochenend-Beilage des „Tagesmerkur“ ging über sechs Doppelseiten, war gespickt mit grandiosen Fotos und war eines der

schönsten und berührendsten Portraits eines jungen Opernstars, das man je gelesen hatte. Ein Exemplar war mit der Post ins Grand Hotel geschickt worden und Carl kam beim Lesen aus dem Staunen nicht heraus. Mit der Wochenendbeilage kam auch ein persönlicher Brief von Axel Sprunk und Carl las:

'Mein hochverehrter, lieber Freund (ich hoffe, Sie erlauben mir Sie so anzusprechen). Ich danke Ihnen für die wunderbaren Stunden, die Sie mir auf den Bühnen der Opernhäuser bisher bereits geschenkt haben und freue mich auf jede weitere Aufführung in der ich Sie, mein lieber Freund, sehen und hören darf. Ich danke Ihnen für Ihre Zeit in St. Petersburg und das liebenswürdige, herzliche und so offene Gespräch. Sie haben mich mit Ihrer Geschichte tief berührt. Ich hoffe sehr, Ihnen gefällt mein Künstlerportrait über Sie. Ich wünsche Ihnen für Ihre Zukunft alles Gute und nur das Beste. Bleiben Sie wie Sie sind und greifen Sie weiterhin nach den Sternen, die Sie in den letzten Wochen in „Tosca“ so wunderbar angesungen haben. „E lucevan le stelle....“

P.S.: Ich konnte übrigens auch herausfinden, was der Name des alten Mannes in Hawaii bedeutet. Kealamauola heißt nichts weniger als „Der ewige Weg“.

Herzlichst und in Dankbarkeit,
Ihr Axel Sprunk'

Carl sah noch lange auf die Zeilen vor ihm, faltete dann den Brief sorgfältig zusammen und steckte ihn in die Innentasche seines Sakkos. Er blickte nachdenklich aus dem Fenster und über die Dächer von St.

Petersburg.
'Der ewige Weg', sagte er nun laut vor sich hin. 'Kealamauola. Ich werde dich niemals vergessen.'

November 1996

Und es leuchteten die Sterne

Die restlichen „Tosca“-Abende in St. Petersburg knüpften allesamt an den Premieren-Erfolg an und waren restlos ausverkauft. Nadia hatte Carl noch dreimal spätnachts in seiner Suite besucht. Niemand sollte es je erfahren. Auch Olli musste davon nichts wissen – es hätte ihn nur geärgert, oder gekränkt. Carl hatte sich in Nadia nicht verliebt, dessen war er sich sicher, aber irgendwie schaffte sie es mit ihrer überbordenden Weiblichkeit und vor allem ihrer zügellosen Leidenschaft, Carls kurzfristiges, heftiges erotisches Interesse an ihr zu wecken. Selten noch hatte Carl sich so begehrt gefühlt, eine so aufwühlende, innere Befriedigung erfahren wie mit dieser heißblütigen Russin.

An einem kalten und nebeligen Montag, es war der 18. November, war die Zeit gekommen St. Petersburg und dem herannahenden russischen Winter rechtzeitig 'Lebewohl' zu sagen – und auch Nadia. Irgendwie war Carl auch froh, dieses Kapitel abschließen zu können. Nadia, die Oper, die Stadt. Er würde sicher eines Tages hierher zurückkommen, das wusste er. Er würde sicher auch in nicht allzu ferner Zukunft wieder mit Nadia auf irgendeiner Bühne der Opernwelt stehen – das wusste er auch und davor fürchtete er sich ein wenig. Er wollte von dieser Frau keinesfalls mehr als das, was er mit ihr erlebt hatte. Aber das war jetzt vorüber und es war gut so. Er hatte auch keinerlei Absicht, dieses riskante erotische Abenteuer zu wiederholen.
'Na was sagst du?', fragte Olli als die beiden in ihrer Limousine Platz

genommen hatten. Der Fahrer bestieg den Wagen nachdem er sichergestellt hatte, das alle fünf Koffer ordentlich im Mercedes verstaut waren.
'Was sage ich wozu?' Das Auto fuhr in Richtung Flughafen los. Carl schaute abwesend aus dem Fenster und sah, wie sich die Fassade des ehrwürdigen Grand Hotels seinem Blickfeld entzog.
'Na, zu den Wochen hier bei den Russen natürlich! Ich meine, besser hätte es ja gar nicht laufen können, rundum.' Olli klang aufgeregt wie ein kleiner Junge an Weihnachten.
'Jetzt ist alles vorüber', konstatierte Carl kühl, sah Olli von der Seite an und zuckte mit den Schultern. 'Aber ja, du hast recht, es war ein Traum. Von den Proben, über die Premiere bis zur letzten Aufführung, gestern.'
'Werde mir jetzt bloß nicht sentimental, mein Bester. Du hast dich ja hoffentlich nicht in diese Femme Fatale verliebt, oder?' Olli schaute Carl an.
Schweigen.
'Oder?', wiederholte Olli langsam, fasste Carl am Kinn und drehte seinen Kopf zu sich. 'Oder...?'
Carl wischt sich mit dem Handrücken über die Wange und lächelt Olli gequält an. 'Naja, nein. Habe ich nicht – das war ein Abenteuer mit Nadia, mehr nicht. Es ist bloß... das alles ist... es ist so unfassbar. Es fühlt sich manchmal so unwirklich an, wie in einem Traum. All das passiert mir. Mir!'
'Freue dich! Was gibt es Schöneres als die Ernte einzufahren. Du arbeitest hart daran – ich übrigens auch', Olli schlug sich mit der Hand auf die Brust und zwinkerte, 'und du hast es einfach verdient, Punkt. Genieße den Moment!'
'Weißt du Olli' Carl fasste die Hand seines Freundes und drückte sie

'weißt du, dass das alles hier, der ganze Erfolg, ohne dich niemals passiert wäre?'
'Aber klar doch. Du wärst auch so deinen Weg gegangen, Charlie. Ich habe vielleicht ein wenig nachgeholfen und war zur rechten Zeit am rechten Ort, mehr nicht.'
'Nur keine falsche Bescheidenheit – Du bist mein Lucky Star. Vergiss nicht, es gibt keinen Zufall. Es hat alles genauso kommen müssen.'
'So' Olli räusperte sich und setzte sich gerade. 'Bevor wir hier beide losheulen, verabschieden wir uns gebührend von den Russen.' Er zog aus der kleinen Minibar eine Halbflasche Veuve Clicqout und zwei Champagnergläser hervor. Olli nahm Carls erstauntes Gesicht in seine Hände, drückte ihm, einmal links und einmal rechts, demonstrativ einen nassen russischen Breschnew-Kuss auf die Wangen und schenkte mit Schwung ein. Er reichte Carl den prickelnden Champagner und rief:
'Nastrovje, Charlie. Auf uns und auf die Zukunft!'
'Nastrovje, Towarisch Olli', Carl lachte herzlich auf, nahm einen kräftigen Schluck und fügte hinzu:
'Adieu, St. Petersburg! Die Welt wartet!'

Wien, Januar 1997

Der Griff nach den Sternen

Der vermeintliche Heimvorteil konnte trügerisch sein und sich durchaus auch als Nachteil herausstellen. Nirgendwo wurde den Sängerinnen und Sängern der Opernwelt mehr Leidenschaftlichkeit und Emotion entgegengebracht als am ersten Haus des Heimatlandes. Carl brillierte an der Staatsoper Wien.

Die Rolle des Nemorino in Gaetano Donizettis „Liebestrank" war ihm ganz nach Wunsch und auch zum Gefallen der Kritiker gelungen. Die nicht mehr ganz neue, aber schöne und klassische Inszenierung empfand Carl als regelrechte Wohltat. Besonders nachdem er sich in den letzten zwei Jahren mehrfach dem Selbstverwirklichungsdrang einiger Opernregisseure und ihren zeitgenössischen Interpretationen zu unterwerfen hatte.

Als Carl Ende Januar die Oper durch den Künstlereingang betrat, übergab ihm der Portier ein Kuvert mit einem Fax. Vermerk: Herrn Carl Kollas. Persönlich. Dringend! Carl zuckte zusammen und eine Hitzewelle durchlief seinen Körper. Jedesmal wenn er ein dringendes Schreiben ausgehändigt bekam, befürchtete er eine kleine Katastrophe. Von einem Todesfall in der Familie bis zu einem anonymen Verleumdungsschreiben kamen ihm im Bruchteil einer Sekunde alle möglichen Grausamkeiten in den Sinn.

Er eilte durch die neonhellen Gänge der Staatsoper, die im „Backstage-Bereich" alles andere als glamourös war und grüßte flüchtig entgegenkommende Kollegen. In seiner Garderobe angekommen zog er rasch die Tür hinter sich zu, hing Mantel und Schal auf den Kleiderständer und setzte sich auf das kleine

bordeauxrote Samtsofa. Mit dem Zeigefinger riss er ungeduldig das Kuvert auf und zupfte ein gefaltetes Fax heraus. Er atmete schneller. Carl traute seinen Augen nicht.
Der Absender am Briefkopf war niemand anderer als Wolfgang Wagner, Enkel von Richard Wagner und Leiter der weltberühmten Wagner Festspiele in Bayreuth.
Im bevorstehenden Jahr stand der „Ring-Zyklus“ auf dem Plan, dirigiert von James Levine. Carl hatte, abgesehen von den furchtbaren Ereignissen in 1991, nur die besten Erinnerungen an die Zusammenarbeit mit dem Maestro.
Wolfgang Wagner bot, nach Absprache mit dem Dirigenten, Carl eine der wohl anspruchsvollsten und begehrtesten Tenorpartien der Opernwelt überhaupt an: Siegfried.
Carls Hände begannen zu zittern. Er hielt das Schreiben in der Hand, las es nochmal und ein weiteres Mal und wähnte sich in einem Traum. 'Ich muss Olli anrufen!', schoss es Carl. 'Ich muss meine Mama anrufen, muss Professor Friksson anrufen. Ich könnte den Sprunk um seinen Rat fragen…!' Carl wusste gar nicht, was er zuerst denken sollte. 'Der Siegfried ist eine ganz eigene Liga, die größte Heldentenor-Rolle, die es gibt.' Carl war klar, dass er vor einer der schwierigsten Entscheidungen in seiner jungen Karriere stand. Würde er diese Rolle annehmen, dann wäre er endgültig im Olymp der Opernwelt angekommen. Vorausgesetzt, er brilliert und kann den kritischsten Kritiken standhalten. Bayreuth-Kritiker waren bekannt gnadenlos. Da hatten nur die Besten der Besten eine Chance. Jedes Jahr wurden nicht nur Inszenierungen in den Boden geschrieben, sondern auch einzelne Karrieren mit spitzer Feder beendet.
'Bin ich schon so weit?', fragte Carl nun laut und drehte sich zum Spiegel seines Schminktischs. Er sah in zwei fragende blaue Augen.

Sah er da Angst? Zweifel? Euphorie?
Carl schloss die Augen, atmete mehrmals tief durch und legte das Fax mit immer noch zittrigen Händen neben das Telefon.

'Lassen Sie mir Ihre Entscheidung alsbald zukommen. Die Zeit drängt! Herzlichst, Ihr Wolfgang Wagner. P.S.: Meine direkte Telefonnummer lautet...' Carl las diesen letzten Satz laut und mit fester Stimme. Dann griff er zum Hörer.

Inhalt

Teil 1

Teil 2

1980-85

/ Carl / Imagine / Musik, Musik und immer wieder Musik /

1990/91

/ Einspringer / Sydney / Olli / Frederic Stoud /

/ Auf dem Weg / New York /

/ ...und führe mich nicht in Versuchung /

/ Übermut tut selten gut / hungrig! /

/ Vergeltung / Cosí / Estrella /

/ Schmutzwäsche / Wiedergutmachung? /

/ Siegessicher / Verkalkuliert / München /

1993

/ Maui, Hawaii /

1996/97

/ St. Petersburg / Nadia / Mama / Axel Sprunk /

/ E lucevan le stelle / der Griff nach den Sternen /

Auf welchen Weg hätte das Schicksal Carl geführt,
wäre er mit vierzehn Jahren nicht wieder in den
Schulchor eingetreten, hätte sich nicht für eine
Gesangsausbildung entschieden…?
Wie anders wäre dieser Weg geworden?

Ab Herbst 2024
„Julienne“

www.skposch.at

Printed in Poland
by Amazon Fulfillment
Poland Sp. z o.o., Wrocław

23953633R00181